トンヤンクイがやってきた

岡崎ひでたか

新日本出版社

トンヤンクイがやってきた／目次

第Ⅰ部

第Ⅱ部

東中国の海岸線に、フグが口をあけたような杭州《ハンチヨウ》湾がある。そのすぐ北の鼻の穴にみえるのが、中国で最長の大河、長江《チャンチャン》の河口、その近くに上海《シャンハイ》という大都市がある。上海の西方にある太湖《タイフー》という湖に面して、北側の無錫《ウーシー》という都市のあたりにまず注目してほしい。

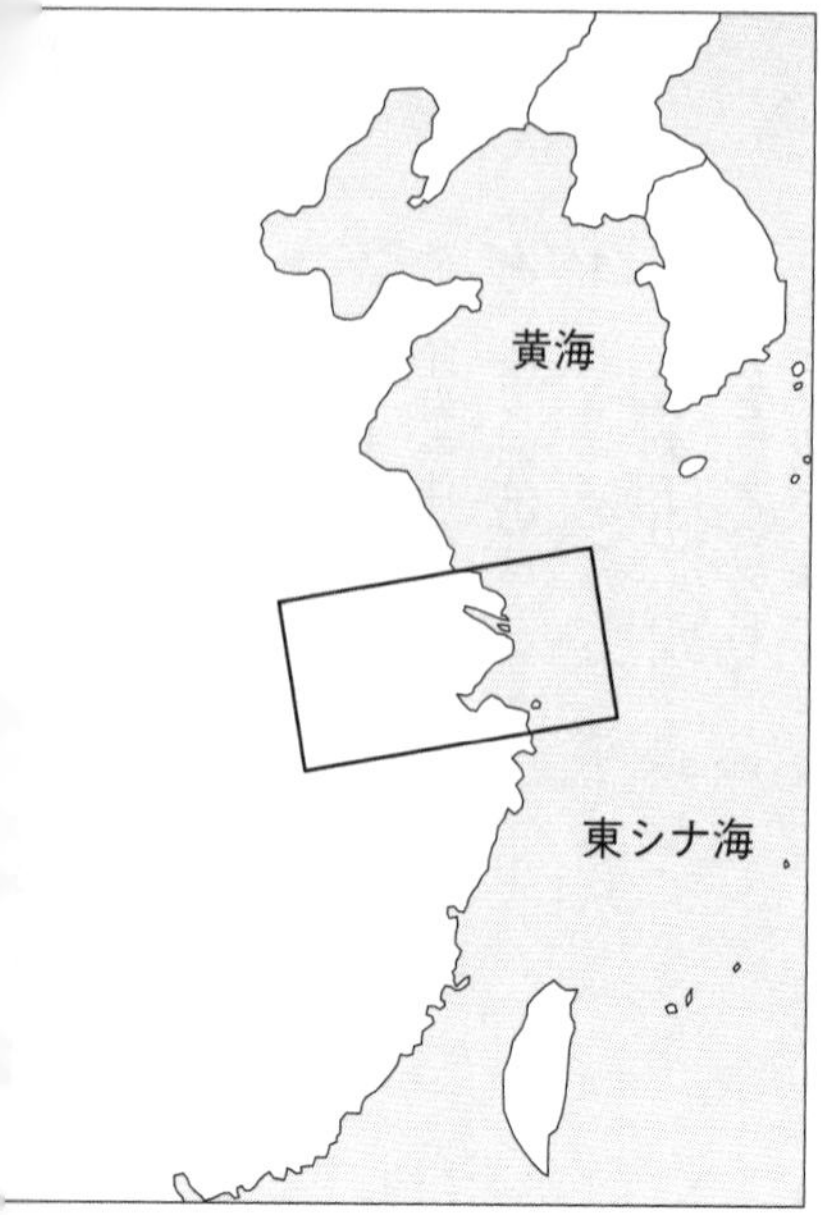

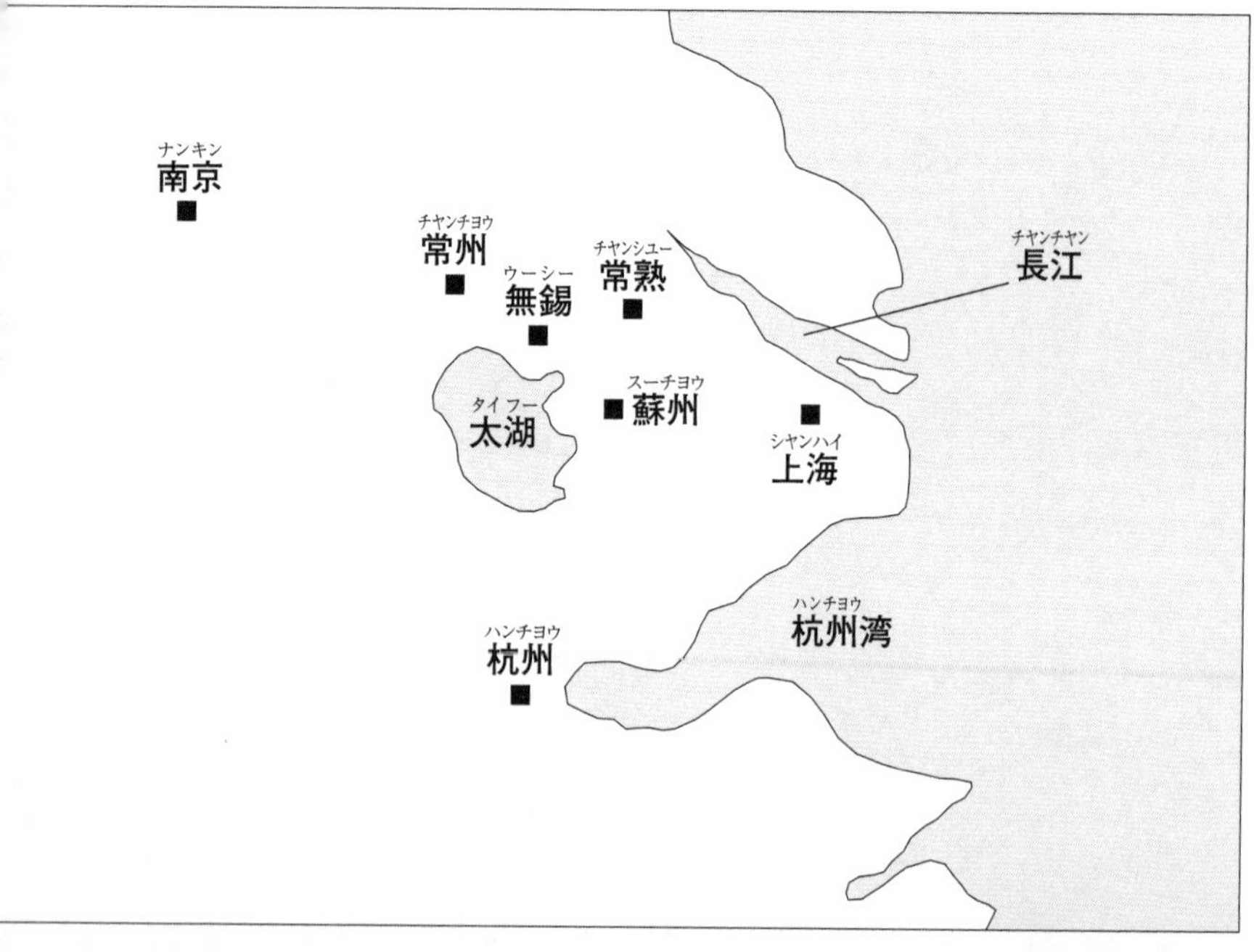

第Ⅰ部

一、トンヤンクイ（東洋鬼）がやってきた

かれこれ八〇年ほどもむかしにさかのぼるが、無錫《ウーシー》にちかい農村でこの物語ははじまる。

1　トンニャンピーのうた

1

一九三七年の夏だった。目もくらみそうな暑い昼さがり、畑のなかの道を、汗をふりとばしてすっ跳んでいく少年がふたり。みじかいズボンに上半身ははだか、竹のあみ笠を頭にした一〇歳のツァオシンと、そのあとを追う一つ年下のミンシュイだ。

真夏の太陽は、ふたりの背中を灼《や》きながら、どこまでもついてくる。

ツァオシンの足ときたら、いつだって全速力で跳んでいく。この日はなおさらだった。

朝っぱらから、とんでもないニュースが、村にとびこんできたのだから。

ツァオシンの村は、海のような大河、長江《チャンチャン》下流域にあって中国のコメどころ。空と雲と、見渡す限りの田畑のほかには山も見えない。縦にも横にも水路だけはあった。

たいくつそうに見える村だが、ここかしこに三〇～四〇軒ほどの部落があって、それぞれに、にぎやかな

暮らしがある。なかでもツァオシンのジャオコウ部落は、六四世帯の大部落で、瓦屋根にレンガ造りの家いえが長屋のようにくっつきあい、よりかかりあっていた。

この日、伝わったニュース一つで、部落じゅうのニワトリが鳴きわめくような騒ぎになった。

「えーっ、なんてこった。戦争が上海《シャンハイ》にきたんだと？　戦争なんて、ずうっとずっと北の方の話だと思ってたよ」

「トンヤンクイめ、上海を分捕《ぶんど》りにきやがったか」

農民たちはうろたえて、みな顔つきまでかわった。

トンヤンクイとは中国のことばで、にくらしい「東洋の鬼」、日本軍のことをいった。

「上海じゃ近すぎるよ。ねえ、トンヤンクイがこの村にきたらどうしよう」

「おおこわい、こわい！　そのための軍隊なのにさ。民国（中華民国）軍ときたら、まったくだらしない。トンヤンクイの尻に大砲ぶっぱなして、追っ払ってくれなきゃ」

村でも、ジャオコウ部落はまとまりがよい。何かあればすぐ集まって、さっと相談する。

「どうだい、騒いでいてもしょうがない。メイ先生から、戦争のようすを聞こうじゃないか」

「そうとも、そうとも。そうとなったら、ツァオシン、おまえ、ひとっ走りメイ先生のところにいってきてくれや。火車（汽車）より速い村一番のおまえの足、みんなたよりにしとるんだ」

メイ先生は、ラジオをもっているからすごい。村人はメイ先生の情報を聞きたがっていたし、おだてられたツァオシンは、そういうわけで、すぐ走り出したというわけだ。

このころは、まだ部落に電話がない。テレビどころかラジオもない。新聞さえなかった。こういう連絡係は、いつもツァオシンに決まっていた。

さて、ツァオシンもミンシュイも、こうも太陽に照りつけられては日干しになってしまう。だから目も足も、ついスイカ畑にすいよせられる。

ちょうど食べごろのスイカが、畑でごろごろ昼寝していた。

「戦争だい！　スイカぐらい食って元気出さなきゃよう。おい、食っていこうぜ」

誘惑するのはいつもツァオシンだが、ミンシュイは「叱られるよう」とびくついた。そのくせ、尻のポケットから自慢のナイフをとり出した。

ツァオシンは、ナイフでもいだスイカを、角ばった石をみつけて、すっとんと上から落とした。

スイカはかけらが散って、みごと、ばかっとまっ赤な中身をさらけ出す。

「あーっ、うまそう」ミンシュイはおどりあがった。

「ほら、こいつ。食われるの待ってたんだぞ」

こまかく割れたのを、せわしく口につめこむと、大きいかけらは歩きながらでいい。からだじゅうをスイカの汁が、すごい勢いでまわりはじめた。

うまい！　汁がズボンにしたたった。びくついていたミンシュイも、「うっめえ！」と夢中だ。おまけに、タネまでひろい集めだした。タネはだいじなおやつになる。

「のん気なやつだな。急ぐから行っちまうぞ」

学校の白い壁は、ところどころはがれて、赤茶けたレンガの下地が見える。夏休み中だから、学校は空気までしいーんとしていた。

そのころの中国の農村には、学校の「が」の字もないのが当たり前だった。メイ先生は、村と相談して自分の家を学校にして、もうひとりの先生と子どもたちに読み書きをおしえていた。

先生は、前には上海の大きな学校の先生だったが、いまは農村に住んで小説も書く。

「おお、ツァオシンにミンシュイ、きょうは来るだろうと待っておったよ」

「トンヤンクイが、上海に戦争しにやってきたって、ほんとう?」

「そうだ、えらい大戦争になるかもしれんぞ」

先生はちょっと眉をよせたが、ツァオシンの胸にへばりついているスイカのタネを見つけると、にやにやしてタネをつっついて落としながら言った。

「ジャオコウでわしに来いというのじゃろ。うん、うん、あしたは昼めし食ってからいくよ」

そして先生は笑顔で、ふたりのお腹を、ぽんぽんとたたいた。

「いまのうちだ。しっかりスイカを食って、戦争に勝てる用意をしておけ。ええかい」

日中戦争のはじまり　一九三七（昭和一二）年、七月七日夜一〇時四〇分ごろ、北平《ペーピン》（現・北京）郊外の盧溝橋《ルーゴオチヤオ》地域で、日本軍が、実戦さながらの夜間演習をおこなって、中国側をいらいらさせていた。その日本軍の方へ向かって、十数発の小銃弾が撃たれた。たまたま日本兵に一名の行方不明がいた。その兵は間もなく隊にもどったのに、日本軍は翌八日早朝、中国軍に攻撃を開始した。この小事件が、八年にわたる日中戦争の引きがねとなった。現地では一一日に停戦協定をむすんで解決したのに、中国との戦争の機会をうかがっていた近衛内閣は、中国への出兵を決めた。中国政府は、「屈服せず、拡大せず」平和的解決をはかる方針だったが、日本側があまりに好戦的なので、武力で国土を守る決意をかためた（北支事変）。
上海における戦端　八月九日、上海で大山勇夫中尉海兵隊長と斎藤與蔵一等水兵が中国保安隊員に射殺された報復として海軍陸戦隊は中国軍に攻撃を開始した。ところが、笠原十九司氏の『海軍の日中戦争』などによると、大山は、上官の釜賀一夫少佐に、「国のためだ、死んでくれ。家族のことは責任をもつから」と密命を受け、斎藤の運転する自動車で、敵対する中国の虹橋軍用飛行場をめざし、中国保安隊の阻止も無視する、自殺的な行為を行った。上海戦は、日本側が故意に起したものである。

2

翌日、メイ先生はロバに乗って部落にやってきた。

この部落は東西南北とも水路にかこまれ、北がわの河べりに大きな柳の木が三本立った広場がある。その柳の木かげが部落の集会場だった。

いつも陽気な住人たちだが、きょうは、はしゃぎもせず地面にすわりこんだ。

メイ先生は、ふとい眉の下の大きな丸い眼を、ぎらぎらさせて話しはじめた。

「トンヤンクイの連中が、わしらの国にはいりこみ、人殺ししながら、中国人を奴隷みてえに従わせようとしとるのは、あんたらも知っておるわな」

ひくいけれど腹にひびく声だった。

「トンヤンクイにやられるとどうなるか。日本にとられた東北（満州）ではだな、中国人が『おれは中国人だ』と言ったら、それだけで日本の敵だとされよってな、つかまったら殺されかねねえ目にあっとるぞ」

「うえーっ、そりゃひでえ。何ていえばいいんだい」

ミンシュイの父さんが、声をとがらせてきいた。

「『満州人』とか『満人』とか言わされとるんじゃい。『どうも目つきがあやしい、気にくわん』と思われただけで犯人にされる。そればかりでねえ。日本人はコメのめしを食べるが、中国人はアワやコウリャンだ。コメを食って牢獄に入れられたのもおる」

「えーっ、そんな、バカなことあってたまるかい！」

メイ先生は、ちろっと唇から舌をのぞかせると、ひとりひとりの顔をのぞきこむように言った。

「農民は土地をとられ、鉄道も、鉱山も、工場も日本の会社のものになって、中国人は奴隷のように働かされとる。わしらは、ぜったいトンヤンクイに敗けるわけにゃいかんぞ」

「そりゃそうだい！　敗けてたまるかい」

「それでだ、上海の方はどうかの」

前の方のおじさんが、唾をとばして聞いた。

「上海の近くに日本の軍艦が何十もやってきて、ぼかぼか大砲を撃っておるわ。飛行機からも、どかどか爆弾を落として、いまこの瞬間にも中国人が殺されとる」

ツァオシンは、魔法にかかったように、メイ先生の眼と口に吸いつけられていた。

「だがな、わが中華民国軍だって、そうやすやすと敗けはせん。上海には爆弾が何個落ちたって平気のへいざという陣地もできておるわな。蔣介石《チアンカイシエキ》はすべての民国軍の三分の一をここへ集めた。しかも首都を守るもっとも優秀な軍隊を向けたでな。いま苦戦しておるのはトンヤンクイのほうじゃい」

「万一、こっちへ攻めてきたら？」

「その前に、トンヤンクイを早く中国から追い出さんといかん。もし、ここにきたら、男だって、女、子どもだって、どんな目にあうかわからん。戦争だからな」

ざわざわ、みんな不安そうな顔でしゃべりだした。ツァオシンは、手をあげて立ち上がった。

「先生、おれ聞いたけど、トンヤンクイって、ちびなんだって？」

「そうだ、そのちっぽけな鬼に、チャンコロと言われてバカにされ、奴隷にされちもうてええかい。叩きのめさんと恥じゃねえかい」

「先生、おれ、やっつけにいく。落とし穴つくるんだ。落ちたら、ぼかぼかにやっちゃうんだ」

笑いがわいた。すぐ後ろで、わざとバカ笑いをしたのは、けんか相手のブタノシッポだ。

「こいつ！」

ツァオシンは、立っていたついでにかかとで、がっつんと、すわってる胸をけってやった。

「その気持ちはええれえ。だがそんなことじゃ勝てんな。あいつらは、戦争の道具をぎょうさん持ってきとるわ。ちびっこめと油断しとったら敗けちまうわい。

……あ、そいでな、食いもんが足りなきゃ敗ける。味方が腹ぺこにならんよう、コメ、ムギ、マメとか、食糧をたっぷり作るのは農民のつとめよ。だがな、そいつをトンヤンクイにとられたらことだ。コメなんぞ一粒も渡さねえが決まりだ。そうすりゃやつら、飢えて逃げかえるじゃろ」

ツァオシンは、「そんなことで勝てるかよ」とつぶやいた。

「子どもも田の草をとれ。肥《こえ》をはこび、イネやムギを刈ったり、できることをやれ。戦場は軍隊にまかせ、何があっても勉強せい。日本にバカにされんようにな」

いつもの先生の口ぐせが出れば終わる。ツァオシンの体は、棒のようにつっぱっていた。

「ちくしょう！　トンヤンクイが無錫《ウーシー》まで攻めてきたら、おれんちどうなるんだ。戦争に勝つために、おれ、何をしたらいいんだろ」

田の草とりなんかあきあきしてる。赤ん坊の子守してたって戦争に勝てそうもない。こうも暑くてはいい考えが浮かばない。そこで腰ぎんちゃくのミンシュイをさそって泳ぎにいった。

日中戦争まえの状況　日本は八年も前から満州（中国東北部）侵略の準備を進めていた。一九三一（昭和六）年九月一八日の夜、南満州鉄道を爆破して「中国軍に爆破された」（柳条湖事件）と、言いがかりをつけて戦争をはじめ、中国東北部を占領した（満州事変）。そして「満州国」という名をつけて、日本の思い通りに支配してきた。それからも中国においた軍隊を増強し、武力で中国北部を満州のようにしようと狙ったから、中国人の日本への反感がたかまっていた。盧溝橋で事件が起こった当時は、日本と中国の対立は、すでに発火点に達していた。

3

この辺りでは川といえば運河である。泳ぐには、舟の往来が少ない澄んだ川にかぎる。そういうところは、岸の樹木が影をおとし、水も冷たくて気持ちがいい。水に入って生きかえった。

まっぱだかのまま泳いでいると、ホワンホワがやってきた。同じ年の彼女は、青いふだん着のまますーういすい泳ぎだした。

ここで、常熟《チャンシュウ》のナマズ叔父さんに泳ぎを教わったんだ。ナマズのような顔、長いナマズひげだけがりっぱな叔父さん、村人はみな「ナマズ」と呼ぶ。そのことで、はっとひらめいた。

「よう、先生は、食いもんがたりないと、戦争に敗けるって言ってたよな。ナマズがいい。おれたちはよう、ナマズをとろうよ。どうだい？」

するとミンシュイは、「いいぞ、いいぞ」とよろこんだ。ホワンホワも目をきらきらさせた。

「そうよ、ナマズとりいいね。あたしたちでやれるもん。栄養もあるしね」

ナマズとは、平たい頭でっかちで、口もでっかい。長い口ひげが四本ある。用水の草陰でのん気な顔でいねむりしている、鱗《うろこ》がない魚らしくない魚だ。

さっそく、田に水をひく用水で、水草の陰にひそんでいるナマズをさがした。

でも、その日はついていない。五匹みつけて一匹だけ手でつかまえたが、胸びれできいーっと指を切られ、「ああっ」という間に逃げられた。

「いてーえ。きょうは失敗、手ぶらだもんなあ。こんどはかごを作ってこよう」

指の傷口をしゃぶりながら、ツァオシンは腕をふりあげ、重大な決意を宣言した。

「いいか、おれら三人、戦争に勝つために、毎日、栄養満点のナマズをつかまえることにした。えーい！えーい！　やるぞう！」

「おう！　ハイヨー！　ハイヨー！　（えーい！　えーい！　おう！）」

気勢をあげて帰ると、柳のほそい枝を切り、葉をおとし、三人でナマズとりのかごを編んだ。こんな時、ミンシュイのナイフと器用な手さばきは助かる。ナマズ叔父さんと作ったこともあるから、どうにかできた。

さあ、用水に入って、かごに追いこむようにすると、うまくいく。なれるとおもしろくて、もうやめられない。雨が降っても用水へいく。とれた獲物は部落の一軒一軒に順にくばった。

「わあ、ごちそうね。あんたたち、えらいのねえ」

「うん、戦争に勝たなきゃなんねえでしょ、おれたちに、できることしてるんだ」

道をいくとき、ツァオシンは知っているメロディーで、出まかせの歌をうたった。うたっていると、こわいはずの戦争がちょっぴり楽しくなる。

トンヤンクイ　トンヤンクイ
軍艦、海から　やってきた
わんさ、わんさと　よせてきた
飛行機、空から　やってきた
ぶるるん、ぶるると　とんできた
シャンハイとるぞと　やってきた

トンヤンクイ（東洋の鬼）じゃ、どうも調子がでない。考えていたら、チビの弟が、「トンニャンピー」みたいな言い方をしたので、それでうたってみると、そのほうが調子がいい。だから、歌では「トンニャンピー」にしてしまった。

うたいはじめると、ホワンホワもミンシュイも手をたたいて歩きながらおどった。

トンニャンピー　トンニャンピー
野蛮なちびっ子　トンニャンピー
負けてたまるか　トンニャンピー
ナマズ、捕りとり　やっつけろ
ナマズ、食い食い　やっつけろ

おしまいのところで、三人はむんむんしげる夏草のなかを笑いころげた。

ツァオシンの歌「トンニャンピーをやっつけろ」はだんだんふえて一〇番までできた。それが、いつのまにか子どもたちにはやって、メイ先生にすごくほめられた。
「歌はいい。トンヤンクイと戦うぞと、みんなの心を一つにする。ツァオシンはりっぱに日本軍と戦っておるな。えらいぞ、えらい、えらい」

叱られることにかけては一番だったツァオシンが、先生にうんとほめられたのだから、天地がひっくり返ったようなもの。

――歌をつくって、ほめられて、ナマズを捕って、部落の人にお礼をいわれて、戦争ってけっこうゆかいにやれるんだ。

2 ナマズ叔父さん

1

九月、ツァオシンが学校から帰ってくると、鍋でじゅうじゅう肉を焼いて食べている男がいた。

「あ、常熟の叔父さん」

ふりむいた顔は、頭でっかち、小さな目に、ひくい鼻、その下のナマズひげがゆれた。

「よう、ツァオシン、靴を返しにきたぞ」

「なあんだ、兄ちゃんのじゃないか。なくなったって大騒ぎだったんだぞ」

ナマズ叔父さんはひと月前、うちじゅうで一足しかない兄ちゃんの靴をはいていっちゃった。

「この前きたとき、ちょいとはいてみたら、おれの足が靴のやつにほれられちまってよ、離れやしねえ。そんで借りたのさ」

「おれなんか、はだしで走りまわってるのに……」

この部屋は炊事もするが、大きな古テーブルがあって、うちじゅうで食事もする。

叔父さんは、腰掛があるのにテーブルに尻をのせ、焼肉の皿を横においていた。

靴よりも、ツァオシンは、じゅうじゅう煙をあげる肉のほうに眼がすいついた。

「うわあ、うまそうだなあ！　だけどさ、そこにあったブタ肉、かってに食ったら大変だからな。今夜、ジヤオコウの集まりに、母ちゃんがたのまれた料理に使うんだぞ」

戦争のようすが知りたくて、部落では今夜もメイ先生を呼んだ。話のあと、月を見ながらそこで会食する。その料理の肉を、母ちゃんは味をつけて用意しておいたのだ。

「アホだな、おまえは。肉を食わせてくださいとお願いして、ダメといわれりゃケンカだ。食いもんでケンカするのはいやしいことだぞ。いないうち食うのがりこうってものさ。肉はちゃんと残してあるから心配するなって。おまえも食え、いいから食え」

ツァオシンはこの叔父さんがすきだった。父ちゃんの弟でも性格は正反対。「ナマズ」といわれる顔だって似ていない。叔父さんがくると、しまいには父ちゃんと口げんかして帰っていく。

「でれでれしやがって、まともなやつじゃない」と部落ではきらわれている。でもツァオシンとはけっこうウマがあう。泳ぎも、ナマズ捕り、スイカ割りだって、正直にいうと、叔父さんには、そういうおかげをたくさん受けている。だから、半分だけ尊敬していた。

「おい、おまえ、上海《シャンハイ》で戦争がおっぱじまってるの知ってるか」

「知ってるか、なんてもんじゃねえよ。おれさ、それで毎日ナマズ捕ってるんだ。『トンニャンピーをやっつけろ』の歌もつくった。みんなうたってるぞ」

ツァオシンは胸をはった。しかし叔父さんは、ちょろりと話をそらした。

「へーえ、えれえもんだ、だがな、常熟も無錫も間もなくやられる。覚悟しとけ」

「なんでさ？　上海で日本はやられてるんだぞ」

「だがなあ、中国の親玉は蒋介石だ。だらしねえことに、本気で日本をたたきだす気なんぞありゃしねえ。東北（満州）も日本にとられたまんまだ」

　叔父さんは肉をたいらげると、タバコに火をつけた。

「それに、日本が敗ける戦争をおっぱじめるかよ。勝てるからどかどかどんどんやってきたんだ。蒋介石が本気でねえのは、どうせ敗けるからさ」

「中華民国が敗けていいのかよ」

「いいはずねえさ。だけど、敗けるのはしょうがねえのさ」

　タバコがくゆる。ツァオシンはくやしかった。メイ先生には、ぜったい勝つ、という気迫があった。言いかえすことばを考えていると、叔父さんは、たたんだ紙をだしてひろげた。

「おれは常熟から引っ越す。金壇《チンタン》から南へいったいなかだよ。戦争のために引っ越す倉庫番さ。これが所だ。ここなら少しは安全かな。困ったことがあったら来いよ」

　叔父さんは簡単な地図をかいて、目印なんかをおしえてくれた。

「わかった。遠くへいっちゃうんだ」

「遠くといっても、いまのおれんちに行く二倍くらいかな」

「常熟に行ったときは、歩いて一日だったから、こんどは二日だね」

　常熟には小さな山があったし、何となくほれぼれした町だった。

「おれは帆かけ舟で荷物をはこぶ。風がよけりゃ速いがな。ところで、兄貴はまだかなあ。おまえのおっかあもだ。相変わらずまじめに働いていやがる」

　間もなく、町に野菜を売りにいったじいちゃんがもどってきた。うす暗くなると、農具を抱えた父ちゃんと兄ちゃん、赤ん坊を背負い篭に入れた母ちゃんも、妹や弟と帰ってきた。

農具や篭を裏側の物置におくと、みんな部屋にはいってきた。

母ちゃんは、肉がへっているのを見ても知らんふりをしていた。でも、叔父さんの腹におさまったブタ肉の身代りはどうしても必要で、そのとばっちりをうけたのは運のわるいアヒルだ。

そいつをツァオシンは、用水にいってつかまえてくる用をいいつかった。

2

赤ん坊を子どもたちにまかせると、母ちゃんは料理にとりかかったが、叔父さんは、

「きょうは兄上に、たってのお願いがありまして」

四角四面の言い方をした。父ちゃんは、ガラスのコップにお茶の葉をいれながら顔をそむけた。

「聞きたかねえや。改まったときはろくでもねえ話だ。カネを貸せとか」

「さすが兄上ぴったりだ。占い師だってそう一発じゃ当たらねえ。でもこれ、たいした話ですぜ」

「貸せるカネなんぞ、オレにはねえわい」

「戦争のおかげで、おれのつとめている工場も、いまはフルに綿布をつくっているが、日本軍がやってくる前に工場をとじて、品物はいなかに用意した倉庫にうつすんでさ」

常熟には綿畑がある。叔父さんはその綿を原料にした織物工場ではたらいていた。

「それが、オレと何のかかわりあるんだ」

「大ありでさ。戦争であっちこっちの工場がしまる。店もやってらんねえ。布地も服もモノがなくなる。そうなりゃ高く売れる。おれは工場から木綿を仕入れ、一〇〇着の服をつくらせているが」

叔父さんは、ちょっと息をついて耳の穴に指をつっこんでほじくった。ツァオシンは頬杖をついて、ふたりの顔を見くらべていた。

父ちゃんは、やかんのお湯がわくと、お茶のコップにお湯をそそいで、叔父さんにわたした。

「兄貴よう。おれ、二〇〇か三〇〇は服をつくりてえ。必ずもうかる。二倍どころか、三倍以上にだ。うまくすりゃ五倍、もうけをたして返すからさ、な、だから貸してくれよ」

ツァオシンは、びっくりした。

――頭のどのへんから、こんな知恵が出てくるのだろう。メイ先生は、日本のやり方を、眼をひんむいて怒っていたではないか。それが当たり前なのに、戦争でちゃっかりもうけようなんて。

「おめえ、おやじがよう言ってたろ。むかしから百姓の背中には三本の刀がささってる。地主のバカ高い地代に、高利貸しのとんでもねえ利息、情けもへったくれもねえ税、今もかわりゃせん。オレに貸せる余裕なんぞあるけえ」

父ちゃんは、顔を横むけてふっと息をはいた。

「そいで野菜を売って小銭をかせいでいるんだ。でも、わかってくれよう。戦争で服の値上がりは絶対だ。材料の仕入れは工場だからやすい。ここでもうけそこなったら、戦争のとばっちりで、損だけしょいこむんだぜ」

「ああ、そんな煙みてえな話、わかるわけねえさ。浮わついたことをやっとると、おめえ、借金かかえて、生涯あっぷあっぷするのがオチだぞ」

「よう兄貴、アレがあるだろ。あんときの地主の時計よ。今のうちに売ってさ、元手にすりゃどうかな」

それで、父ちゃんの顔がみるみる赤くなった。

「おめえは、オレに、そこまで指図するつもりか」

「いやあ、ありゃ兄貴の記念だ。指図なんかしてねえさ。だがよ、ありゃあ百姓には役にたたねえ代物だ。戦争で売れなくなったら、ただの石ころ同然になっちまったらと心配してんのさ」

その時計には、簡単にいうとこういういきさつがある。

上海から無錫にいく鉄道が村の近くを通っている。地主の五歳の孫が線路で遊んでいたら火車（汽車）が走ってきてあわやというとき、父ちゃんがいのちがけで救った。

そのとき地主にえらく感謝された。田を余分に貸してくれて、水牛も自由に使ってよい。そのうえ日本製の懐中時計をお礼にくれたわけだ。

「おめえに、そんな心配までしてもらいたかねえ。それよりか、戦争でうまい汁を吸おうなんて根性をすてろ。中国人ならいっしょになって、敵をたたきのめすぐれえの根性をもちやがれ！」

「いいぞ！」

ツァオシンは手をたたいて、愛国者、父ちゃんを見なおした。

「兄貴はそんなカタブツだから、いつまでもうだつがあがらないんだ」

「何だと、うだつがあがらんと。オレをバカにするかっ！」

父ちゃんのこめかみも、唇も、ひくひくふるえだした。爆発寸前、危険信号である。

「まあまあ、こんないい話はねえと思うから。な、怒らんで考えなおしてくれよ」

「帰りやがれ、ろくでなしめ！　らくして大もうけしようと考えたら人間おしめえだ。上海じゃ、女、子どもも弾はこびしたりして、戦ってるんだぞ」

叔父さんは、ナマズひげをふるわせ立ちあがった。

「しょうがねえ、ばいばいするよ。あ、それから、おれ、いなかの倉庫にうつる。しばらく忙しいが、そのうち彼女つれてくる。結婚するんだ」

ツァオシンが外へおくりに出ると、叔父さんは大きな手で肩をだいた。

「どうも、この家で話が通じるのはおまえだけだ。遊びにこいよ。引っ越し先へな」

そういって、夕風にふかれて橋をわたっていった。

その晩、部落の集まりからもどってきた父ちゃんが、じいちゃんと小声で話していたのを、ツァオシンは寝たふりをして聞いていた。

「ナマズのやつもな、ひとりで働いて生きてきたんだ。オレ、兄貴として何もしてやってねえ。カネもうけなんか当てにしちゃいねえが、あの日本の時計は百姓にゃいらねえ。ただしまってあるだけだもんな。そのうち、どっかの兵隊がきて盗られるぐれえなら、あいつにくれちまってさっぱりしてえ。兄弟げんかもひとつ減るしな」

「そりゃあ、おめえの思うようにすりゃええだから」と、じいちゃんが言った。

――よかった。父ちゃんは、叔父さんのこと、よくよく考えていたんだ。

3　クワンレン（狂気）の軍隊だ

1

戦争だというのに、水牛はのんきに草を食べていた。稲穂はそろって色づいてきた。

秋になっても戦争がつづいている。ツァオシンたち三人組は、やはりナマズを捕りに河へいく。ナマズには気の毒だが、どの家でも大受けだった。

「これは、これは、栄養たっぷりのうまいものを」

「またもらっちゃっていいの。大変なごちそうね」

三人組の評判は、ウナギのぼりというより、ナマズのぼりに急上昇だ。

だけど、まさかのことだが、いい気になってナマズを捕って遊んでいるうちに、もしも中国が敗けたら、どえらいことになる。ナマズ叔父さんが、あんなにはっきり「敗ける」といいきったのが気になった。それに、けんか友だちのブタノシッポは、「中国が勝つ」とツァオシンが言いはったのを、目をとがらせてやたらに攻めたてるのだ。

「証拠あるんか。ちゃんと見たんかよ。戦争を見にいく勇気もねえくせに」

「バカにすんない。おれは上海《シャンハイ》へ行って、勝てる証拠を見てくるんだい」

売りことばに買いことばで、つい、言いきってしまった。それで決心した。

――自分の眼でちゃんと見てくるんだ。そうすりゃ、もっと自信もって言える。おれ上海へ行く。

行くからには三人組だ。まずミンシュイをさそった。

「舟があるんだ。戦争をドンパチやってるところにいく舟はねえがよ。蘇州《スウチヨウ》までいけば、何とかなると思ってたらな、もうちょい上海近くまでいけそうだぜ」

「ほんとに？　舟に乗せてくれるの」とミンシュイは疑ってくる。

「たのんだら乗せてくれねえに決まってるさ。たのまねえから子どもでも乗れるんだ」

学校の勉強では、年下のミンシュイにおされているツァオシンだが、「こういう知恵だけは、母ちゃんがおれを天才に生んでくれたんだ」と自信にあふれていた。

ホワンホワは、戦争を見にいくと聞いても、ちっとも驚かない。それどころか、

「さすがよ、ツァオシン。あたしお弁当つくってあげるよ」と、すごく気をきかせてくれる。

部落のダーハイおじさんは、コメや野菜を蘇州方面にはこんで商人に売り、帰りに村人にたのまれた品を仕入れてくる。

そのおじさんの舟には半分だけ屋根があって、そこに寝台もあるし、炊事もできる。

ツァオシンは、きのう父ちゃんが、おじさんにたのんでいたのを、ばっちり聞いてしまった。

「うちのコメと野菜もたのむよ。この前よりたかく売れたら手間賃はずむからな。帰りに、一輪車のタイヤを買ってきてくれねえかい」

だから、ぜったい大丈夫だ。

ダーハイおじさんは、明けがたに麻袋のコメや野菜を舟につむ。さいごに一輪車をのせてムシロをかける。

それから、いったん朝めしを食べに帰るのが習慣だった。

それを物陰から見ていて、スキをねらった。三人組は、ムシロをあげ、コメ袋と菜っ葉や芋どものすきまをあけた。ひとりはコメ袋のとなり、ふたりは芋のとなりにもぐりこんだ。そして、ムシロを元どおりにかける。あとは、ムシロの下でじっと眠っていればいい。

まもなく、ごとん、こと、こと、と音が体につたわった。おじさんが櫓《ろ》をとりつけているのだ。

体をかたくしていると、いきなりツァオシンの腹の上のムシロがたたかれて、「あっ」と声をあげそうになった。おじさんは、ムシロがおかしいと思ったらしい。でもそのまま、つないであった縄をといて櫓をこぎだした。

——いまごろ、うちや学校では、三人が消えてしまって、大事件発生となっているかもな。

と、ちょっぴり気がとがめたが、もうあとにはもどれない。

そのうち、首すじや腹のあたりに、ぞろりぞろりと虫がはいだした。菜っ葉にいた虫らしい。

それにミンシュイとくっついているから、暑くて汗でべたべただ。

「よう、ツァオシン。菜っ葉の虫に、オレ食われちゃうよう。それに……」

ミンシュイが虫の声で言った。

「もうちっとがまんしろ」

舟が動きだして、一時間たったか二時間たったか。

「ツァオシンよう。おれ、しょんべんしてえよう」

「なんでもがまんしろ。戦争だぞ」

「戦争だって、しょんべんは出ちゃうよう。舟とめてくれねえかなあ」

泣きそうな小声をあげていたミンシュイは、ついに、ムシロをぱっとはねあげた。

おじさんは、大きな眼をとびだしそうにむいて、腰をぬかさんばかりに驚いた。

もうちょっとで、ほかの舟にぶつかるところだった。

「や、や、やい、てめえらは……」

「ごめんなさい、ごめんなさい。わけ話すけど、その前に、ごめんなさい」

ミンシュイは、川に向かってたまりにたまったやつをはなった。

あとから、ムシロの下から女の子もあらわれたから、おじさんは二度たまげて二回腹をたてた。

「このガキめら、水んなか突きおとして、魚のえさにしてくれる！」

とうちゃんの荷がなかったら、三人は、ほんとうに河に落とされたかもしれない。戦争を見にいくなんて、いのちがけのことだったのだ。

それに舟にのった理由、こればかりはぜったい秘密だ。いくらきかれても話せない。

そんないざこざはあっても、ダーハイおじさんは、

「メシは食ってきたか。むこうでは夕方まで舟の近くで遊んでて、明るいうち舟に乗ってろ。帰りも送ってやるから」と言ってくれたし、やっとホワンホワの用意した弁当にもありつけた。

そのうち、おじさんは、途中で舟をとめ、麺を焼いてくれたり、すごい親切ぶりだった。

「どうだ、おれが見こんだ舟だけのことはあるだろ」

ツァオシンは、鼻の穴をひろげてふたりにつぶやいた。

とろんとした土色の水、木の葉やわらしべの流れ、水面に影をうつす柳、ときにはアヒルの群を横目に舟

はすぎる。

町にはいると両側の家いえがすきまなく水ぎわに並び、橋という橋は、半円か台形かにもちあがっていた。舟はその下をくぐっていく。二日めになると、爆音や砲声が、とおくから雷のように鳴りひびくのがきこえた。三人は、何度も眼でことばを交わしてはうなずいた。

蘇州をすぎ、舟は通行止めをくらった。もうたそがれどきだった。

「おい、あれを見ろ」

とおくの空が赤い。何か燃えているのだ。

どろどろと、砲声がひびく。三人は顔を見あわせた。いよいよ戦場は近いのだ。

2

「危険だからあっちにはいくな。戦争にまきこまれねえうち、夕方には帰るからな」

おじさんは、川幅のひろいところに舟をつないだ。

朝、おじさんがコメを一輪車にのせて売りに出たのをまちかまえて、ツァオシンたちは、河にそって一目散にはしった。ときどき柳の木かげで立ち止まり、あたりのようすを見た。

反対方向に急ぐ人の群れと何回もすれちがう。戦火をおそれ逃げていく住民たちだ。

爆音の重いひびき、大砲の音が腹の底まで、ぶるるる、ずっしん、とゆるがす。

何時間あるいたか。橋もかぞえていたのに、もうわからない。しだいに、そうっと、そうっと、木のかげ、草のかげをつたいながら、注意ぶかく行く。

「このまま行っていいのかよ」

その瞬間、急に耳が裂けんばかりに鳴りだしたかん高い連続音……。

三人はたまげて、ぱっと草むらに伏せた。おそろしくて頭もあげられない。

それでもあたりを見なくてはと、ツァオシンは、少しずつ頭をおこしてみる。

「わあ！　近い」

八〇メートルもはなれていない。

柳の根方の少し高いところで火を噴いている、あれが機関銃というやつだ。

真上から飛行機の爆音が、頭を抑えつけるようだ。

ふっと気がつくと、くぼんだ草かげにひそんだ一団がある。

——おっ、日本軍ではないか。

　カタカタカタカタ………、
　バリバリバリバリ………、
　ヒューン、ヒューン、ヒューン、
　こちらからも相手からも、さかんに弾が飛びかう。河むこうの民国軍のようすは、さっぱり見えない。見えないが、やたらと弾をとばしてくる。耳が裂けるどころか、これでは心臓がたまげて口からとび出しかねない。ツァオシンでさえ、とんでもないところまできてしまった、と後悔した。

「弾があたったら、痛いよなあ」

「バカねえ。死んじゃうんだから」

「おれ、まだ死にたくねえ」

ミンシュイが、べそをかきながら言った。

「だまってろ！　動くんじゃねえぞ」

弾の撃ちあいは、ますますはげしい。

日本兵は橋を渡るつもりらしい。渡らせまいと対岸から銃を撃ってくる。

見つかったらこっちも危ない。そろそろとあとずさりして、大柳のかげからようすを見た。

とつぜん、雷が何十個も一度におちたような、すさまじい音と振動に、三人はだきあってちぢこまった。

飛行機が爆弾をおとしたのだ。瞬間、音がきえた。

耳がつぶれたのか……、そうではない。双方の機関銃がとまったのだ。

まもなく、ドカン、ドカンと、日本軍の大砲が火を吹いた。

民国軍の銃声がとまった。すると、トンニャンピーのわめき声がした。

「いまだ、突っこめえ！」とでも号令したのだろう。

「うわあーっ！」

絶叫をあげ、日本兵が次つぎに橋の上をはしった。

バリバリバリバリ………

ヒューン、ヒューン、ヒューン、
弾が空気をさいて飛ぶ。ふたたび、敵味方のはげしい銃砲の撃ちあいだ。耳をふさいだって、生きている気がしない。橋の上では、日本兵が次つぎにのけぞり、河にころがりおちる。

きらっと光った刀が、ななめにふり上げられるたびに、銃にみじかい剣をつけた兵隊が、丸くもりあがった橋をかけあがった。しかしだ、上に出たとたん、銃弾をあびては河におちていく。

「行け！　行けーえ！　突っこめえーっ！」

号令だ。聞きとれなくても勘でわかる。

「死ねっ！　死ねえっ！　死んじまえーっ！」とも聞きとれた。

──死ねって命令している。死ぬってわかってるのに、すっとんでいくなんて、バカか。

あんな狂った連中に見つかったら、体じゅう鉄砲の弾でハチの巣にされちまう。

とんでもない場面を見てしまった。ツァオシンでさえ、いつまでも心臓がざわめいている。

あまりのおそろしさに、三人はそっと引き返した。

舟までもどったが、おじさんはまだ仕事中らしい。

「二〇年はいのちがちぢんじゃったよう。落とし穴つくったって、あれじゃ勝てやしねえや」

舟をゆらしながらミンシュイは言った。

ホワンホワは、舟べりに腰をおろしても、まだ興奮がさめず、鼻も頬も耳まで赤くして言った。

「トンニャンピーは、クワンレンの連中じゃあ」

「そうだ、あいつら、狂気のかたまりじゃ」

ツァオシンがうなずくと、

「見にきてよかったあ。民国軍はつよい。トンニャンピーは一匹も橋が渡れなかったじゃない」

豪快ないい方だ。ツァオシンは立ちあがって胸をそらして宣言した。

「これなら中華民国が勝つ。おれは予言する。もう勝負はきまったぞ。おれらは、やっぱりナマズを捕っておりゃいいんじゃあ」

日本軍隊の肉弾戦　日露戦争のとき、弾が不足したが肉弾戦で勝利したとして、兵士のいのちを犠牲にして、死ぬかくごで敵陣に突っこませた。それをヤマト魂で戦う肉弾戦として、戦死者が多いほど、勇敢に戦ったと、さかんに褒めたたえた。それで戦死者が多かった。

3

学校でのメイ先生の話でも、八月下旬、上海の近くに上陸した日本兵は、民国軍の銃撃をあびて、たちまち一万人も死んだという。埠頭はその屍《しかばね》で足のふみ場もなかったらしい。

「そんなだから、一〇月になる頃には、兵隊が八分の一になった部隊もある。半分になっちまったのはざらよ。だがな、トンニャンピーは、あとからあとから、どんどん兵隊をふやしとる」

「先生、トンニャンピーは気が狂った連中だよ。命令だけでとびだして死ぬんだ」

「ツァオシン、おめえは民国が勝つときめておるが」

先生の眼の光がかげって見えた。

「こっちだって、飛行機や大砲ですごくやられておる。敵は五万人死ねば一〇万人兵隊をふやす。上海の民国軍は眠るひまもねえでな、疲れがひでえようだ……」

「先生！　心配すんなって。大丈夫だい」

そこで元気をつけようと、みんなで「トンニャンピーをやっつけろ」をうたいまくった。

秋が深まった。学校で先生から戦争のニュースをきく。上海戦が三か月、一一月九日のこと。

「あせったトンニャンピーはな、また、あたらしい師団《しだん》を三つ、杭州《ハンチヨウ》湾に上陸させて、南からも上海を攻めとる。やつらは一〇〇万の大軍とぬかしやがる。おどかしのデマだろうが、とんでもねえことになりおったわ」

師団というのは、歩兵のほか、砲兵隊、工兵隊、戦車隊、騎兵隊、飛行隊、輜重隊《しちようたい》といろいろな部隊をもち、一つの作戦もやれる一万から一万五〇〇〇人ぐらいの大きな軍隊の単位のことだ。

「だけど先生、上海とられたって蘇州でやっつければ、まだ敗けじゃないよ」

ツァオシンがそういうと、先生はうなずいた。

「そりゃあ、中国人がみんな、日本の奴隷になっても仕方ねえと、あきらめなけりゃ敗けでねえ」

一一月一三日にも、日本の別の師団が、上海の北、長江《チヤンチヤン》南岸に上陸した。これほどの大軍に四方八方を囲まれては、上海の民国軍もついに全滅をさけて退却するしかない。首都である南京《ナンキン》方向に退きながら戦うことになったらしい。

ツァオシンは、「民国軍がかならず勝つ」と予言してきたから、どうしても民国軍が勝たないと困る。それなのに、情勢は急に変わっていった。日本軍は、南京へ退く民国軍を追って攻撃の手をゆるめない。くやしいが、勢いはトンニャンピーの側にうつってしまったようだ。

寒くなると、ナマズ捕りどころではない。それに穫り入れの秋は、農家がいそがしい。イネ刈りが終わったら、つづけてムギの種まきだ。それがすむまでは、イネを束のまま積んでおくのだが、この年は、どこの家でもいそいで臼でついて、少しでもコメにしておこうと、農民は全力ではたらいていた。子どもだからと遊んでもいられない。

そんなとき、一一月一五日から学校が休みにはいった。

「農作業を手伝え」という休みなら毎年あったが、ことしは終わりが決まらない休みだった。上海から南京への途中にあるこの村は、戦場になるかもしれないのだ。

ツァオシンは、がっくりと大地にたおれこんだ。

――そんなに、悪くなっちゃったか……。ナマズを捕るぐらいじゃだめだったのか。

「みんな、日本兵が来そうなときはかくれろ。いいか、たった一つのいのちだからな。さいごの勝利を信じて、自分のいのちだけは何としても自分で守りぬくんだぞ」

メイ先生の話に、ツァオシンは涙をぐっとこらえた。

「負けてたまるか」の気持ちはまだぬけてない。しかし、この辺りも、もう安心どころでない。

村はずれの林にひっそりと墓場がある。土を盛った土まんじゅうの群れだ。それぞれ墓には死んだ人が眠る部屋がある。村人は、もしもにそなえて、そこにコメ、薪《たきぎ》、鍋などをかくした。しかも、いざというときの隠れ場として、自分たちももぐりこめる用意をしておく。

いよいよ、蘇州も、常熟も、日本軍におかされる日が近づいてきた。そして、ツァオシンのジャオコウ部落も……。

二、開戦の夏——東京の子ども

日中戦争が始まった夏の東京はどうだったか。となりの国といっても、中国の戦場は遠い。出征兵士を送ってない家庭では、まだしばらくは、のんびりした風景もあったのだが。

1　ヒゲの隊長さん

1

ここ黄桜町でも、子どもたちは、ところかまわず暴れまわる。八歳の宮下武二もそのつむじ風のひとりだった。この町に越してきて三年。すぐ慣れたというより、なれすぎた。あっという間にけんか相手もできたし、すぐにしたがう部下もいた。

「まったく、武二ときたら、ろくなことしやしない。きびしく言わなくちゃ」

姉の昭子は六年生だが、しょっちゅういらいらさせられた。

きょうも、三年の武二の先生から、廊下で呼びとめられた。

「武二くんですがね、ちょっとしたケンカはまああとして、きょうは相手にコマを投げたんですよ。軽いケガですんだが、許可のない遊び道具を学校に持ってくるのは禁止です。わたしも叱っておきましたが、お姉さんからもひとつ注意してもらえませんか」

この間もこの先生から、「忘れ物しないよう、注意して」と言われたばかりだ。

「すみません、困った子で。よく言いきかせます」と、昭子は頭を下げる役まわりだった。

母さんよりもしっかり者と思われるらしい。たしかに武二も、姉の前では、いつも神妙にお説教を聞いた。

それでも、ひと遊びすると、お説教はたいてい風に消えてしまうけれど……。

武二には姉と兄がいて、三人きょうだいだった。兄の幸一は夏休みでプールに通っている。

当の武二だが、夏休みの三日め、戦争ごっこも決戦の日を迎えて、えらいはりきりようだった。

なにしろ、宮下隊の隊長だ。鉄かぶとをかぶった武二は、洗面所の鏡の前で、墨と筆でまゆを黒ぐろと太く、鼻の下にはぴんと跳ねあがったヒゲをかいた。顎までまっ黒につよそうにした。

――笑われたっていいや。敵の肝っ玉、おどろかしてやるんだ。

鉄かぶとは形だけ、叩けばつぶれるセルロイドの安ものだが、鍋よりはましだ。チャンバラで使ってきた木刀をベルトにさした。きょうの相手の親分は、クラスのいじわる連中と組んでいる四年生の毅《つよし》だ。

――あいつ、子分と遊びのじゃまするし、すぐ乱暴するんだ。どうどうと仕返ししてやるからな。

その日の宮下隊は、女の子ひとり入れて戦士七人、隊長のヒゲにはみんな笑いころげた。

「チャンコロなんかに負けるな。よう、本気でたたかおうぜ」

隊員たちは、「おーう！」と気勢をあげた。

「チャンコロ」とは、中国人をさげすむ言い方だが、相手をバカにするときも使った。

戦場となる安徳寺は、セミもカラスも怖れてか、鳴き声たてず、しーんとしずまり返っていた。

この墓所《はかしょ》は、武二の家から石塀をのり越えたとなりで、セミとり、トンボとりでなじみの場所だった。宮下隊は、本堂のすぐうしろの大きな墓のかげに身をひそめた。

太陽に墓石が灼《や》けて熱い。汗どころか頭の中身まで煮えそうな炎暑だ。「暑いなあ」のつぶやきに、「戦争だぞ、がまんしろ」と言いかけたとき、敵のようすを見に行った豊がもどってきた。

「来た、来た、まだこっちに気がついてない。七人かたまって来る」

「ようし、おれと豊は、むこうに敵をおびきよせる。道夫もこい。四人は後ろと横からかかれ」

本堂のすぐうらを通る、という予想があたった。

武二は、塀のどんづまりの墓の上で、木刀をふりあげ、わざと姿を見せて敵を呼んだ。

「やあい！　よ、わ、むし、チャンコーロ、びくびく、かくれてるな、弱虫やーい！」

下級生に「弱虫チャンコロ」とバカにされてはがまんならない。一団はぱっと、かたまって武二のほうにはしりだした。間をはかり、その背後を隊の三人が足早について行く。

「やあい！　チャンコロ、コウサンしろ」

挑発した武二のヒゲを見て、敵はとたんに、

「うえーっ！」

「ばーか」

笑ったような、あきれたような口を開けた。

そのときスキがあった。墓と墓の間の両横から、ふたりのはさみ打ち。おまけに、背面からも攻められた。

武器はたいてい竹の棒なのに、薙刀《なぎなた》をふって攻めるおかっぱがいる。アカネだ。木の薙刀はお姉ちゃんのを、

勝手に持ち出したのだろう。

墓地の通路はせまくて敵はひろがれない。四方からの攻撃に、七人が固まってしまったから自由に動けない。アカネの薙刀は長すぎて墓にぶつかるけど、それでも敵をおびえさせた。

武二は墓石の上から、毅の肩と胸を攻める。頭だけは攻めてはいけない約束である。敵の隊長、毅はさすがにつよい。三回、四回、互いに木刀をはね返し、かわしては打ちこむ。どちらも何度も斬られ、何度も死んだはずだ。それでも「ごっこ」だから、不死身で戦いつづける。

武二は、ひょいととなりの墓にとびうつると、足で毅の肩を蹴った。

「ああっ」

さけようとした毅は、ひっくり返って、ゴッチンと墓石に頭をぶつけた。

石の角に当たったのか、立ちあがれない。苦戦していた部下は、もう戦意を失った。

「ちょっと、タンマ、タンマだよ。血が出てる」

頭の帽子に血がしみてきた。かなり痛いのか、顔をしかめてうごかない。

「戦争にタンマなんかねえぞ。じゃ、コウサンだな。ようし、ひきあげえ!」

塀を背にしていた墓石の頭にとびのると、ひょいと塀をのり越えた。隊員もそれにつづく。

塀を越したら武二の家だ。庭にまわると七人は顔を見あわせて笑った。

「なっ、早くやっちゃって、よかったな」

気分は最高。以前の「チャンバラごっこ」が、いまは「戦争ごっこ」だ。名前はかわっても、武器は進歩していない。一対一がなくなって、作戦だけが向上した。

「よわいねえ。やっぱりチャンコロだね。武ちゃん、つよいなあ」

アカネは、ほおを赤くして、はあはあ、息をはずませ、黒いひとみをきらきらさせた。

この子は、武二の家のすぐ向かい、同じ年で、さっき武二が木刀をもっていたのを見つけて、「応援するよ。入れて」と、言いだした子だった。「だめだ」といっても、いつも平気ではいってくる。半分はずかしくて面くらうときもあるけど、わるい気はしない。

宮下隊は、庭のすみの井戸をこいでは水をのみ、顔をびしゃびしゃにした。武二の顔からは、水しずくが黒くしたたった。まゆ毛やヒゲの墨が顔じゅうに黒くひろがった。

「わあい！　黒んぼ隊長だあ」

みんなは大喜びではしゃいだ。アカネは大きなひとみで、

「おもしろかった。また入れてね。約束だよ」

おでこまで黒くなった武二の顔をのぞきこんで笑った。このとき、武二もアカネも、八年後に生死のさかいで運命をともにするほどの大事に出会うとは、つゆほども気づくはずがない。

2

武二たち三人きょうだいが生まれ育ったのは、東京に近い海辺の町大浜で、病院の医師をつとめていた父さんは、四年前に病気で亡くなった。東京のばあちゃんが亡くなり、ひとりになったじいちゃんのもとに、三年前に母さんとこしてきた。母さんの実家だが、広いばかりで古ぼけたこの富沢家は一〇〇歳に近い老齢で、ゆうれいが出るという物置部屋をいれて八部屋もある。

ゆうれいにびくびくしていたら暮らせない。だから、武二は肩をゆすって、「ゆうれいなんか怖くないぞ」と豪傑歩きをすると、廊下はガタガタ、ミシミシ悲鳴をあげた。

「こらっ、しずかに歩けえ！　夜中に、ゆうれいにヘソをなめられるぞ」

じいちゃんには、よくどなられる。それでもいばって歩く。ところが、この日は、足音もさせず茶の間にはいった。病院の看護婦をしている母さんが遅番だったのでうちにいた。

武二は、洗った浴衣《ゆかた》をたたんでいる母さんの前に膝をそろえてすわると、きょとっと母さんの顔色をうかがった。母さんは、それだけで笑いたそうな眼をしたが、わざとこわいろを使った。

「お、武二、その方は願いごとでまいったな」

「母さん、なんでわかっちゃうんだよ。じゃ当ててみな」

「その座り方は、さてはお小づかいねだりであろうぞ」

「わぁ、当たっちゃったあ。……言いにくいなあ」

でも武二の願いには、りっぱすぎる理由があった。

「ねえ、母さん、戦争どうしてはじまったか知ってる？　シナ（中華民国）の兵隊って、すごく悪いんだって。なんでも欲しい物とりあげたり、『こっちに来い』って連れてっちゃってはたらかせたり、言うことをきかないと、耳や鼻をちょん切ったりとか」

「ひどいねえ。そんな悪いことをするのかねえ」

「そいでさ、日本の兵隊さんは、わるいシナ兵を退治する戦争をしてるんだよ。そいでさあ……」

「武ちゃんがそういう話をするなんて、はじめてだね」

「そいでお願い。お小づかいふやしてよ。ひと月に五銭じゃたりないよ」

「それが戦争と、どういう関係があるの」

「戦争するのに、飛行機とかどんどん造らなくちゃ勝てないでしょ。五銭じゃ献金できないよ。先生がお小づかいで献金しなさいって言ったんだ」

武二が、「がばちゃん先生」と名づけた担任の樺《かんば》先生は、夏休みになる三日前、カバのようにたるんだ顔をいかめしくして、クラスの子を体育館へつれていき、正面左の壁にあるポスターの前にならばせた。

「この絵を見なさい。何の絵かわかるかな。そうだ、日本の兵隊さんとシナの人たちだね。日本の兵隊さんが、困っているシナ人を助けてあげている絵だよ」

先生は、みんなの顔をぐるり見まわしながら、一気に話をつづけた。

「シナにはわるい兵隊がいてね……」

母さんに話したことは、もちろんそのうけうりだ。

「だから戦争に勝てるよう、兵隊さんを応援しよう。戦争は、国民みんながんばらないと勝てない。がんばった人は、かば丼をがばっと食べてよろしい」

先生は一日に五回ぐらいは「かば丼」という。カバの肉を使ったかつ丼なんて本気にしないけれど、「かば丼」がでてくると、みんなは「わあーっ！」とよろこぶ。

武二は、そばにいた幸雄に、そっとつぶやいた。

「耳とか鼻、ちょん切られたらいたいよなあ。シナ人はかわいそうだよ。負けたら日本人がちょん切られるかなあ。へんな顔になっちゃうから、負けたらいやだなあ」

そのとき、君男が手をあげた。

「先生、チャンコロって頭が悪いんでしょ。それに、すごくきたないんだって」

「だからね、いい国になるよう日本が助けてあげる。天皇陛下は神さまで、日本は世界でただ一つ神さまの国です。日本に生まれた君たちは、天皇陛下が国のお父さん、皇后陛下がお母さんだから世界一幸せです。戦争に勝って、シナも天皇陛下が治めるようになったら、シナの人たちも幸せになります。シナがそういう国になったら、毎日がばがば、かば丼食べてよろしい」

みんなは、また「わーっ!」と声をあげた。

「新聞には、飛行機をつくるため、お小づかいをためて献金した子、駅の前で花束を売って献金した女の子の話がのっていたよ。学校でもお小づかい献金を集めます。お小づかいなら、使うのがまんすればできるよね」

武二も、クラスのみんなも、先生の話を本気で聞いて、少しもうたがわなかった。

武二は、こぶしでひたいの汗をぬぐいながら、幸雄に聞いた。

「おまえ、お小づかい、いくらもらってる? おれ、月に五銭だぞ。それをがまんして献金なんていやだよ。献金した子って、お小づかい、たくさんもらえる子だよな」

「おれ、一〇銭だけどさあ。二〇銭だって足りねえよ。飛行機の献金するんだからって、小づかい増やしてもらおう。おめえも増やしてもらえよ」

「うん。それにさあ、花を売ってる子って、その子のうち花がたくさん咲いてるんだな。おれんち、咲いてる花ってサルスベリしかねえや。枝を切れば売れるのかな」

「そいつは無理だよ」

――お小づかい増やしてもらおう。飛行機のための献金だもん。

ところが、母さんにはこういわれた。

「母さんからもらうんじゃ、母さんの献金だね。自分のお小づかいでしないと、武二の献金にならないよ。母さんもじいちゃんも、二〇円ずつ国債を買ったから、子どもはしないでいいの」

「だって学校で献金するんだ。五銭じゃできない。豊だって一〇銭だよ。お小づかいふやしてよ」

「武ちゃんみたいに、うちのこと何にもしない子は、お小づかいなしでいいの。それに要る物は買ってあげてる。誕生日にふやす約束もしてたね」

「いまのお小づかいで買えないものあるんだってば。おれさ、隊長なのにサーベルももってない」

「武ちゃんもうちの役にたつこと毎日三つはしなさい。自分できめるのよ。朝、ふとんをたたんで押し入れにしまうとか、お庭をはくとか、みんなのお茶碗や箸をそろえたりとか、できる？　誕生日じゃないけど、三つできたら今までとあわせて一〇銭にしてあげる」

母さんは、つい甘くなって約束した。

一円は一〇〇銭で、そのころは五〇円の月給はうらやましがられた。武二のうちは父さんがいない。母さんの給料だけだから、ぎりぎりのお小づかいでも仕方なかった。

「わーい！　よかった。これで五銭献金できる。ありがとう、やっぱり母さんだあ」

武二はうれしくって、ろうかで口ぶえがでた。だが、あっと気がついた。

――おれ、お小づかい、やっとこ増やしてもらったのに、使えるのやっぱり五銭かあ。戦争ってつまんねえなあ。献金は二銭にしておこうっと。

シナという いい方　中華民国の英語訳 Republic of China を日本では支那《しな》共和国と表現した。略したのが「シナ」だったから、みくびっていうつもりはなかった。しかし、中国側から忠告されて、一九三〇年に日本政府は「中華民国」と正式に呼ぶことに改めた。ところが、相手がいやがる「シナ」の呼び方を、一般人や新聞、ラジオなどでは平気で使い、しだいに侮って使うようになった。

2 カッパの志

1

兄の幸一は、路面電車にのって七つめの新明中学に通っていた。夏休みの校庭は、朝八時になってもだれもいない。すきとおるような静けさだ。となりの公園で、ツクツクホウシが鳴いている。

宮下幸一、三年の水泳部員。夏休みのプール当番だから、まず浄水機のスイッチを入れる。と、とつぜん目ざめた怪獣のような、やかましいうなり音がひびき出す。

このころ、プールがある学校はまだ少ない。幸一は、プールがある中学をえらんだのだ。

赤ふんどしに白の水泳帽、シャワーをすませると、コースロープを引きずってきて、そっと水にしずむ。冷たさに体がぷるるっとしまる。

ロープをかけ、ゆうゆうクロールで水をきった。集合には一時間もはやい。だれもいないうちに、しずかに泳いでいたい。「当番のごほうびだ」そんなつもりでいる。

「おれが毎日やるからいいよ」と、当番をひきうけているので、だれもはやく来ない。

幸一は、学校では「カッパ」でとおっている。「へのカッパ」といわれても笑っていた。

「カッパにかなうやつ、いねえよな」

と、五年生にも一目おかれていた。このころの中学校は旧制で、五年まであった。

夏休みは、約四〇〇人の希望者が、三交代で訓練をうける。けいこがおわると、午後組の半分が残って、プールサイドをデッキブラシで洗い、使ったものを片づける作業があるのに、途中で投げだして、あとを幸一におしつけて、さっさと帰っていく。

幸一は、そんな後始末もいやでない。底抜けの「お人よし」だし、もっと泳いでいたかった。

さて、八月一三日の午後のこと、みんなが引きあげたあと、幸一は、先生がおき忘れた「水泳日誌」を、職員室にとどけにいった。すると、ラジオが聞こえてきた。

《上海《シャンハイ》でも、いまや戦争の一歩手前、敵軍は、日本人の居住地を包囲しつつあります。政府は上海の邦人に、引き揚げ命令を発しました》

――いよいよ上海でも戦争か、どうなるかな。

ぶるっとふるえがきた。まだ赤ふんどしのはだかのままだ。早くあと始末やってカギをしめよう。と、プールにもどりかけたときだった。

「だれかあ、きてえ！」

小さい子どもの叫びがした。

――何だ？　だれもいないはずなのに。

みょうな胸さわぎがして、急いでプールにとんでいった。

何でだ。プールサイドに五歳ぐらいの男の子がいて、水を指さした。

「えーっ、どうして？」

水色シャツの女の子がおちている。うずくまった形で半分浮いていた。赤いマリもひとつ。

幸一は、心臓が停まりそうなほどおどろいた。すぐさまとびこんで抱きあげると、五歳ぐらいの子だ。ぐったりして意識がない。でもまちがいなく生きている。

――死んだらどうしよう。カギをあけといたのは、おれの責任だ。

おぼれた人の救助法なら教わっている。首をかたむけさせ、水を吐かせようとしたが、吐かない。はじめてのことで自信がない。そばにいた子に聞いた。

「この子のうち近くなの？　知ってるかい。どこ？」

「八百屋さんのとなり」

「すぐ行って、うちの人呼んできて。早く来てって」

「うん」

男の子は、門ではなく塀の生垣にむかった。

「ちょっと待って。職員室の方に来てもらうんだよ」

その子はうなずいて、マキの生垣の下の小さなすきまを、猫のようにくぐってぬけた。

――そうか、あそこからもぐってきたのか。

人工呼吸法や心臓マッサージ、聞いたことはあってもやれそうにない。シャツもパンツもぐしょぬれの女の子をかかえ、幸一は校庭をななめにつっぱしった。

――日直の先生ならいる。保健の先生か、水泳部の神部《かんべ》先生がまだいるといい。

「先生、たいへんでーす！」

幸一は職員室にむかって、大声でさけんだ。

「先生！」

ガラス戸があいて、校庭に首をだした日直の日下部《くさかべ》先生は、顔色をさっと変えた。ひと目でわかったのだ。すぐに神部先生をよんだ。神部先生はあわてたように、その子をだくと保健室にはこび、ベッドにねかせて、水を飲んでいないか、心臓はとしらべて、口から口へ空気を吹きこむ人工呼吸をはじめた。神部先生は、水泳部の先生だからたよりになる。

日下部先生は、宿直室にある電話で、りんりん、りんりん、ベルを鳴らしては、校医さんや病院や校長先生の連絡先へ、かたっぱしから電話をかけた。幸一は、「ここにいろ」といわれたから、電話器の近くにいた。プールの始末が終わってない。また幼児が入ってこないか、気が気でない。

先生のOKがでて、プールにもどろうとすると、女の子の母親が息をきらせてかけつけてきた。

「ミツヨーッ……」

子どもにとりすがった母親に、先生がいった。

「あの生徒が助けたんです。大丈夫と思いますが、いま救急車がきます」

救急車がくると、母と子を乗せ、神部先生は自転車であとをおった。

幸一は、自分のゆだんで事件をおこしたと思うと、くたっとつかれた。

生垣の穴のことを小使いさん（その頃は、用務主事さんを「小使いさん」と呼んでいた）に話し、プールの始末をすませ、シャツをきて宿直室で病院からの知らせをまっていた。

――死ななければいいけど……。

ラジオが聞こえてきた。ニュースどころでないのに、はっと、耳にとびこんできた。

《上海では、日支両軍ついに衝突しました》

――あ、戦争が、上海にひろがったんだ。

そのとき、神部先生から電話がはいった。

「ああ、もしもし、君の名、宮下幸一だったな。あの子大丈夫だ。意識もどったよ。おちた瞬間に気を失って、水が肺に入らなかったし、はやくひきあげたのがよかった。君のせいじゃない。むしろ親は泣きながら君に感謝していたよ」

「そうですか、先生、そうですか。ああ、よかった」

日直の先生に受話器をわたして、ほっとしたとき、宿直室から、また戦況ニュースがきこえた。

《突如としてシナ兵が発砲し、わが陸戦隊は断乎これに反撃しています。上海には、およそ一〇万とみられるシナ軍がぞくぞく集結中です》

電話のこと　その頃は、学校とか病院には電話があっても、ふつう一般の家にはない。電話器は、壁にとりつけた箱型で、話すときは箱についたラッパに口をちかづけて話し、コードのついた別のラッパを耳にあてて聞く。

電話をかけるときには、ぐるぐるハンドルを回してベルをならし、電話局を呼びだす。局の人が電話に出たら、かける相手の電話番号をいって局で線をつないでもらい、相手につながれば話ができる。だから、一回ごとに手間も時間もかかった。

2

翌朝も幸一はプールにいくので、ラジオを聞きながら先に食事をした。

《一三日午後三時五〇分、上海におけるわが軍は、海・陸あい呼応して砲門を開き、シナ軍に猛攻撃を開始しました。黄浦江《ホワンプーチャン》の帝国軍艦からも敵に砲火をあびせております》

じいちゃんは、手にキセル、耳はラジオ、顔は新聞につっこんで、だんまり読んでいた。

この日は水泳の進級テストだ。明日は競技会があって、それで夏休み水泳けいこは終わる。

プールサイドに、生徒がそろったところに、軍服がはちきれそうなふとめの軍人が、おもそうな日本刀を腰にさげて、のしのしとやってきた。ひげもまゆもダルマみたいだ。

「あの刀のさや、皮だろ」

「あの日本刀、ほんとに切れるかな」

「なんで水泳に刀がいるんだ?」

生徒たちは、小声でつぶやいていた。

四月に任官した配属将校《はいぞくしょうこう》である。彼はまず、整列がおわってない生徒を、一喝した。

「まだ、のそのそしとるかっ!」

日本じゅう中学以上の学校には、どこも軍からの配属将校がいた。少年たちを天皇のためいのちを捧げて戦う兵士にする教育をして、軍隊に送りこむのが学校の役割とされていた。

少尉は、胸をそらし、かん高い声をはりあげた。

「上海でも、わが軍はいよいよ戦闘を開始した。この重大なとき、のそのそしとって戦争に勝てるかっ！近いうち帝国軍人となる諸君だ。よいか、水泳もお国のため、戦争に勝てる体と魂をきたえぬくためなんであーる」

準備運動をして検定がはじまると、配属将校は引きあげた。プールでは、水しぶきをはねあげての熱戦に、声援も燃えてきた。進級できないと、次の昇級チャンスは一年先になる。

幸一は、当然のように一級に合格した。一二時すぎ、すべて終了したが、興奮はさめない。進行係でつかれたが、浄水機のスイッチを切って、シャワー室の見まわりをした。きょうは泳ぎ足りない。プールに入り、ゆったり水をきる。ひょっと、ラッコのようにあお向けに浮いて、思いだす。

――あのころは海辺の大浜にいた。あれは五歳の夏だった。

昼すぎ、友だちとのあそびにあきると、「川でシジミとろうよ」とさそわれ、小さなバケツをもっていった。川幅は四〇メートルぐらい、浅くて小さな川だ。波はこない。

「子どもだけで泳いでは絶対いけない」と言われていたのに、「もう泳げるんだい」と、泳いだことはよくあった。シャツをぬいで川にはいると、「おれ、うまいだろ」と先に泳ぎはじめた。

どのくらい泳いだか、ふりかえって見ようとしたら、いつもとちがう。足がつかない。

――ああっ、たいへんだあ！

満ち潮には、川まで深くなるのを知らなかった。向きをかえたが、あせった瞬間に息をすいそこない、夢中で手足を動かした。苦しくてばたばたやっても、体はぶくぶく沈んでしまう。

足がつかない。体が浮かない。息ができない。

……わあっ、こわい、死んじゃうよう。

そのとき、「これこれ、どうした」と、体がもちあげられ、はこばれた。

「ここなら立つだろ、大丈夫だ」

足がついた。息ができた。あ、助かったんだ。

その知らないおじさんは、お礼を言わないうちに、さっさと泳いでいってしまった。

「死ぬところだったんだ、おれ……」

水のこわさが体にきざまれた。

五、六年になると、いのちのありがたさが、ぐんとふくらんできた。

——おれ、もっと水泳がうまくなる。おぼれそうな人を助けられるようになりたい。

——オリンピックの水泳選手には無理だ。でも、三〇人とか、五〇人とか救助した新記録なら出せるかな。

「宮下幸一、水難救助日本一」なんていうのもいいか。

そんな気もちが渦まく日々だったのに、きのうはスキがあって、女の子の事故をおこした。いのちは助かったけれど、幸一には肝にこたえた。

幸一たちは、半分は大浜のばあちゃんに育てられた。母さんは病院の看護婦なので、勤めの時間が長いし、夜勤もあるので、どうしてもばあちゃんをたよりにした。

母さんの実家では、東京のばあちゃんが亡くなって、じいちゃんがさびしそうだ。長男は、満州国の役所ではたらいている。次男はよその家に養子にいった。母さんは、じいちゃんのひとり暮らしが心配で、子どもも成長したので、東京に勤めをかえて実家にうつった。

大浜の松林、かぎりなく遠い水平線のひろがり、海がすてきだ。大浜では、幸一の泳ぎなんか問題じゃない。だけど、五歳のにがい経験を体にきざんで、幸一は執念のカッパだった。

3　下村さんとの出会い

1

武二は姉の昭子と、七月のおわりごろから大浜の家にいっていたが、八月一四日、ばあちゃんをつれて帰ってきた。もう夕方にちかい。

大浜のばあちゃんは六五歳、恵比寿さまのように頬がたるみ、おかめのように目が細い。

「やっぱり東京はあついねえ」と、襟の下にはさんであった手拭いで、額から首すじにながれる汗をふいた。すこしふとりすぎだが元気がいい。

母さんはまだ帰ってきていない。幸一がいたが、足のわるい七五歳のじいちゃんが、浴衣《ゆかた》姿でひょろりとでてきた。

「いつもいつも、じゃじゃ馬と、いたずら小ザルのしつけで、お疲れさまです」

「なんのなんの、じゃじゃ馬にいたずら小ザルで、はりあいありますわ」

「はい、これ」

武二と昭子は、みやげの野菜や、カツオの塩辛、イカの干物をならべた。

「これはありがたい。酒の肴《さかな》になによりで」

幸一は、ばあちゃんにウチワをわたして言った。

「おれ、学校の水泳が明日終わるから、一六日に大浜にいくよ。海水浴場の見はりも手伝いたい」

「じゃあ、わたしゃ一六日までここで待ってるから、いいね。幸一の首に縄くくって引っぱってでも、連れていくつもりで来たんだからね。はっ、はっ、はっ、はっ……」

「それじゃあ縄がいるんだ。見つけてこようっと」

とび出ていく武二の背中に、投げるように昭子が言った。

「縄なら、玄関に縄跳びのがあるよ」

武二は、そのまま庭にでると、もう竹馬にのっていた。

「あの小ザル、ちょっとの時間でも遊ばないと、生きている気がしないんだよ。それに大浜じゃ、よその畑のトマトを食べたの見つかって、ばあちゃんに叱られたりさ、困っちゃう」

「そうそう、危なっかしい子だけど、でも、にくめない小ザルだよ」

ばあちゃんは、眼をほそめて庭を見ていた。

廊下のガラス戸は開けはなしで、夕風がこころよい。蚊とり線香の煙と香りがながれる。

「ここは、お客だいすきの蚊が、うるさく集まってきますんで」

振り子の柱時計が、のんびりと六つ鳴った。

「おおそうそうニュースの時間だ。シナは上海に一〇万の大軍をあつめたと。本気で戦う気ですな」

幸一が立って、タンスの上のラジオのスイッチをいれた。

《けさほどもお伝えしましたが、一三日午後三時五五分、上海におけるわが軍は、海・陸あい呼応して砲門をひらき、本格的に猛攻撃を開始しました》

ばあちゃんは、箱型ラジオに目をとめた。

「いいラジオ買いましたね。うちでもこないだ、とうとう買ってね。誠が在郷軍人だから戦争が気になるんですね。あたしゃ落語や浪花節《なにわぶし》が聞けるんでうれしいけど」

大浜の誠叔父さんは、武二たちの死んだ父さんの弟で、ばあちゃんの息子。軍隊にいたとき満州事変で出征していた。いまは町役場につとめている。

男子は満二〇歳になると徴兵《ちようへい》検査があり、軍隊に入って二年の兵役を務めたあと、平時なら自分の職業につく。いざ戦争となれば、軍の命令ひとつで戦地にいく。そういう人を「在郷《ざいごう》軍人」といった。それに対して、自分から志願して軍人を職業にした人が「職業軍人」である。

そのとき、外からふとい声がした。

「ごめんください。こちら、宮下幸一さんのお宅ですかい」

2

幸一が出ていくと、見知らぬ男が鉢巻をはずして、玄関の上がりかまちに、おでこをぶつけそうなほど頭をひくくしてお辞儀をした。

「あんたさんが、宮下幸一さんで。はあ、わっしゃあ、おととい、あんたさんに助けてもろうた下村光代の父親でござんして。こんどのこった、まことに、まことに……」

じいちゃんが顔をだすと、もう一度ふかく頭をさげた。

「お礼申しようもねえ、ありがてえこって。光代のやつ、学校のプールにこっそり入りやがって、水に落としたマリを拾おうとして自分がおっこっちまった。そこに幸一さんが、すぐさまとんできて救ってくだすった。幸一さんがいなきゃあ、お陀仏でござんした。幸一さんは娘のいのちの恩人でござんす。わっしゃあ一生わすれやしやせん」

あんパンに目や口を描いたような人なつこい顔だが、太めのがっしりした体格に圧倒される。

「それは、運がよかっただけなんです。はやく気がついて」

幸一は、口ごもってしまった。女の子を救ったとはうちの者には初耳で、そこに集まってきた。

男はぶらさげてきた白木の盤台《ばんだい》を、ずいと突きだした。魚屋がつかう白木の平たい桶である。半袖から出たたくましい腕は赤銅色に日焼けして、牡丹の入れ墨にはっとさせられた。

「これじゃ、お礼のしるしにもなりゃしませんが、活きのいいタイを見つけたもんで、娘が生きかえった祝いでござんす。召し上がっておくんなさい」

ふたをとると、氷づけされた大きなタイが、しっとり桜色の鱗《うろこ》を光らせていた。

そこに帰ってきた母さんは、いきなりのことにとまどっていた。

「あら、大きくてりっぱなタイじゃないの、どうしましょ」

「奥さん、こういう料理はにが手でござんすか。よろしけりゃ、わっしにやらしておくんなせえ。活きがいいから刺身にすりゃ、うめえっちゃねえ。うけあいですわ」

下村さんは台所口からあがると、大皿や包丁などを出してもらい、タイを水洗いして手ぬぐいで水気をとった。鱗をさりさりとはぎ、鰓《えら》になな めに包丁を入れ、鰓をかきだし、腹を裂いてはらわたをぬく。背びれのつけねからも、腹びれにそっても刃をながすように身をはがしていく。

そのあざやかな手つきには、みな感に入って見とれてしまった。下村さんは頭も中骨も尾もつけたまま、うす切りの刺身をきれいにならべた。色も形もみごとだ。用意してあったシソの葉、ミョウガ、ワサビも出してそえると、みな、「ほおーっ！」と声をもらした。

「あらあら、みごとなごちそう。ありがとうございます。こんなにしていただいては」

「いえいえ、奥さん、娘のいのちの恩人じゃござんせんか。ご用があったらすっとんでまいりまっさあ。お困りのことあったら何なりと、ご恩がえしさせてくだせえ」

「おじょうずですねえ。板前さんですか」

大浜のばあちゃんが、感にたえない声できいた。

「いえいえ、わっしゃあ、おやじの鳶職《とびしょく》を手つだっとりますが、ほんとうは料理人になりたくて、仕出し屋で修業しとりました。兄貴に死なれて、おやじの仕事をつがにゃなんねえで、いまは鳶のはしくれ。まことはタイにほれとったんでして。料理ったあ、楽しいもんでしてなあ」

目にやさしさがあふれている人だ。さらに翌日、光代をつれて母親もお礼にきた。月末に、ばあちゃんの法事で親戚があつまるとき、母さんは、仕出し屋を紹介してもらおうと話したら、彼がひきうけた。

「わっしにまかしておくんなせえ。台所おかりしてつくって進じましょ。食器は一応見せてくだせえ。足りないもんは用意しますんで。こりゃ楽しみでござんすなあ」

法事の日、下村さんは包丁を用意してきて、仕出し屋の料理をりっぱに富沢家でつくってくれた。集まった親戚のおとなたちの話はどうしても戦争のことになる。今後のことなども語りあったのだった。

三、この年の秋——おとなの場合

武二は、「法事だから、お客さんが帰るまでは遊びにでちゃだめ」と母さんに足どめされていた。八月三〇日は、東京のばあちゃんの七年めの命日になる。

1　誠叔父さんの軍人魂

となりの安徳寺の本堂で法要をいとなみ、お墓まいりをすませると、富沢の家にもどってごちそうをいただく。じいちゃんは、お寺さん夫妻と話があるので、三人のお膳はお寺にはこんだ。

亡くなった父さんは、大浜の宮下家の長男で、誠叔父さんは父さんの弟だ。お膳がそろうまで、武二は叔父さんのお相手をした。

「武二の得意はなんだ」

「そうだな、窓から出入りするのと、塀をのり越えるの」

「ほう、そいつはおもしろい。おまえはりっぱな泥棒になれる。だがな、なっちゃいかんぞ。学校ではどうだ、算術か」

「ううん、算術はにがてできらいだ。得意はね、体操に図画とか工作だな。はしったら三年じゃいつも一番だ。唱歌はまあまあ」

「それは気に入った。おまえは遊びの天才で思いきったことをやる。おまえのようなのが連隊長になるといい。算術、国語ができたって軍隊じゃだめだ」

武二は、すっかりうれしくなった。連隊長といえば、中隊長、大隊長よりも上だからすごい。

叔父さんは、ふとい眉にほそい眼で、怒る、泣く、笑う、どんな顔にもなる。話はまるで落語だ。武二は、叔父さんのあぐら膝で話をせがむ。

「満州じゃあ、ゆかいなこといっぺえあったなあ。戦争も一段落して、敵が近くにおらんと退屈でいかん。そんなとき、山下伍長ってとぼけたやつがおってな。

『小隊長どの、川むこうの敵のトーチカを攻めたら、そこにブタ小屋があったんで一匹捕まえてきたんであります。どうです、たまにはうまいブタ肉料理といきましょう』

とにやにやして、おれの顔をのぞきこむ。いつものタヌキみたいな顔でだ。

『たまにはだと。きのうも敵の飛行機を撃ったら、堕ちたのがニワトリだった。おとといは、木の上にかくれていた敵が、木登りしたヤギだったな』

『ハイ、敵に化けたニワトリのおかげで、わが隊全員の胃袋が、一晩じゅう喜んで踊っておりました』

山下は、鼻をひくひくさせて得意そうにいうんだ。

この山下伍長、はりきって一〇人ほどの兵と銃をかついで出かけるが、見ておらんでも、おれにはわかっとる。あいつらは二キロもはなれた部落で、パーン、パーンと銃をぶっぱなす。農民たちはたまげて山へにげる。からっぽの部落が、山下のやつには敵の陣地に見える。逃げ残った敵兵を見つけて撃ったら、それがブタだったりするんだ」

「それで、ブタを引っぱってきたら泥棒じゃないか」

「敵兵を撃ったらブタだったんだから、盗んだことにならん。あいつなら、ヤギに木のぼりさせる、アヒルもニワトリも空をとばす。だからゆかいだったなあ満州は。アッ、ハッ、ハッ……」

「でも、やっぱり泥棒だよう」

「いやいや、戦争にいったら、そういう化けものを見つけねえと、うまいもんが食えねえ。おれたちも悪いことしてきたもんだなあ」

叔父さんは、そういって武二の顔をのぞきこんだ。

「おまえだって、大浜じゃ、おとなりのイチジクをとって食ったろ。お稲荷さんにお供えしたばかりのいなりずしも食ったぞ。ご飯つぶを石のキツネの口になすりつけて、キツネのせいにしやがった。戦争ごっこやる子はそれでいい。勝ったことあるか」

「うん、夏休みに四年の毅《つよし》をやっつけた。だけど仕返しされないか気をつけてる」

「仕返しされて当たり前、それが戦争さ。そしたら、もっと、こてんこてんにやっちゃえばいい」

そして、笑いながら叔父さんは、ポケットに紙をつっこんだ。

「武二、みんなにハナッタレっていわれんように、『ハナ紙』をやる。ハナをかむのはいいが、便所でお尻をふいちゃいかんぞ」

それが一円札だとはわかっている。武二はうれしくてとびあがった。

「叔父さん、ハナ紙ありがとう」

一円は一〇〇銭だから、これで、友だちを集めて花火大会ができるんだ。

＊　＊

誠叔父さんは、日曜日だから明美叔母さんとふたりの子どももつれてきた。母さんのきょうだいでは、すぐ下の弟で、中山家の養子になった次男の満雄叔父さんが、あやめ叔母さんとそろって出席した。長男の光太郎伯父さんは、満州国の役所に勤めていて、この日は欠席。あと東京のじいちゃん、大浜のばあちゃん、もちろん母さん、そういった顔ぶれだった。

下村さんのおかげで、いろどり美しく、にぎやかにごちそうが並んだ。

誠叔父さんの話は、すぐに軍隊にむすびつく。そして酒がはいると、いっそう声をはり上げる。

「幸一と武二は、まったくちがうな。幸一は軍隊にはいっても将校にならんほうがいい。上官にも、下の兵にもお人よしでは息ができんからな。下っ端が気らくでいい。だがな、上官も一目おく変わったことをしてみるといい」

その意味が幸一には半分わからない。でもおとなたちの話にうつったから聞けなかった。

「おれのことだが、八月に軍に召集されまして、職場が替わったんです。なんと中学校ですよ。現役の将校が手不足になったんで、三つの学校の配属将校になったんですよ」

「ほう、中学生相手に戦争の話でもしますか」

中山の叔父さんが、丸い目をぐりぐりとまわして聞いた。だんごっ鼻なのに、幸一たちきょうだいは「てんぐ叔父さん」といっていた。いつも自慢話をするからだ。

「いやいや、そんなていどのお仕事だったらラクチンでいい。配属将校のつとめはですな、一にも二にも、ヤマト魂を、生徒たちだけじゃない、先生たちにも植えつけることですよ」

「誠さんの仕事もえらいもんだ。戦争がはじまって、学校よりも、あんたも戦地へいって存分に手柄をたてたいのとちがいますかな」

誠叔父さんは、ふしぎな笑みを見せながらうなずいて、もう一杯お酒をついでもらうと、こくんと飲んでからこたえた。

「おれ、こんど召集されたら中隊長ですよ。戦場では中隊ごとで戦うことがおおい。小隊長とか中隊長は、そのたびに、先頭きって突撃する。そうせんと部下がついてこない。敵の弾の一番の的になる。いのちがいくつあってもたりない。下っぱの将校とは、そういう役割ですよ。

おれは、お国のために死んでもよいが、いまはそれより、戦場でいのちを捧げて戦う若者がたくさん必要です。中学校で何千人もの生徒を、りっぱな戦士にそだてれば、何千倍かお国のお役にたちますよ。死にいくばかりがいいともいえませんな」

「なるほど、それも軍人魂ですな」

だまっていた明美叔母さんが、口をひらいた。

「配属将校でよかったわ。おつとめは遠くなったけど、安心ですもの」

あやめ叔母さんも、それに同調した。

「身勝手なようだけれど、出征してほしくないわね」

「そうですよ。手柄をたてても死んだらつまりませんよ」

ばあちゃんもそういった。

2　中山叔父さんの商魂

ややあって、てんぐ叔父さんが口をきった。それまで話したくてじりじりしていたようだった。

「いままでの工場はせまいので、東京の郊外、といっても近いところだが、ひろい工場をつくったんです。小学校には広すぎる土地で、本格的な工場ですよ。従業員はまだ四〇人ほどだが、間もなく倍にはなる予定でね」

中山の叔父さんは、鋼鉄商の中山家に養子にいったから、富沢のじいちゃんと苗字がちがう。中山家は、町工場に金属の材料を売る商売をしていたが、五年前に小さい工場をはじめ、こんどは、機関銃や小銃の金属部品をつくるらしい。

「それはご発展でけっこうですね。軍需《ぐんじゅ》では、ますます忙しくなりますな」

軍需とは、武器、弾薬のほか、衣類、食糧、靴、ベルトなど、軍隊で使うものすべてをいう。叔父さんは満足そうに、眉をさげて話をつづけた。

「機械を次つぎふやしても、注文に追いつかないので、設備をふやすのにいそがしい。機械をふやしても、扱える人間がすぐには間にあわない。なかなか容易じゃありませんよ」

「それはうらやましいかぎりだ」

「利益があっても儲かりませんな。機械、設備でいくらでもお金がかかる。新工場が計画どおりいけば、二年先には息をつけるでしょうが」

てんぐ叔父さんは、一人ひとりに鼻先をむけて、

「ところで、満州へとんでいって火薬の生産をはじめたのがおりましてな。それこそ印刷機で刷るみたいにお札が入ってくるらしい。綿と硝酸と硫酸にアルコール、こいつがそろえば、火薬には、すぐに手をつけられるんですすわ」


語りながら叔父さんは、注がれたお酒をすすってつづけた。

「わしの会社だって、満州に工場を出したいですよ。満州には光太郎兄貴がおって、あちらの役所で便宜をはかってもらえますし。ご承知ですか、上海《シャンハイ》戦で銃弾を使いきって軍の倉庫はからからです。そいつと組めば、機関銃、小銃の弾はまかせとけってもんです。真鍮《しんちゅう》と鉛の加工はお茶の子ですしね。ただ、戦争がすぐ終わっちゃ困るんですわ」


幸一は気になった。

「どうして満州がいいの。日本のほうが技術も高いし、便宜もいいでしょ。満州だと通訳がいないとことばも通じないし、知ってる人や協力してくれる人も少ないんじゃないかなあ」


てんぐ叔父さんは、にやりと笑って言った。

「そこだよ。戦争って、どうして起こるかわかるかい。もうかるからだよ。うんともうけるには満州だよ。こんどのシナ事変も、もうける場所を広げるんで始めたわけ。もっとも、これはないしょ。ほかの人に言っちゃ困るけどね」

「そいつは、そうはっきり言わんほうがいいですよ。ホンネってのは隠しておかなきゃ」

と口をだした誠叔父さんが、満州の話をはじめた。

「中山の叔父さんの、言うとおりですよ。おれは満州にいってきたから少しはわかる。そうだな。中山工場で原料の鉄や石炭を仕入れたとする。鉄鉱石にしろ石炭にしろ、日本とはケタちがいの生産量でべらぼうにやすい。タダ同然。労働者はいくらでもいて、賃金はうんと安くてすむ。あちらで工場やったら、もうけ過ぎてもうけ過ぎて、ウオッ、ホッ、ホ、ホですよ、ね」

「うわっ、はっ、はっ、うわっ、はっ、は……。それに協力するのは、つわものぞろいの関東軍。日本の工場や鉄道を守ってくれる。それができるようにしたのが、誠さん、満州事変で満州をぶんどってくれたあんたがたですよ」

「いやいや、職業軍人は、戦争を起こしたくて待っておった。出世できるチャンスですからね」

職業軍人は軍人として一生を過ごすが、戦争がないと手柄をたてられず、出世がむずかしい。

誠叔父さんは、うっとりとつぶやいた。

「ひろいからなあ満州は。工場の土地だって、思いどおりですからなあ」

「軍事費をケチったら戦争は敗ける。だから、軍事予算をどんどんふやす。じゃんじゃん献金をあつめる。戦争は大もうけのチャンスですよ。いや、もうからなくちゃ戦争なんかはじまらない」

中山の叔父さんは、もう大もうけした気分になっている。母さんが思いだしたようにいった。

「ラジオ工場では、戦争のおかげでラジオが売れて売れて、作っても作っても品不足だって新聞にあったけど、戦争でもうかってるのねえ」

「ああ、ラジオなら、みんなが買ってしまえば、もうけはそれで終わり。しかし、武器や弾薬は、戦争がつづくかぎりいそがしい。つぎの戦争だって、まだまだありますよ」

幸一にとっては興味ぶかい話だった。

――学校の先生の話より、おとなの話ってホンネだから面白い。こっちがほんとうだろうな。

武二は、ごちそうを一番に食べ終わっている。

――おとなの話は長いな。はやく終わるといい。いつもの広場で、あいつら何してるかな。

――だけど、先生のいう戦争と、ずいぶんちがうな。戦争すれば、おカネがもうかるなんてへんだよ。中山の叔父さんのうち、お金持ちなのに、もっとおカネがほしいのかな。

3　母さんの悩み

母さんは、叔父さんの話のあいだじゅう考えこんでいた。

「お国のために」という大きな力が、小さくてよわい自分や家族たちを押しつぶしていきそうな、そんな心配にとらわれていた。決まってもいないことを親族に話して、心配かけたくない。

母さんは、日本赤十字の看護婦養成所を卒業している。戦争ともなれば、卒業後二〇年までは傷病兵の救護に召集されるかもしれないのだ。この戦争では、すでに多くの救護看護婦が戦地におもむいた。自分も戦場にいく日がわりと早くやってきそうな、そんな予感がしている。もちろん母さんだって、その使命を軽んじる気持ちは少しもない。戦場で戦っている兵士が、次つぎに負傷したり病にかかる。敵味方の区別なく治療にあたるのは、苦労があってもすばらしい生きがいと思っている。

赤十字の看護婦養成所にはいったのは、ナイチンゲールにあこがれたからだった。もっとも清らかな奉仕活動ができると思っていた。いまも、その気持ちは変わっていない。

ナイチンゲールは、クリミア戦争のとき、多くの看護婦を指導して、傷病兵の看護にあたり、「クリミアの天使」とよばれたイギリスの看護婦である。

――でも、わたしには、父がいない三人の子を育てる母のつとめがあるもの。老いた父親をおきざりにもできない。ほこらしい任務だからって、家庭を放っては出ていけないわ。

――なんのための戦争かよくわからないけど、国の力で、子どもたちが犠牲にされそうで怖い。

母さんはだれにも洩《も》らさないでいるが、先週はじめ、赤十字の坂本先生に会いにいった。先生は、よろこんで迎えてくださった。

「やあ、富沢さん、いや、いまは宮下さんでしたね。お会いできてうれしいです。赤十字社はいま忙しくなって、ネコの手どころかネズミの手もかりたいぐらいですよ」

「夫に逝《い》かれてから、父の余生を見守りたいと、ただいまは子づれで実家にもどっておりますの」

この先生なら、赤十字で発言力がある。事情を話せば、戦地への派遣予定者の名簿からはずしてもらえるかも、と、かすかな願望もあった。しかし、話がそちらにいくと、びしっと釘をさされた。

「一人ひとりの事情を考えていたら、従軍看護婦の人数がそろいませんよ。戦地の病院では毎日のように、たいへんな傷を負った兵士が、トラックで何台もはこばれてきます。看護婦が足りないからと放っておけますか。それがあなたがたの務めですよね」

「生まれたばかりの乳のみ児をおいていった看護婦だってめずらしくない。どなたにも事情があります。もう覚悟をきめなさい。あなたは婦長です。幹部ですよ。婦長はだれでもというわけにいかない。ゆたかな経験、指導力、円満で責任感のある人柄が必要です。ことに外地では」

くり返し、頭にそのことばがよみがえる。「それがあなたの務めですよ。覚悟をきめなさい」

——それにしても、何とか、ならないものかしら。

「姉さん、どうかしたの。顔色よくないですよ。お食事もへってないし」

明美叔母さんの声で、母さんはわれにもどった。

「いえ大丈夫、ちょっと疲れがたまっていたのかな。いただくわ。焼き魚おいしそうね」

母さんは、箸をとりながら自分にいい聞かせた。

——いくら考えたってむだだわ。そのときはそのとき、運がむけば戦争が終わるでしょう……。

四、吹きすさぶ血の嵐

海をこえた黒い戦雲は、上海《シャンハイ》で渦巻いていた。民国軍の強力な抵抗に、三か月も苦しめられた日本軍は、大軍を増派してやっと上海を占領すると、間髪《かんはつ》をいれず、首都の南京《ナンキン》をめざして進撃していった。その道すじにあるツァオシンの村、村人たちはどうなるだろう。

1　大鍋の下のいのち

1

一一月二二日、朝は大雨がふっていた。さわがしい夜明けだった。

ぐおんぐおんと、飛行機の爆音……、天地を引きさく、大砲のうなり……、脳天まで突きぬけるような、機関銃の連続音……、雨がやんだ昼ごろ、部落にちかい民国軍の小さな陣地に、日本軍が攻めてきた。すさまじい銃の撃ちあいに、部落の人たちは肝をつぶし、あわてふためいて林のかげの墓場に逃げ込んだ。

ツァオシンの家族も、みな土まんじゅうの穴にもぐった。そこはきゅうくつでも土の部屋になっていて、この日のための食物や水も用意してある。

村の金持ちたちは、何日も前に荷物をはこばせ、遠くに逃げ出していた。

しかし、逃げようにもあて先がなく、田畑からはなれては生きていけない農民が大部分である。

「兵隊でもないわしらが、まさか殺されはしねえよ」

じいちゃんは、おろおろつぶやいていた。

銃声がやみ、砲声も遠のいたときは、気味がわるいほどの静けさだった。

「やつら、通りすぎたんだな」

父ちゃんがいうと、どこかのおじさんが、腰をかがめてようすを見にいった。

「民国軍はひきあげた。日本軍は無錫《ウーシー》へ向かったぞ」と知らせたので、ほとんどの人が家にもどった。

ところがそのすぐあと、四時ごろだった。どこからか銃声がひびいてきた。じいちゃんはあわてて、弟と妹の手をひいて、また墓場にいそいだ。兄ちゃんは、友だちと舟で出かけたあとだった。

ツァオシンが戸口から首をのばすと、父ちゃんがどなった。

「女、子どもは物置にかくれてろ！」

こわくても、ようすを知りたい。ひっこんでいられない。そっと橋を見た。この部落は周囲がぐるり用水で、たった一つだけ北がわに橋がある。

橋の中央に、青ハチマキをしめ、黄色い房を飾りにつけた長い槍《やり》をもって、仁王のように突っ立ったルウおじさんがいた。ツァオシンはうれしくなって戸口からさけんだ。

「わあい！　ルウおじさんだあ、おじさーん、がんばってえーっ！」

ルウおじさんは武術の達人で、この近くの村むらで知らない者はいない。いままで、ごろつきどもが、コメやブタや娘をうばいにやってきても、いつもルウおじさんが橋の上に立ち、槍をふるって追っぱらってくれた。だから、父ちゃんに、げんこつでなぐられても、扉にしがみついていた。

その橋へ、日本兵が鉄かぶとをかぶり、みじかい剣をつけた銃をへっぴり腰でかまえて、「わあーっ！」と押しよせてきた。

「やあやあ、トンヤンクイの野郎ども、おれさまの槍をうけてみよ。きさまら、一匹たりと、この橋はわたらせぬわ」

声高らかに、ぶるんぶるん槍をふりまわすルウおじさんは、仁王のようにたくましい。

「わあーい、おじさーん、つよいぞう！」

思わず手をたたいたとたん、

……銃声がなった。

「ああーっ！」

ルウおじさんがよろけた。

腹に鉄砲の弾があたったのか。それでも左手で腹をおさえ、槍をずんと立て足をふんばった。

「きさまらっ！」

さけんだ声が途中で絶え、仁王の体がぐらりとゆれた。

「ああっ、たいへんだ！」

どうっと、ルウおじさんはたおれた。おじさんの胸にも、頭にも、銃弾がうちこまれたのだ。

ツァオシンの腕を、父ちゃんはぐいとつかまえて、中にひきずりこんだ。

「見つかったら殺されるぞっ。物置のわらにもぐってろ！」

それでも、物置の戸をすかして、外のようすをうかがっていると、日本兵がきた。

父ちゃんと大声でいい争っている。

ふりかざしたほそい刀、

――あ、たいへんだ！　にげろ！　父ちゃん……。

足が、がくがくして、うごけない。

きらっと、光が横にはしった。

「あっ、父ちゃん！」

……声にならない。見えたのは、血しぶきだったのだろうか。

2

こわい。物置の戸をしめると、立ててあった鉄鍋をおろしてその下にもぐった。おおぜいの料理のときに使う、丸くてでっかいあの鉄の鍋だ。外のようすを知りたい。からだじゅうを耳にした。

トンニャンピーのどなり声……。かあちゃんの泣きさけぶ声……。

聞こえても、身うごきできない。

乱暴に戸をあける音がした。

ふみこんできたトンニャンピーの足音が、耳のすぐわきにやけにひびく。

ツァオシンは、息をとめた。鍋をけられた。とたんに、小便がちろっと、ズボンをぬらした。鍋は重いし、ツァオシンがいて少しずれただけ、その下で、がたがた体のふるえがとまらない。

ずさっ、ずさっ……、何度もなんども、わらの山に銃剣をつきさす音。生きた心地がしない。

わらに隠れている者がいなかったので、やつらは、何か言いながら出ていった。

たしかに二人のようだ。コメをさがしていたのかもしれない。

やつらが戻ってきたらと思うと恐ろしくて、亀のように、鉄鍋のなかで、いつまでも息をひそめてふるえていた。そのまま、何時間たっただろう。

しずかになった。さむくて、それに小便ががまんできなくて、ツァオシンは鉄鍋からはいでた。

もう夜だった。あたりが赤い。熱風がうずまいている。

――なんだ？　どうなっているんだ。

「母ちゃん！　よう、母ちゃーん！」

「じいちゃーん、兄ちゃーん！」

叫んでも、さがしても、誰もうちにはいなかった。

あつい！　煙だ、もえるにおいだ。ゆらゆら、赤い光がゆれる……。

「ああっ、たいへんだ！」

部落がもえている。ごうごうと熱風をまきあげて。

「あ、あ、あ、父ちゃん！」

戸口にたおれているのは父ちゃんだ。万能《ばんのう》クワをにぎったままで……。

頭が、ない。……ツァオシンは息がとまった。

父ちゃんの頭は、五メートルもはなれ、かっと見ひらいた眼、かみつきそうな歯を見せて……。

どす黒い血だまり、土壁の血しぶき……。

ツァオシンは怒りで、狂いたくなった。
――おれたちが、日本に何をしたっていうんだ。のろってやる！　復讐《ふくしゅう》してやる！
うらみ、にくしみ、かなしみが、体じゅうをつきぬけた。
――母ちゃんは、どうしたんだ？　父ちゃんがたいへんなのに。近所が火事なのに。
墓場にいったじいちゃん、そして兄ちゃんは？
父ちゃんを家にひきいれた。みんなは、どこにいるんだ？
外は火の風だ。炎と、煙と、飛びかう火の粉がふきすさんでいる。
はっとして、ツァオシンはようやく水桶をもった。
「おれんち、燃えちゃたいへんだ」
涙をふりとばしながら、火を消しにはしった。部落をおおう煙に、月がかげっていた。

2　生きていた赤ん坊

1

朝がきた。そしてまた夜がきたが……、だれも帰ってこなかった。
次の朝がやがて夜になり、また朝がきたが……。だれも帰ってこない。
やりばのない思いに、ツァオシンのはらわたは、よじれたままだった。
神をまつる廟《びょう》が村にある。たくさんの女の人が、そこで建物ごと焼き殺されていた。

黒い炭のようになって重なりあった死体に、母ちゃんがいるのか、さがしてもわからない。じいちゃんは墓場へいく道で、妹や弟といっしょに銃剣で刺され、血まみれで息たえていた。兄ちゃんは、舟で逃げた一五人の友だちみんなと、撃たれて死んでいた。

ツァオシンにとって、親友ミンシュイとホワンホワが生きていたことだけが救いだった。ミンシュイは墓場に、四日の間じっとひそんでいた。七人家族だったのに、生きているのは彼と彼の父ちゃん、ふたりだけだ……。ホワンホワはあのとき、川辺の草むらにじっとかくれていて無事だった。でも、一六人の大家族だったが、いまは、わずか四人というさびしさだ。

死んだ人を放置しておいては、腐臭でたいへんになる。やっと部落がうごきだした。

「火葬しよう。まず死人をみんな運び出すんだ」

潤いのない、長いながい女たちの泣き声が起こった。死者を送るときの儀礼として哭《な》く。わずかな生きのこりの者たちが、涙にむせびながら、家から家族の死者を、そして水路や広場、焼け跡から部落内の死者に廟の焼死者を、戸板にのせてはこぶ。よそから逃げこんできた人の遺体もあった。そのほうがはるかに多かった。

女たちの泣き声が枯れ、途切れがちになると、長老のじいさんがドラを鳴らす。すると、声がしゃがれても、女たちはまた哭きをつづけた。

墓地の前に集めた遺体は、なんと二〇〇を超えた。はこぶだけでみな疲れはてたが、嗅《か》ぎつけてきた野犬が、人間のスキをねらい、カラスが夕空を黒くするほどやってきて、乱舞し死体をつつく。

棒をふっては、それらを追っぱらっていた者たちも、もう追いきれない。

それから三日かけて燃やしつづけた。薪を集め、油を集めながら。油が足りなくなると、村じゅうをまわり、他の部落から借りたりもした。子どもも手伝った。こんな情けない作業をするとは、考えたことすらなかった。まだ行方不明の者もいた。ツァオシンの母ちゃんがそうだ。

幽霊のように魂がぬけてしまったツァオシンは、それでも母ちゃんをさがしつづけた。

「母ちゃん、どうしたんだよう。出てきてくれよう」

そして七日めの朝、村はずれの田で、血ぬられてうずくまった母ちゃんを見つけた。

「母ちゃん……」

ツァオシンはしがみつき、ゆすぶり、つよく体をおしつけた。

「母ちゃん、よう、生きっかえれよう！」

だが、しかし、母ちゃんの声はもう聞けなかった。つめたくて、かたくて、うごかない……。

涙もかれて、何時間そのままでいただろう。村の人に見つかり、無理に引きはなされるまで。

はこばれようとした母ちゃんの胸の下の血だまりに、だかれたまま、泣く力もないのに乳房から手をはなさない、一歳になったばかりの赤ん坊がいた。

「ミンホワだあ！　おまえ……」

母ちゃんは日本兵につれられていく途中、何とか逃れて走ったが、撃たれて田にうつ伏したところ、背中から銃剣でさし殺されたのだった。

母ちゃんは、かかえていた赤児を胸の下で守った。ところが、かあちゃんを刺しつらぬいた銃剣の刃先は、胸に顔をおしつけていたミンホワを傷つけていた。ミンホワは、ながれる母の血を乳として、血だまりのなかで七日間、かぼそいいのちの脈動をつづけていたのだ。

「ミンホワーっ、ミンホワーっ！」

ツァオシンがだきあげたとき、ミンホワの体はつめたかった。あたらしい涙がとまらず、おとなたちの声も、かすんだようにしか聞こえなかった。

「おい、こんな小さな児だって、がんばって生きとったでねえかよ」

「ようみんな、大のおとなが、いつまでも腑《ふ》ぬけになっとってええかい」

この児が、うちひしがれた村人の心を、ゆりうごかした。おとなたちも涙にくれながら、ミンホワの手当てをしてくれた。

ミンホワは片目を失い、口の端に大傷を負っていた。息もたえだえだったが、奇跡的に村人に救われ、育てられることになった。

こうして、ツァオシンの家族は六人が消え、たったひとり弟がのこった。

「どんなにひでえことになったたってもよう、おれたちは、おれたちの村、おれたちの部落をたてなおして生きるしかねえよ」

「小さないのちも、みんなで育てようじゃねえか」

そういいあい、村は、わずかずつでも息づきはじめた。

あの日、水路は死体でうずもれ、田は血の池となった。そして、ただよう死のにおい……。

互いに助けあってきたジャオコウ部落では、わずか二時間で、住民九四人のいのちがきえ、ここなら安全かと、逃げてきたよその人とあわせて、無残な犠牲者は、二二三人と数えられた。

焼けて失った部屋数九四。おちた屋根、くずれた壁に、煙がくすぶりつづける。

被害を部屋数でいうのは、レンガと土壁の造りなので、全焼しない家が多かったからだ。

一年の労働の実りである田の稲束まで、煙にされて天にのぼり、灰となって地に消えた。

——これが戦争か！

敗けてたまるかと、立ちあがるには、あまりにも農民たちの傷は大きすぎた。

2

無錫《ウーシー》が燃えていた。煙がながれてくる。夜になっても明るい。

——ちくしょう！　灰だって、いつまで降ってくるんだ。

無錫といえば、この地方では商工業がさかんな都市で、上海《シャンハイ》から南京《ナンキン》へいく鉄道の中間にある。その市街が、日本兵の付け火で、何日も何日も燃えつづけていた。

無錫でも、日本兵の残忍な人殺し、放火、乱行はすさまじかったらしい。

部落では、住まいを焼かれた人が、焼けのこった家に同居することになった。こともあろうにツァオシンは、村一番のやかまし屋、カラスおばさんといっしょに暮らすことになった。

「えーっ、なんで？　うちが、カラスおばさんなの」

おばさんの声は、カラスのようにかん高くて、わめくと、一〇軒先までとどくほどだ。

いままでだって、彼女に見つからないうちに隠れたいほどだったのに。

──でも文句は言えない。おばさんはじいちゃんの従兄弟《いとこ》だし、それにおれは子どもだからだ。

「ああ、いいとも。だらしない子だからね。あたしがきびしくしつけてあげる。ついでに赤ん坊も、あたしにまかせとき、りっぱに育ててやるさね」

こう言って、胸をはって引きうけてくれたカラスおばさんが、はじめてミンホワを見たとき、

「なんなの、この子は。かわいくない子だね」

と、口走ってしまった。それで、かーっと、ツァオシンの血が荒れた。

「ミンホワは、こういう顔で生まれたんじゃないんだ。トンニャンピーにやられたんじゃないか。それが、ミンホワのせいかよっ！」

カラスおばさんは「しまった」という顔をした。

「ごめんごめん。悪いことを言って。おばさんだってトンヤンクイに家を焼かれ、家族がころされて、ひどいめにあってるよ。この子の味方だからね。どんなにしてでも、ミンホワを育ててみせるよ。ね、ツァオシン」

それでも、ツァオシンの心は傷ついた。

──はじめてミンホワに会ったら、そう思うの仕方がない。でも、カラスおばさん、ほんとにミンホワをかわいがってくれるかな。

ミンホワは、そんなこと聞いてないよと、ツァオシンに片目でうれしそうにわらうのだ。

おばさんは、ほんとうは悪気のない人で、赤ん坊の育児と、だらしない少年のしつけに、やりがいを感じていた。だから、熱の入れ方がふつうじゃない。

「おやっ、これ、お皿もお鍋も、何日洗ってないのさ。きたないままなんて最低だよ」

「薪《たきぎ》は大丈夫かね。うかうかしていたら凍え死んでしまうからね」

「洗濯やったことないのかい。よし、おばさんがみっちり仕込んでやるよ」

「ツァオシン！　だめだね、水がないよ。夕方には汲んでおかなくちゃ」

さからう元気もなくて、ツァオシンは、手桶で水くみに五回ゆききした。

この部落には水道も井戸もない。用水路から汲み、汲んだら一晩おく。そして上に浮いた汚れを、そっとすくってすてる。赤くにごった汚れが甕《かめ》の底にしずむのに一晩かかる。きれいになったら、うわずみをすくって炊事に使うことにしていた。

ひがな一日、こうもガアガアわめかれつづけでは、なんとか逃げ出したくなる。おばさんは、親代わりになろうと熱中するのだが、たえずこれでは頭がこわれそうだ。

夜まで、おばさんに赤ん坊をまかせてはすまない。ミンホワが泣いても聞こえないよう、おばさんには奥の部屋に寝てもらい、ツァオシンは一番めの部屋で、赤ん坊といっしょに寝た。

——さあ、これから、どうしよう。

たよりになるメイ先生は、学校を休みにすると雲のように消えていた。

近い肉親といえば、ナマズ叔父さんがいる。孤児になったツァオシンが、家族としてたよれる人は、カラスおばさんじゃなくて、ナマズ叔父さんしかいない。

——そうだ、叔父さんをたずねよう。こんどの住所と地図がある。叔父さんなら気持ちがわかりあえるし、うちのこと知らせて、叔父さんとここで暮らせたら一番いい。

――それに、あの時計をわたすんだ。父ちゃんの遺言みたいなものだし、父ちゃんの気持ちを伝えたい。だから、どうしても叔父さんに会いたい。

と考えた。しかし、叔父さんを訪ねて行くには……、ミンホワをどうしよう。

3

ミンホワは、ツァオシンの顔を見ると、よろこんで笑いかける。片目でもその笑顔はすてきだ。日増しにたまらなくかわいくなってきた。

――カラスおばさんは、ちゃんと育ててくれている。だけど、おばさんの子じゃない。「かわいくない子だ」と言った。おれが見はなしちゃだめだ。もう乳でなくてもいい。よし連れていこう。

ツァオシンの心は決まった。おとなは、ものわかりが悪いから、だれにも話さないでいく。けれど、大さわぎされると困るから、「叔父さんの家へいく」とだけ紙に書いていこう。おばさんは字が読めないけど、だれかに読んでもらうだろう。

五人の家族を失い、父親とふたりだけのミンシュイは、このごろはさびしさをまぎらわすためか、愛用のナイフで木を削り、よく人や動物を彫っていた。

ホワンホワは、ちかごろ草笛をよく吹く。家族を一二人も殺された心の痛手を、それで癒やそうとしているのかもしれない。その二人にだけ、この計画をうちあけた。

「ミンホワを連れていくなんて、無茶だよ」

ミンシュイは反対した。ホワンホワは、だまってツァオシンの顔を見つめていたが、ぽろっと涙をおとすと、肩に顔をおしつけた。やがて顔をあげると、眼をぬぐって言った。

「わかるよ、その気持ち。だけど、ミンホワ連れていって、病気させない自信あるの。赤ちゃんて弱いんだよ。叔父さんのところに二日でいけるんなら、帰ってくるまで七日かな。その間、あたし、カラスおばさんといっしょに、みててあげるよ」

うれしいことばだった。ホワンホワなら任せられる。しかし、無性《むしょう》にミンホワとはなれたくなくなっている自分に、はじめて気がついた。

「ありがとう。だけど、これでもおれ、ミンホワが一番たよりにしてる兄貴なんだ」

「わかった。これからもっと寒くなるんだから、ちゃんと綿入れの服をきて、ふとんも一枚は持っていくのよ。それから水筒はある？　なければうちに竹筒のがあるよ。煎りゴメはなるべくたっぷり用意していかなきゃだめだからね。それに……」

おせっかいをいうときの彼女は、眼をきらきらさせる。

「マッチとナイフを忘れちゃだめだよ。それから、ミンホワのうんちやおしっこのこと、ちゃんと考えてあげてよ。ミンホワの食べるもの、おコメを粉にしていけば、ちょっとのお湯ですぐおかゆができるよね。どう？　そんなの。野菜とか魚とかぜいたくいえないけど、いろんな食べ物を、食べやすくするのが赤ちゃんにいいんだって」

やっぱりホワンホワだ。顔をのぞいて、しつっこく言うけどわるい気はしない。

墓場には、じいちゃんの蓄えた銭が、わずかだが、かくしてあった。あの時計もみつかった。腹帯にいれ、腹にじかにまいた。金色の丸くて平たい時計だ。それがコチコチきざむ音ですら、いまはいのちを感じる。

これには父ちゃんの思いがこもっている。

父ちゃんが大事にしてあった油紙をみつけて、雨にぬれないように、背篭のうちがわにあてた。そこにミンホワの着替え、用意した物をつめていく。コメの粉をといたり、お湯をわかす小さな鍋と、お椀も二個いれた。用意した背篭を墓場にかくしておく。旅の間のミンホワの、うんち、おしっこ対策はどうしよう。うちにあった弟、妹の衣類やぼろ布も集めた。

いよいよ出発の日がくる。ツァオシンの胸は、準備中からとくとくと、高鳴りがやまない。

その日がくると、東の空が白むのをまって、草ぶかい林の墓場の穴にいれておいた背篭を、いそいで家の入り口にもってきた。ミンホワに泣かれて、カラスおばさんが起きてきたら困る。そのためにミンホワにしゃぶらせるものを用意していたが、ミンホワはよくねむっていて眼をさまさない。ミンホワのひたいに、そっと触れた。熱はない。お腹のようすは、おとといからうんちをしらべてきた。いまのところ体調はよさそうだ。

ミンホワを、頭も襟や肩も父ちゃんの綿入れ服にくるんで、背篭の荷物の上にそうっとのせた。カラスおばさんに気づかれないよう、かすかな音にも気が気でない。

ツァオシンには大きいが、たった一足の兄ちゃんの靴をはいて、しずかに、しずかに外にでた。

五、赤ん坊をおぶって戦場へ

ミンホワを連れて知らない土地に旅だつ。そこは戦場かもしれない。日本軍の占領地では、一瞬も油断できない危険な冒険に出発する。

1　凍る水路へ水牛と

1

一二月九日、夜明けがちかい。静けさのなかで、ニワトリだけがごそごそ動きはじめた。あいつらが鳴きだす前に出ないと、人間どもが目覚めてやっかいだ。辺りをうかがいながら橋にいそぐ。うす闇に、ホワンホワの影をみとめたとき、ツァオシンの胸は火がついたように熱くなった。彼女は弁当の包みを用意してきてくれた。あわただしい二度目の別れだ。

無錫《ウーシー》市街に入るころには、もう明るい。焼けあとの商店街は、黒くこげた柱、くずれたレンガ、石壁だけの廃墟になっていた。たまたま焼けのこった一角では、家財やら道具などをうばいあう人たちがむらがっていた。家を焼かれ、何もかも失った人たちにちがいない。

市街の端をぬけて西へいく。その道は、延々と、ここかしこに死体が横たわったままである。むごたらしさに目をそらしたくなる。背中の篭でミンホワが泣いた。

「まってろよ。おしっこかい」

道をよけて篭をおろした。よかった。まだぬれてない。

おしっこをさせながら、わきを見ると、凍りかけた大地に、ニンジンや菜っ葉がある。

そのニンジンを三本抜いて用水で洗い、一本をみじかく、ほそくしてミンホワの手ににぎらせた。ミンホワは、ニンジンの甘みがわかったのか、よろこんでそれをしゃぶった。

菜っ葉も霜をかぶったため葉がやわらかそうだ。噛んでみると青くさいが案外うまい。

――そうだ、噛んでからミンホワの口に入れてやったらいいかもしれない。

石をつんで、小さなかまどをつくる。そのへんの枯れ枝、枯れ葉をあつめて、小鍋をかけ、マッチで火をつけた。まずミンホワにお粥《かゆ》をつくって食べさせると、ほっとした。煙をたてたらあやしまれるが、このくらいなら、ちょっとの火ですむ。ホワンホワの弁当は、笹の葉にくるんだ卵と野菜を使った炒りめしだ。すごいごちそうだ。ツァオシンは、残り火に笹ごと乗せて温めると、腹ごしらえをすませた。

道に出ると、一団の人たちが列をなしてくる。焼けあとの無錫にもどるのだろう。

「あ、……あいつら」

一人ひとりが、日の丸を腕につけていた。

「えい、ちくしょう！　中国人のくせに、トンニャンピーの味方をするのか！」

ツァオシンの腹はにえくりかえった。どなりつけたかったが、おっと、それどころじゃない。あわてて、ミンホワをあやしながら草むらにかくれた。トンニャンピーの一隊がやってきたのだ。

連中はトンニャンピーがくると、とまって道をあけ、荷物をおいて両手をあわせおがまんばかりだ。地面に頭をすりつけ、バッタみたいにはいつくばっているのもいた。

そのおびえたいのち乞いを見て、あっと思った。

——そうか、あいつら、いのちを守るために、いまわしい日の丸を使ってるんだ。

——おれは絶対、日の丸なんかつけねえ。親の仇《かたき》、トンニャンピーに頭をさげるなんて、死んだってするもんか。

一行はまた歩きはじめた。母親にだかれている乳児、手をとられながら、とぼとぼ歩む老人。子どもは父や母の服をしっかりにぎっていく。通過したトンニャンピーは、鉄かぶとに銃剣だけで荷物をもっていない、とすると、近くに陣地があるはずだ。うかうかしていられない。

——昼間はかくれてねむり、夜になったら常州《チャンチヨウ》まで線路を歩いていこう。どうせ列車はこない。そうすれば道にまよわない。

眠れるところを見つけようと、横道にはいった。そのとたん、「おおっ！」と鼻をそむけた。

まっ赤に腹がえぐられたニンゲンの……、あるわ、あるわ、野犬に食いちぎられ、骨までむきでた遺体……。むかつく屍《しかばね》のにおいが……。

そこからはなれた桑畑にもぐると、うまい具合に、小さなわら小屋があった。避難所としてだれかが作っておいたにちがいない。そこでミンホワをだいて、昼寝ときめこんだ。

この児は成長がおそいので、体もかぼそいが、声もか弱いからたすかる。他の子ならもうはいはいしたり、手足を動かしたがるのに、わりと篭の中でおとなしくしていた。

夕方から歩く。ミンホワは、篭の綿入れの中では身動きできなくて、むずがるようになった。

「泣くなよ。トンニャンピーがやってきちゃうよ」

言って聞かせても、むだだった。まっ赤な顔で泣かれると、熱が出たかと心配になる。

それに、ミンホワはお腹がすけば泣く。一日に三食ならまだしも、六回も火をおこして、いちいちお粥をつくってやる手間は容易でない。泣かれて、ニンジンをしゃぶるだけですむわけがない。そんなたびに、どきどき、びくびく、あたりに注意して、食べ物か、おしっこやらうんちの始末をする。

おしっこでぬれた布や、便で汚れた物を洗うのに、用水はあっても乾かすのには困った。晴れた日なら昼寝のときに、木の枝にかけて干せるが、夜は寒さで凍る、半乾きには困った。

——やっぱり、ホワンホワの言うとおり、あずけてくりゃよかったかな。

「引き返そうか」と思いながらもあきらめきれず、夜、鉄道線路を南京《ナンキン》方面に行く。

おそくなって月がでた。川の水面にも、かけた月がゆらいでいた。

鉄橋をわたるときは足がふるえた。ふみはずしたらお陀仏となる。

空が白み、建物がうかんで見えた。街がちかい。ほっとしかけたとき、ミンホワが泣きだした。

ヒューン、……弾だ。バシッと土がはねた。ツァオシンはおどろいて斜面にころがりかけた。

「しまった」と気づいたときはおそかった。前後に日本兵が立ちはだかり、背負い篭をにぎられ、わき腹に剣を当てられては、あばれるすきもない。ひきずられていったのは、やつらが宿舎にしているレンガの小屋だった。小屋の外壁は、すさまじい銃弾の穴だらけだ。

「この小僧、クーリー（人夫）にどうだ」

「いや、子どもでも油断ならん。どうだ、このにくたらしい面《つら》。殺《や》っちまったほうがいい」

こんなことを言いあっていいそうだ。ツァオシンの勘はあたるから、多分そうだろう。

「何にもわるいことなんかしてねえよ。こんなところで殺されてたまるか」

叫んで抗議すると、またミンホワが泣きだした。兵隊たちがわらった。

「なんだ、ひねっこびた赤ん坊がいやがる」

「おっ、おまえ……」

荷車に荷をつんでいた中国人クーリーがふりむいた。

「あっ、ナ、マ、叔父さん！　どうしたの、ここで？」

「ツァオシン、おまえこそ、何でここにきた」

2

ナマズ叔父さんは、かけよってきてだきついた。

「ツァオシン、おまえは……」

涙と鼻水で、ぐちゃぐちゃにしたナマズひげを、ツァオシンになすりつけて、叔父さんは泣いた。会いたかった叔父さんに、こんな所で会えるとは。

「叔父さんとこに行くつもりだったんだ」

「ミンホワもいっしょで……。む、そうか」

ナマズが、ドブネズミのようによごれ、こともあろうに敵の荷物はこびをやっているとは。

「トンニャンピーの仲間かよっ！」

ツァオシンは、頭にかあーっと血がのぼって、ナマズをふりはなした。

そのとき、あけっぱなしの戸口から、タバコをくゆらしながら出てきた下士官らしいのが、

「おまえらは仲間か」と、へたな中国語ではなしかけた。

ナマズは、ぺたっと地面に頭をすりつけて言った。

「おれの甥《おい》です。あやしい者ではありません。どうかお助けください」

ツァオシンは、そのへつらった尻を、思いっきり蹴っとばしてやりたかった。

「こんなガキですが、仕事をやらせてください。クーリーに使ってやってください」

「おい、おまえは、水牛をひけるか」

「おれんちの村じゃ、水牛を使って田んぼやってるんだ。水牛の鼻づらなんか平気だい」

「おい、こいつの甥なんだとよ。どうだい、ちょうどいい。水牛をみさせようや」

ツァオシンは、いやな顔をして動かずにいた。するとナマズは、いきなりツァオシンの胸ぐらをつかみ、力いっぱいなぐった。その勢いでひっくりかえって、ミンホワがはげしく泣いた。

ナマズは、声をころして言った。

「ころされたら元も子もねえ。まず生きることだ。おれのいうとおりにしろ」

ナマズは、日本兵にすこしは信頼されているようだ。眼とひげで、何かいっている。

……ヨウスヲミテ、ニゲルンダ。

……よし、ナマズ叔父さんについていこう。

くやしい。だが、ツァオシンは、逃げるためにトンニャンピーのクーリーになった。

赤ん坊のおかげで持ち物をさぐられず、時計は腹巻のなかで、のん気に時をきざんでいた。

この軍隊は、あとからやってきて、前線の戦闘している部隊と交代しにいくらしい。

軍隊に赤ん坊とはめずらしい。日本兵でも、五人ぐらいはやさしい兵隊がいて、ミンホワに、タマゴなど、食べられそうな物をくれることがあった。

なかでも田中という身体の大きな兵隊は、星三つ（上等兵）だが、赤ん坊がすきらしく、よくミンホワをのぞきにきた。泣いているとあやしたりもする。八頭の水牛のうち一頭だけ乳を出すのがいて、彼が水牛の乳を分けてくれたのには、ほんとうに助かった。

ミンホワの顔は異様だが、笑うとたまらなくかわいい。それに、日本兵に傷つけられたと知ると、大事にしてくれた。ほかの兵も、おしっこ、うんちで隊をはなれても大目にみてくれる。

さて、その軍隊のようすだが。日本馬に中華馬、それにロバや水牛など何十頭もいた。日本馬以外は、荷物をはこぶために、中国へきてからとりあげたにきまっている。

それればかりか、ゆきずりに中国人をつかまえては荷をはこばせていた。ツァオシンもそのひとりで、少年から年寄りまでその仲間は五〇人ぐらいいる。

この部隊の行進ときたら、いったい何の行列だ。馬や水牛などのほかに、リヤカーに乳母車《うばぐるま》、自転車、手押しの一輪車、荷車に、人をのせる人力車まで、兵隊たちは、どんな車であれ、見つければ勝手にもってきて、自分の荷物をはこんでいた。食糧として奪ってきたヤギやニワトリもつんでいた。三日、四日と、観察していれば、すべてがわかる。

トンニャンピーどもは、中国人の家からほしいものがあれば、中国みやげにと、争うようにもってきた。それで荷物がどしどしふえたわけだ。ツァオシンが水牛をひいていくのも、泥棒の荷はこびをやらされているのだった。

朝に夕に、兵たちは何人かさそいあい、沿道にちかい部落に入っていく。帰ってきたときは、豚の首に縄をつけて引っぱってくる。それがヤギの時もあった。コメ、小麦粉、ニワトリ、野菜、ときには酒びんすらもあった。銃剣でおどかして、うばってきては飲み食いしていたのだ。

宿営の夜はひどいさむさだ。だが、クーリーには焚き火をさせない。身体をよせあい、おたがいの体温でさむさを防ぐしかない。それでもひどい疲れで眠ってしまう。

ツァオシンは、ミンホワを篭に入れたままでは、自分が眠ってしまうと、泣いてもわからない。それに、寒さから守るにも、互いの体温で少しはあたたかくと思って抱いて寝た。その上から綿入れで包む。ところが、三日目の夜だった。

宿舎は学校だった建物で、クーリーたちの部屋もあった。疲れていたから、床板に横になったあとはわからない。夜中にふっと目がさめて、「あっ！」と魂が消えそうなほどおどろいた。

「ミンホワがいない。たいへんだ、どうしたんだ」

眠っているクーリーたちのまわりを、見て歩いたが、どこにも見当たらなかった。

3

ツァオシンは、あせった。トンヤン兵どもも眠っている。起こしたら大変だ。それでも、あの田中という兵隊なら、いっしょにさがしてくれそうだ。

　田中のいそうな宿舎の中の部屋に行こうとしたら、寝ずの番兵にあやしまれた。

「どこに、何しに行く」

「おれのミンホワがいなくなった。さがしてるんだ」

　ことばが互いに通じない。あせってくると、つい声が大きくなって、近くの戸が開いた。

「何だ。うるさいぞ！」

　その開いた戸の向こうに、ミンホワを抱いて寝ている大男がいたではないか。起こされた田中は、ミンホワを抱き、しあわせそうな笑顔を見せて言った。

「すまん、すまん。だまって連れてきて。おまえがこの子を転がして寝ておったからな」

　田中の家には、このぐらいの赤ん坊がいるらしい。自分の子どもを抱いた幸せな夢を見ていたようなのだ。

それからも夜は、ミンホワが寒くないよう田中に預けることもあった。

　兵たちは、退却した民国軍の手投げ弾をもっていた。安全弁をぬいて撃発させるため叩くと水路になげいれ、水中で爆発させる。魚が何匹も白い腹を見せて浮きあがると喜んだ。その魚を焚き火で焼いて食べるのをたのしみにしていた。

　水路の氷はうすいからすぐ割れるが、水はひどくつめたい。だから、浮いた魚をツァオシンにとってこさせる。氷の水にはいったツァオシンには、ほうびに一匹だけ焼いた魚をくれた。それはミンホワの、たいせつな栄養となった。それと彼らは、ツァオシンに盗品のおこぼれだが、着替えの綿入れをくれた。服がなかなか乾かないからである。

ミンホワのおしっこ、うんちの汚れたぼろを、休憩のとき洗濯しても乾かせないで困った。ナマズ叔父さんに相談すると、彼は「おれにまかせとけ」と胸をたたいた。叔父さんは、兵隊が民家にはいって物をぬすんでくるとき、それを手伝うついでに、いろんな布を見つけて抱えてきた。

「どうだい、汚したものは捨てちまえ」。これで解決だ。

そんな日がつづいたが、寝ても覚めてもツァオシンの頭は、どうやって逃げ出すかだった。

「あしたの夜明け、決行だぞ」と、おじさんとささやきあった夜だった。

二発の銃声が鳴って夢がくだかれた。逃亡したクーリーがふたり、監視の兵に撃たれたのだ。心臓が凍りそうだった。逃げたら、自分たちもやられていた。

戦場からどのくらいはなれているかは、大砲の音でわかる。とおくの雷のようだった砲声が、ぐっと近くにひびくようになった。前方に日本軍のあげた丸い気球がうかんでいる。前線の位置を後方の隊に知らせているらしい。前方に立ちのぼる黒煙は、焼かれている民家だろう。

兵たちの顔がけわしくなってきた。この部隊もいよいよ戦場に出るのだ。

第一線の戦場へ出るとなると、中国人は邪魔になる。荷物はどこかの宿舎においていくだろうが、あすか、あさってには殺されるかもしれない。もう一日も余裕がない。

頭に『妙案』があった。これで、きっと成功する。水牛は水がすきだ。いたるところ水路があるが、水牛が水路に入ってしまったら引き上げるのが容易でない。チビだからと、水牛にあなどられないよう鼻づらをあやつって、行進するのは楽ではない。でも、このおかげでひらめいた『妙案』だった。

昼めしのとき、見張りの日本兵ににらまれながらも、そっとナマズ叔父さんに相談した。

叔父さんは、うなずきながら聞いていたが、いきなり、ツァオシンをなぐりたおした。

「なにするんだよう」

「トンギー（さんせいだ）」

小さくつぶやくと、歯をむきだして怒鳴りつけ、ぼかぼかっと、またなぐった。

——ちくしょう。『妙案』を考えてやったのに……。いくら相談をあやしまれないためだって、なぐるしか考えられないのかよ。アホウの相棒になるもんじゃねえ。

4

部隊は南京方面にいそいでいた。その日は、五〇キロは歩かされただろう。

宿営する部落は？　しめた！　水路のほとりだ。

——ようし、やってみせる！

逃亡と見ぬかれたら、かならず撃たれる。しかし、自信はあった。ゆうべから、背篭をおろすたびに、油紙のやぶれ、すきまはないか、たしかめておいた。

水にはいるのだ。篭の中でもミンホワの位置を、少しでも上にする。篭がゆれても、ミンホワがとび出ないよう布で篭と結びつけた。水しぶきがかからないよう、油紙を頭の上までかぶせた。

マッチをぬらさないように、だいじにしまっておく。さあ、水牛の荷をおろした。

しょったままの背篭に、つなぎ紐《ひも》はにぎったままだ。たしかに日本兵の眼がはなれた。

——失敗しねえぞ。ようし！　行けえ！

水路にむけて、思いっきり水牛の脚をけった。

水牛はおどろいて、つなぎ紐をにぎったままのツァオシンをひきずって土手をかけおりた。

「リヂング！　リヂング！（止まれ、止まれえ！）」

ず、ずっずるっと、凍った水路にひきこまれる。

――いいぞ、いいぞ。

うす氷がはった一二月の水だ。えらく冷たい。ふかさはへその位置ぐらいある。

水中で姿勢をたてなおし、ミンホワに水がかからないとたしかめた。

「フイダオ！　フイダオ！（もどれ、もどれ！）」とわめきながら紐をひっぱって体をうかせ、水牛の尻を水面下で、はやく走れ、はやく走れ、とけっとばしていた。

トンニャンピーどもが、やっとさわぎに気がついた。冷たい水にとびこんで助けようなんて、お人好しの兵がいたら困ってしまうが、いなかったのが幸いだった。

そこでナマズ叔父さんの出番なのだ。水牛はかなり先にいっていた。

「ジウッシュウッ！（たすけてやるぞう）」

叫びをあげて叔父さんは、もうぜんと水ぎわを走った。追いついて水牛の前へまわると、ざっぽんと水路にとびこみ、反対側から水牛の鼻づらの紐をにぎった。

さすがナマズだ。水牛と格闘するとみせて、ぐんぐん日本軍から引きはなしていく。

ミンホワが泣きさわぐ。背篭の高さ、よし、大丈夫だ。それにしても、冷たい！　身体がしびれる。

「もうすこし、もうすこしの辛抱だ。がまんしろ」

ツァオシンも、水牛の尻をたたきながら反対側へまわった。逃亡とさとられて、もし小銃で撃たれても、水牛が楯になってくれる。

冷える。手足に力がはいらない。歯ががくがくする。水の中で凍え死にするか。もうだめだ。

そのとき、「さあ上がるぞ」の声がした。

銃弾がとどかない距離にきたのだろう。緊張がふわっととけた。

「うまくやった！　計画通り、大成功だあ」

水牛を曳《ひ》いて反対側の土手にあがったが、体が冷えて声にならない。背篭をおろすと、ミンホワの綿入れは、油紙のおかげで、しぶきがちょっとかかったぐらいですんでいた。

ふたりは、ぐしょぬれの身体をだきあって泣き、そして顔をくっつけて笑った。

それにしても、あまりに寒い。ぬれた服では、どうにもふるえが止まらない。なにより服を乾かさないと冷凍人間になってしまう。

2　焼け跡は死のにおい

1

あたりはうす闇につつまれていた。

全力を出していた間はがまんできたが、凍えそうだし、腹がぺこぺこだ。ミンホワの糧《かて》はあるにしろ、何より火がほしい。功労者の水牛にも、食べ物をさがしてやらなくてはならない。夏場なら生えている草を食べさせれば、たいていはすむが、いま辺りには枯れ草しかない。

ところが、鼻もちならないいやな臭いが、煙をともなってながれてくる。火がほしいふたりは、むしろその方向に足をむけていた。どこかの部落の焼け跡だった。ぶすぶすと煙がたち、残り火がちろちろと燃えていた。トンニャンピーの襲撃をうけたのは昨日だろうか、一軒も焼けのこっていない。

きれいな顔で手足をなげだした屍や、まっ黒にちぢまり炭となった屍が、あちらにひとり、こちらにふたりと横たわっている。

「ここでもか……、何にも悪いことしてねえだろうによ。ひでえなあ」

ツァオシンは、自分の部落を思いだしたが、あわれな犠牲者にいまは何もしてやれない。

風よけのあるすわる場所だけかたづけて、背篭をおろし、燃えのこりの木切れをひろい集めた。

焚き火で身体をあたためながら、ぬれた衣服を乾かす。

ツァオシンは、まずミンホワの食事のために鍋を火にかけた。水は水筒にある。おかゆができて口にいれてやると、よく食べた。ミンホワの口の左の傷はなおってはいるが、大きくひきつれたままで、食べるときも顔の下半分がひどくゆがむ。片方の眼は開かないままだ。話しかけると、「アーウー、アーマー」と口をゆがめてこたえた。

寒いから、おしっこは焚き火のそばでさせ、風に当てないよう、頭や首筋の、綿入れのおおいをなおす。火に近づけた篭のなかでミンホワは、すぐに眠った。

夜風の寒さは、体が凍る痛さになった。助かったと喜んでいられない。

火にしがみついてもふるえがとまらない。ずっぽり水をすった綿入れが乾かないからだ。

「これじゃあ、服も身体も凍っちゃう。着るものを見つけてこよう」

ナマズ叔父さんが立ち上がった。

「むりだよ。焼け跡に服なんて、畑でナマズを見つけるようなもんだろ」

「まかしとけって、おれに」

おどろいたことに、間もなく叔父さんは綿入れの服をかかえてもどってきた。

「これを着ろ。乾いたもんを着ないと凍え死ぬぞ」

汚れている。くさい。その服は焼けてない死体からはぎとったものだ。焦げ穴とか、血がべったりだが、そんなことをいっていられない。

着替えると、焚き火の暖がきいてきて、冷えきった身体がやっと生きかえってきた。

身体があたたまって、食べるものをさがした。

ある家の焼け跡に、コメがかたまっていた。上はまっ黒こげだが、下のほうは白っぽい。

「おっ、コメとはすげえ。ついてるなあ」

手でつまみ、口に入れたとたん、ツァオシンは、顔をゆがめて叔父さんと眼をあわせた。

言うにいわれぬ煙臭さだ。固くてそのままでは食べられない。お湯にひたしたり、炊いてもみたが、やはり固くて、臭くてまずいのには閉口した。それでも、がまんして噛みつづけた。

「コメが食えねえはずねえや。ありついただけでも、こんなありがてえことはねえぞ」

人命救助の水牛に、ご馳走をさがしていると、田のすみに、ふた抱えの稲わらが落ちていた。

「ごほうびあげたいけど、これでな」と言いきかせてわらを食べさせた。

「こうも徹底的に焼いたんじゃ、トンヤンクイが来るはずねえな。今夜は安心して眠ろうや」

ぬれた服は干すところがなくて、水牛の背にかけておく。そして、少しは風がよけられる石壁のかげで、火をたきながら語り明かした。

2

「ツァオシンよ。おれはな、会社の倉庫へ引っ越した。嫁さんを連れてな。会社の品のほか、おれがつくらせた二五〇着の服もそこにはこんだんだ」

叔父さんは、ぬれたポケットからタバコをだしたが、ぬれているので火がつかない。

「ちぇっ、さいごの一本がこのとおりか」

タバコはすてないで火にかざした。

ツァオシンは、腹の時計に手をやったが、いまは一本のタバコよりも粗末にされそうでやめた。

「おれは、常熟《チャンシユウ》にのこしてあった引っ越し荷物を舟でとりにいった。だがな、とおくから煙が見えやがる。こりゃやばいと、舟をかくしてようすを見にいった。街に近い水路には、死体がぷかぷかで、道にだってごろごろさ。街のあちこちが火事だ。もしやと思ったおれのねぐらも灰よ。おれはがっくり、くすぶっている焼け跡にしゃがみこんだ。知ってるやつは、どこのどいつもいやしねえ」

つもりつもった話だった。見はりの兵隊がいたら話せないことだ。

「身体ひとつで、倉庫に帰るしかねえ。だがよ、そこらじゅうが日本兵じゃねえか。かくれ、かくれで、やっと倉庫にたどりついたっていうのに、五日たったら日本兵が倉庫にきやがった。おれはかくれる穴を畑にほっていたが、なあ、……くやしいじゃねえか。え、部屋にいた嫁さんはよ、……着ていた服をむしられ、殺されておった」

ナマズひげが、涙声といっしょにふるえつづける。

「ちくしょう！　倉庫のめぼしいもんは、ぜんぶぬすみやがった。おれの二五〇着の服も……」

ナマズは腕をふりあげ、声をあげて泣いた。

「おれの嫁さん、いいやつだった。しんからほれてたんだ。……こんな、悲しい思いしてでも、おれら、生きていかにゃなんねえのかよう」

——おれだって、がまん、がまんで胸が裂けそうなんだ。泣いて泣いて訴えたい。叔父さんを頼ってきたのに、自分のことばかりで、子どものおれがなぐさめ役なんてあべこべだい。

ツァオシンはそう思ったが、したたる涙も鼻水もろくにぬぐわず、しゃべりつづける叔父さんの心うちを考えたら、いっしょに泣いてやりたくなった。

「兄貴とは、けんかもしたが頼りにしてたんだぜ。じいちゃんだって、おれ、かせいだら楽《らく》させてやりてえと思っていたのに……。鬼どもめ！　嫁さんと、生まれてくるはずの、おれの子までころしやがって……」

やおら立ち上がると、叔父さんは気がくるったように、やたらにまわりの物を蹴った。

「何倍にもなるはずの財産はそっくり盗られ、借金だけのこった。おれの夢は消えちまった。おれは乞食《こじき》だ。腹すかして生きてたって、いつ殺されるか、びくびくしてるだけの毎日じゃねえか」

火のおかげで顔と胸はあたたかくても、背中は夜風にじんじんひえる。

ツァオシンは、叔父さんのゆがんだ顔を見つめていた。炎がその顔を赤くそめてゆらいだ。

「叔父さん、これ、叔父さんのもの」

布に包んだものをさし出すと、「なんだ?」と叔父さんは開いて、「おっ……」と声をもらした。

「それ、父ちゃんが、じいちゃんと話してたんだ。叔父さんにやろうって。ほら肉を食ったあと、父ちゃんとけんか別れして帰った夜だよ。父ちゃんは、『おれ、あいつに何もしてやれなかった。せめてこれをやりたい』って。ほんとだよ。叔父さん……、父ちゃんはさあ……」

ツァオシンは、涙がこみあげてきて、叔父さんの胸にしがみついてゆすぶった。

「父ちゃんは、叔父さんのこと、……ほんとは応援してやろうって……」

「ツァオシン、死んだ兄貴がおれに。……そうか。そうだったか。兄貴の気持ち、うれしいよ」

叔父さんは、声をふるわせ、しばらく泣きどおしだった。

風がさむい。よわまった焚き火をつっついて、余分のボロ服を頭からかぶった。

「叔父さんは、それでジャオコウに行こうとしたんだ。その途中でつかまって……」

「ああ、血にまみれた嫁さんを、いつまでも抱きしめて泣いてるわけにもいかねえ。かくれるつもりの穴にうめて仮の墓にした。……ところでよ、おまえは、もっとひでえ目にあったんだ。ジャオコウがまさか、そんなことになったなんて思いもしねえでさ。おれ、兄貴のとこで羽根を休めてえと思ってよ」

「叔父さん、せっかくうまく逃げられたんだよ。どんなにつらくったって、トンヤンクイをやっつけるんだ。仇《かたき》を討つんだよ」

「おまえはえれえ。だがよ、どうやって日本をやっつけるんだ。だらしねえ蔣介石《チヤンカイシエキ》の応援でもすりゃ勝てると思ってんのか」

「メイ先生はいったぜ。中国人がひとりでも奴隷はいやだ、言いなりになんかなんねえというちは、敗けじゃねえよ」

「戦争はな、へりくつで勝てるもんじゃねえよ。大砲とか鉄砲で勝つんだ」

ツァオシンは、がーんと、撃たれた気がした。じっと、火を見つめて考えた。

──ナマズ叔父さんのいうとおり、戦争は大砲や鉄砲で勝ち敗けがきまる。そうかもしれない。おれは、一丁の銃すら手にしていないのだ。

「おい、おまえは見たか。道端に死体がごろごろは、いまじゃめずらしくねえが、死んだ人間さまの上を、日本軍のトラックや大砲が何回でもとおるんだ。体はつぶれ、ちぎれ、地獄の閻魔《えんま》さんだって見ちゃおられん。あいつら人間じゃねえ。もうおれは、こんな世の中がいやになった」

「おとなのくせに弱虫め、おれなんか……」といいかけたが、話題をかえた。

「とにかく、おれんちへ帰ろうよ。叔父さんとジャオコウで暮らそう。あそこならなんとかなるよ。知っている連中ばかりだし……」

「そうだな、安全に暮らせるところなんぞ、どこにもねえしな。ジャオコウに帰るしかねえ。ところで、薪《たきぎ》はこれじゃたりねえ。寝られるようにもっと集めておくか」

叔父さんは、洟《はな》をすすって立ちあがった。

六、提灯《ちょうちん》行列の夜に

中国では、何十万もの人びとが肉親を殺され、うらみ悲しみの声が、天にも地にもみちていたとき、日本では南京《ナンキン》占領を祝って、提灯行列をやらせ、「勝った」「勝った」と、国民を有頂天にさせた。その晩、武二の家庭に最悪の矢が飛んでくる。

1　どか弁に日の丸

1

この年は、幸一や武二たちの暮らしでは、まだまだ食べることに困っていない。それどころか、兄弟の食欲ときたら目をまるくするほどだ。

「おれ、五杯め、おかわりちゃん」と武二がいえば、

「おれは、こんどで七杯だい」と幸一がこたえる。

母さんは、それをおもしろそうにみていた。このころはご飯中心の食事で、みそ汁に漬け物はごくふつう、朝飯に納豆があれば上等、卵があれば特等だった。夕食のおかずにコロッケ一個でも子どもは満足した。

この家には、「米櫃《こめびつ》」という、古くて頑丈な木箱が台所の戸棚にあった。おとなが入れる大きさだ。コメ

が残りすくなくなる頃あいに米屋がくる。

「こんちはー。そろそろ、おコメはこびますかね」

「そうね、あさってでいいわ。一俵（四斗＝約七二リットル）入れてちょうだい」

という調子で注文すると、米屋は、決められた日に、米櫃にコメをざあーっとあけていく。代金は月末に集金にくる。母さんがもらってきたばかりの月給は、その支払いでがくっとへる。父さんがいないから家計はらくでない。それでものんきの母さんでいた。

学校給食はない時代だから、みんな弁当をもっていく。幸一が、

「お弁当のご飯、たりないよ。弁当箱が小さいんだ」と言いだすと、武二もそれにのった。

「おかずがもっとはいるお弁当ちゃん、ほしいなあ」

「じゃあ、大きめのお弁当箱を買ってあげる。ご飯たっぷりはいるのをね。昭子はどうする？」

「あたしはいい。これより大きいと恥ずかしいもの」

そこで、母さんが買ってきた弁当箱には、さすがの大食い兄弟もびっくりした。容積の計算をしたら、いままでの二倍半はあるだろう。

「これじゃあ、どか弁だあ」

幸一は思わずそういったが、武二はよろこんだ。

「おれ、このお弁当ちゃんでいい。『どか弁』ってなあに」

「土方弁当のことさ。道路工事の人が道端で食べてる弁当、こんなふうにでっかかった」

「大きいっていいな。おかずもたっぷりはいるもん」

「これ使いなさい。すきなだけご飯もはいるし、おかずも多くしてあげる」

それからというもの、弁当箱では煮物の芋やカボチャも、どすんといばっていられたし、サケのピンクの切り身だって居心地よさそうだ。ごはんも満足できる。教室で武二のどか弁に、みんなの目が集まった。

「すっげえ!」

「それ、食いきれるのかよ」

クラス名物の一つになりそうだ。しかし、いままでより腹をすかせる原因も学校にあった。

子どもたちの体を鍛えて、戦争に勝てる身体をつくろうと、武二の小学校でも、毎朝、全校体操に乾布まさつ、長距離走をするようになっていた。

それにしても、十分な食事ができたこの頃は、大食い兄弟にとってしあわせだった。

ところが、武二にとって思いがけない一大事が発生したのである。

2

「日本軍、南京城に突入!」と、新聞の一面に巨大文字がおどった一二月一三日、武二の組では、がばちゃん先生がそれに興奮したのか、とんでもないことを言いだした。

「いのちがけで戦っている戦地の兵隊さんは、水がなくて泥水を飲んだり、一日一個だけのおにぎりで戦うときもあるんだよ。戦争に勝つには君たちもがまんが大事。みんなで『日の丸弁当』をはじめましょう」

「先生、日の丸弁当ってなんですか」

「白いご飯のまん中に、赤い梅干し一つ、だから日の丸です」

武二はおどろいた。いのちの次にたいせつな食糧問題でないか。あいまいにはできない。

「おかずはないんですか」

「そうです。おかず節約、愛国弁当です」

「うわあ！」

驚きとも、感動とも、不満とも、悲鳴ともとれる小さな叫びがたくさんあがった。

「そんなの、いやだ」と思っても、武二には、反対が言えなかった。「戦争に負けてもいいのかよ」と言われたら返事ができない。そのとき明男が立ちあがった。

「ぼくは賛成です。兵隊さんを思えばいいです」

——えーっ、おかずなしでいいのかよ、あんちくしょう。

先生はにこっとして、クラスの子どもたちに言いわたした。

「いいですか。明日は火曜日、明日から火曜日はいつも日の丸弁当に決めます。先生もかば丼をがまんします。お母さんによく話しておくんですよ。火曜日は日の丸弁当とします」

——えっ、火曜日だけ、なのかあ。ああよかった。

武二はずいぶんほっとした。母さんにそれを話したら、

「あんたの顔に、『おかずなしじゃ、つまんねえ』って書いてあるよ」

と、笑いながら言った。そして幸一に顔をむけた。

「お兄ちゃんも、火曜日には日の丸弁当だよ。ふたりとも同じにするからね」

「えーっ、そんなのないよう」

幸一は納得しない。母さんはつぶやいた。

「子どもはちゃんと栄養をとらないと、いい身体にならないの。おかずでいろんな食べ物を食べなくちゃだめなのに、がまんさせるだけじゃ勝てないわよ」

でも、翌日の弁当はご飯に梅干し。せっかくの「どか弁」が、おかずなしではさびしくすき間があく。ご飯をふやしても、ランドセルにゆすられると片方によって、日の丸もみすぼらしい。

「母さん、今夜はカツ二つだぞ。お昼があれだもん」

「はい、はい、二つあげるね。だけど今夜はコロッケよ」

「やったあ！　コロッケでもいいよ。母さんの財布が、お腹すいちゃかわいそうだもんね」

そんなことばにも、母親のよろこびを感じる母さんなのに、むしょうに哀しくなる。

――そろそろ戦地へいく覚悟を決めなくちゃならない。日の丸弁当もそうだけど、自分のことを、自分で決められないのが戦争なんだわ。

日の丸弁当　日の丸弁当は全国にひろまった。母さんと同じ意見が新聞に小さくのったが、そういう意見は消されて、「ぜいたくをなくし、がまんさせる『日の丸弁当』こそ日本精神そのもの、食事のお手本である」と、政府や軍は宣伝した。子どもには梅干し一つだが、戦争でもうける軍需会社は軍の注文をとろうと、軍人を招き、料亭で飲めや歌えの宴会がさかんだった。同じ日本でもここには毎晩、ご馳走の山があった。

2　うかれて歌う人の波

1

新聞は写真入りで、日本軍が南京城内に突入するようすを、「壮絶！　大市街戦展開」「南京の敵軍、全く袋のネズミ」などと書きたて、ラジオのニュースでも知らせた。

《一三日午後一一時二〇分、大本営陸軍部発表、『昭和一二年一二月一三日夕刻、中支那方面ノ我ガ軍ハ、敵ノ首都南京ヲ攻略セリ』》

南京は中国の首都だ。これで敵は降伏して戦争は終わるだろうと、たいへんな騒ぎとなった。

「南京占領だあ。敵の首都をとったんだぞう！」

「勝った、勝った、バンザーイ！　バンザーイ！」

東京市（現・二三区）は、日の丸の小旗を四〇万本、提灯一万五〇〇〇個を、小・中学校に配った。昭子や武二の小学校では、一五日その小旗を手にしてならんだ。

この旗行列は、中学生ならたいてい皇居前までいく。

武二たち小学三年生までの子は、学校の近くで旗行列をした。三年生だって、二つぐらいは軍歌がうたえる。ほかの学校でも旗行列をくりだす。元気がない学校だ、と思われてはしゃくだ。

「おーい、元気出せえ。あんな、へぼ学校に負けるなぁ！」

武二がさけぶと、「ようし」と声をはりあげる。すると、むこうも負けじと声を高める。

勝って来るぞと勇ましく
誓って国を出たからは
手柄たてずに死なりょうか
………略………

（露営の歌　一番）


歌にあわせて、うすっぺらの紙の小旗をふりつづけるから、旗はびりびりすぐちぎれた。

——日本人でよかった。日本は神の国だ。正義の戦争だ。だから勝ってるんだ。

旗行列は、先生のことばが、だんだん自分の考えのような気にさせた。

「日本は神さまの国、正義の戦争ですから敗けるはずありません。日本軍が占領したところでは、シナ人たちが悪い連中から助け出されて、みんな幸せになってよろこんでいます。これはすばらしいことですね。君たちの献金も役に立ってるんですよ。旗行列はそのお祝いです」

一六日まで、町会やいろんな団体も提灯行列をする。

「そっちにも行こう。日本人だもんな」と子どもたちは言いかわしていた。

旗行列、提灯行列は、政府の思いどおりに、国民を戦争に夢中にさせた。

上海《シャンハイ》戦から南京占領までに、日本軍は一万八〇〇〇人の戦死者、五万二〇〇〇〇人の負傷者を出して、おびただしい中国人だって犠牲にしてきたのに、中国人の被害は頭に浮かばない。

しかも、戦死は「りっぱで美しいこと」と教えられた子どもたちは、戦死者がおおいほど、すばらしい戦争だと思いこんで、夢中でバンザイをさけびつづけた。

「神の国の正義の戦争」が、じつは罪のない人を殺し、食料をうばい、家を焼くなどした戦争だったという事実は、国民には知らされず、考えることもできなくされていた。

南京での大虐殺事件　日本軍は、南京に攻めのぼる道すじで、住民を無差別に殺して、幾万人かが犠牲になっている。首都の南京には、各国の外交官や、新聞、雑誌、ラジオ記者などがいて、目の前にした日本軍の乱行、とくに捕虜や民間人を大虐殺したようすなどを本国に知らせた。それで多くの国から、「日本軍はあまりにひどい。許せないこと」と非難された。捕虜や民間人を殺すのは国際法（日本も承認）違反である。

南京での犠牲者は二〇万人以上（中国側発表で三〇万人）になるようだ。とくにアメリカ人記者エドガー・スノーの写真をそえた報道が世界に広まった。日本では政府と軍が、国民に知られないよう、きびしく報道を抑えつけたから、世界的なこの大事件を、当時の国民は知ることができなかった。

2

アカネが提灯行列にさそいにきた。この子に声をかけられると、武二はなぜかときめきがくる。あどけない顔の大きな瞳だけが黒くきらきら光るのだ。

きょうだい三人は行くつもりだったから、早く夕食をすませていた。

提灯は町会でもらった。町会の行列に、武二隊の一群も入れてもらった。

西から東から、提灯の灯がゆれて、東京じゅうが華やかな夜となった。

「勝ってるって、すてきだなあ」

高揚した気分で、一二月半ばの寒さはふきとんだ。

にぎやかな商店街をとおり、隅田川をわたり、皇居前にむかって軍歌をうたい行進する。

土も草木も　火と燃える
はてなき曠野《こうや》を　踏み分けて
すすむ日の丸　鉄兜《かぶと》
………略………
（露営の歌　二番）

墨田川をわたる橋で、子どもを肩ぐるまに乗せてくる赤線入りの半纏《はんてん》とすれちがった。

「あっ、下村さんだ。こんばんは」

提灯を持った光代を肩にのせて、下村さんは反対方向にあるいてきた。

「やあ、幸一さんたち。ごくろうさんでござんす。光代のやつ眠くてむずがりやがって、そいで引き返しちまったんで。お母さんやおじいちゃん、お元気ですか。そりゃあようござんした」

「光代ちゃん、ねむいの。元気だしてね」

昭子の声に、肩ぐるまの光代はにこっとした。

「よかったじゃねえか、光代なあ。幸一さん、こんどお宅のちかくに仕事ができやんしてね、あさって、ちょっくら寄らしてもらいてえと思っとりました。暮れのうちにお手伝いできることありやせんかと、おじいちゃん、お母さんに、そう言っとくんなせえ」

提灯行列は、旗行列より何倍も意気があがる。道端に屋台の店があったり、どこかの演奏隊が、太鼓やトランペットで気分をもりあげていた。大道芸人や素人の曲芸も目をひいて、昼より何倍もたのしい。がまんが限界にきた戦争のつらさも、「がまんしてよかった」と帳消しになる。提灯の波、うた声、バンザイのどよめき、国民はすっかり酔いしれてしまった。

3 母さんの赤紙

1

一五日の晩、母さんは遅番だったので、帰りがけに、にぎやかな提灯行列にであった。駅の周辺も、おもな通りも、高らかなうた声と、うつくしい灯の波にあふれていた。

——南京といえばシナの中心よ。これで戦争が終わるかしら。早く終わってくれれば戦地にいかないですむ。ぜひ、そうなりますように。

電車でも、通いなれた道でも、母さんは心のなかで、ずっと手をあわせ願いつづけていた。

それにじいちゃんは、風邪がもとで肺炎をおこし、医者にかかって熱は下がったがまだ寝ている。帰ったら一番にようすをみてあげよう。

そう思って帰宅してポストをみると、「あれっ」と叫びそうになった。母さんは顔色をうしない、茶の間にあがっても、へなへなと坐《すわ》りこんでしまった。母さんへの召集令状「赤紙」がきていたのであった。兵士と同じで、従軍看護婦の場合も紙が赤いので「赤紙」といった。

召集状

宮下香代子

第〇〇救護班要員トシテ召集ス依テ十二月二十二日午前十時（略）日本赤十字東京支部ニ参着シ此ノ召集状ヲ以テ届出ラルベシ

——考えても仕方ない。きた以上、どうしようもないもの。二二日、それまでに六日しかない。

——子どもたちに話さないわけにいかないけれど、……その先がこわい。いままで迷っていたままで、……どうしても言いだせないでいて。

提灯行列の行き先は宮城《きゅうじょう》前、何万人集まってくるか。子どもたちには、

「あんたたち、帰りの電車は、混んで乗れなくなるからね。途中で電車に乗れるところで、ひき返してきなさい。早いうちなら市電（路面電車）に乗れるでしょ。あしたは学校もあることだし」

と言ってあった。それからすると、もう帰ってきてよい頃あいになる。

台所をのぞくと、じいちゃんの茶わんやお皿も洗ってあった。子どもたちが、お粥《かゆ》を食べさせたようだ。

じいちゃんの部屋にいく。

「ただいま、かげんはどう?」

「もういいあんばいだ。わしのことは心配いらんよ」

母さんは、さすがに看護婦さん。ようすをきき、体温計で熱をはかり、脈をしらべ、小さなライトで喉のおくをのぞいたりして、容態をしらべた。

「かなりよくなってるわ。治りぎわが大事だから、あしたも薬をのんで寝ていてちょうだい」

冷蔵庫の氷をくだいて氷枕の氷をとりかえ、しぼった手ぬぐいを額にのせた。じいちゃんに赤紙のことを話すのは、明日にした。

「子どもたちはまだかね。静かすぎてな」

「もう、間もなくでしょう」

茶の間にもどって母さんは、ふたたび赤い令状に目をおとした。そのとき、外から子どもたちの声がした。

2

三人のきょうだいは、やはり途中から市電で引きかえしてきた。町会の人も、二〇人ぐらいは、いっしょにもどってきた。元気な武二も、さすがにつかれた。早く休みたい。

ところが母さんは、がくっと火の気のない長火鉢にむかってすわったままだ。いつもとちがう。

「ただいまってば」

「あら、お帰りなさい」

「すごい人だよ。曲芸やってたり、夜店が出てたり、東京じゅうのおまつりだね」

「いろんな職場からやってきた人って、軍歌じゃなくて、おもしろい歌うたってね。外でお酒のんでたりしてさ」

「下村さんにも会ったし、いろんな人と会ったのよ。あっちからも、こっちからも、提灯が並んでくるの、きれいだったわあ」

たかぶった気持ちで、話しはじめた三人の報告も、母さんには半分しか耳にはいらない。

「そうだ、おしっこ、おしっこ」武二は思い出したように便所にかけこんだ。

「母さんも帰りに見てきたのよ。あ、そうそう、提灯は町会に返したのよね」

「町会の倉庫にしまっとくから。……でも、どうしたの母さん。なにかあったの」

昭子にきかれて、母さんはすわりなおすと、赤紙を見せた。

「前から決まっていたわけでもないし、あんたたちに心配かけさせたくなくて話してなかったけれど、母さんに召集令状がきたのよ。ごめんね」

「えーっ？」

「なーによう？」

大変なことらしいけど、三人には意味がわからない。幸一が聞いた。

「召集令状って、まさか兵隊じゃないから、出征するんじゃないよね」

「母さんは赤十字の救護看護婦なの。いざというときは戦場にいって、傷ついたり病気になった兵隊さんの看護をするため働くことになってるの。その召集がきたのよ」

「そんな……」

昭子は、あまりのことに、ことばが出ない。

「母さんに、召集令状がくるって、そんなのないよ」

武二は叫ぶように、つづけて言った。

「いやだよ、母さん！　いっちゃうなんて。絶対反対だい！」

「ほかの人に代わってもらえないの」

昭子は、もう涙声だった。

「ごめんね。母さんだって、この間も赤十字の先生に、うちの事情を話してたのんだりしたの。でもねえ、これがきちゃった。これきちゃったら断れないのよ」

幸一がくるしそうに声をだした。

「父さんが出征してるうちはあるけど、母さんが出征するうちがあるなんて、知らなかったよ。お国のためだって言われても、おれ、どうしていいか、わかんないよ」

「じいちゃんも歳だから、だんだん自分のこともできなくなるし、いつまでも丈夫じゃないでしょ。それに子ども三人おいて。うちのこと考えれば出てゆけるどころじゃないわ。でもねえ、自分の都合は言えないの。あんたたちにつらい思いをさせてごめんね。でも……」

「いやだよ。父さんも母さんもいないうちなんてないよ」

武二がぐずった。

「そうね戦争がなければ、離れることもないけど。あんたたちに、がんばってもらうしかないの」

「いつまでだよう」

「それはわからない。戦争がおわれば、戦地の病院の患者さんといっしょに帰れるけど」

「シナは広くて、この戦争、何年でおわるか、わかんないよ。それまでがまんかよ」

幸一がため息半分でいうと、昭子が言った。

「南京占領で、シナは降伏するって、いろんな人が言ってるよ」

「そう、母さんもそうなってほしい。ぜったいに。戦争がおわればすぐ帰れるもの」

そのとき、じいちゃんの声がした。

「帰ってきたんだね」

三人はちらっと顔をみあわせ、そろってじいちゃんの部屋をのぞいた。

「ただいま。すごうくにぎやかでね」

「どう？　ぐあい、よくなったの」

「ああ、もう心配はいらん。母さんのこと、お国のためだ。がまんしておくれ」

じいちゃんも聞いていたのだ。

「きょうは、とてもつかれた。おれ、もう寝るよ」と幸一がいうと、昭子もつづいた。

「あたしもくたくた。あした学校もあるし、寝なくちゃ」

茶の間には、武二だけがのこった。

「ねえ、母さん、いかない方法ないのかよう」

「その方法があるぐらいなら……」と母さんは、くびをふった。

「兵隊さんの出征とおなじでね。いかないと、母さんは刑務所に入れられちゃうかもしれない。泥棒やなんかといっしょに。やっぱりうちにいられなくなるの」

そのことばで、武二の頭は、おもちゃ箱のようにごちゃごちゃ混乱した。

「もう、戦争なんか、……どうして始めたんだよう」

母さんが、両手でやさしく武二の肩をなでた。

「今夜はおそいから寝なさい。あんたもつかれたでしょ。母さんもつかれたから、さ、寝ようね」

それから出発の日まで、いく日もない。母さんのやることは多すぎた。母さんは寝ることもできず、これからのことを考えていた。幸一にも、昭子にも、武二にも、寝られない夜になった。

昭子はいままでも、母さんを手つだって、台所の仕事が少しはできた。けれども毎日になったら、すぐゆきづまる。知らないこと、できないことがあまりにもありすぎる。食事のしたく、そうじ、洗濯、買い物、布団干し、季節ごとの衣類の準備、靴下や衣類のつくろい、よその家とのお付き合い、子育て教育、軽い傷や病気の手当て、母さんがやってきたことを考えると、ずいぶん多くて、すごく大事だった。三人で、そういうことが全部できるとは思えない。がんばるしかないにしても……。

「お国のためだ」と言われても、がまんの自信なんて、どの子にもない。

——母さんがいるだけで、「うち」は温かい。それが消えたら、「うち」でなくなっちゃう。いやだ、そんなこと……。

七、母さんの出陣

従軍看護婦として召集された母さんと、のこる子どもたちは、ゆれる心を「お国のため」と、無理して覚悟をかためるのだが。

1　とまどいの一週間

1

大浜のばあちゃんは、びっくりしてとんできた。

東京は木枯らしの季節だから、寒がりやのばあちゃんは、ダルマのように着こんできた。

ばあちゃんの手を借りられるのはありがたい。母さんには、限られた日までに、子どもたちにやっておきたいこと、教えておきたいことがいっぱいありすぎる。

子どもたちの成長を思うと、先の先の年までの、ひとまわり大きい夏冬の衣類を一着ずつでも、新しくそろえておいてやりたい。靴だって小さくなる。一年進むごとに、必要な学用品がふえる。勉強に不自由しないよう目くばりしたい。でも、それにはきりがない。

昭子は三か月先に高等女学校へ、幸一は二年先に専門学校へ、武二は三年先だが、中学へと進学の年を迎える。その進学の準備もできるものならしておきたい。その気持ちはあっても、あせるだけ、何年も先までの進学を、心ゆくよう準備できるはずがない。

それに、母さんの給料で子どもを養ってきて、蓄えがあるわけでない。おカネの工面もいる。

母さんは、子どもたちの将来の学費にしようと、父さんが亡くなったときの保険金などは、そっくり預金してあった。それで幸一と昭子に、ちょっとまとまったおカネを郵便貯金にして、それぞれ通帳と認印を手わたした。

「幸ちゃんは、あと二年したら専門学校。昭ちゃんはこんど女学校だから、ふたりとも入学金や授業料のほかに、教科書代、制服代、体操着やら運動靴やら、修学旅行とかいろんな費用がかかるのよ。おじいちゃんにもたのんであるけど、いちいち出してもらいにくいこともあるでしょ。必要なときには自分でおろしなさい」

「おれ、中学おわったら、母さんが帰るまではたらくよ。小学校卒業ではたらく子はけっこう多いんだから。だから、そこまで心配しなくていいよ」

「だめだめ、これは母さんの命令だからね。あんたの目標は工業技師だったでしょ。進学をあきらめちゃだめ、一生のそんだもの。専門学校卒業までには帰れると思うから」

昭子は下をむいたまま、母さんからわたされた通帳と判をしっかりにぎって言った。

「ありがとう。母さん、あたし、かならず受かってみせるから、府立に」

「自分の力をぜんぶ発揮できるように、がんばってね。あ、それで、母さんの給料はね、こんどは軍からもらえるの。婦長は下士官の伍長と同じ、どうせ安月給だけど。向こうではお金はほとんどいらないと思うから、こっちの生活費にしましょう。くらしのおカネ、出し入れは昭ちゃんが帳面つけなさい。お兄ちゃんと相談しておカネを使ってね。武ちゃんのお小づかいもね。

それから、じいちゃんは恩給がもらえるし、留守家族にでる扶助金もあるの。それはじいちゃんに受けとってもらうから、おカネのことは、おじいちゃんに相談しなさいよ」

母さんは、気がかりなことを一つ一つ解決しておこうとしていた。

子どもたちの布団《ふとん》がみすぼらしくなっている。買いかえて出立したい。しかし、あたらしくするには時間もおカネも、もうどうにもならない。

それでも、昭子との七月の約束を思い出した。浴衣《ゆかた》がつんつるてんになったので、「こんどの夏には買ってあげるね」と言ってある。浴衣ぬきの夏はない時代だった。正月を前にして、夏の浴衣を売っているお店があるわけがない。それでも約束を果たしたくて、五つのお店をあるき、わけを話してきいてみて、やっとさいごの布団屋で、しまってあった浴衣を買うことができた。そのとき、考えおとしに気がついた。

――そうそう、武二の浴衣だって、今は着られるけど、三年たてば中学生だもの。ぜんぜん小さくなっちゃうわ。

武二にも、大きめの浴衣を買った。丈をつめる腰あげは、ばあちゃんにたのんだ。

「わあ、きれい。ツルの浴衣だ」

眼をかがやかせた昭子は、浴衣を胸にあて、

「母さんありがとう。浴衣のことまでおぼえていてくれて」というと、わっと母さんにすがりついて泣いた。

「昭ちゃん、あんたが一番のたよりよ。つらくてもがまんしてね。いくら泣いてもいいの。いまのうちなら

ね」

そのあと、武二にきてもらい、浴衣を背丈にあててみた。

「武ちゃんの浴衣、体が大きくなっても大丈夫。丈をつめたから、来年から着られるよ」

武二は、母さんに抱きつきたい。でもはずかしい。

「母さん、浴衣、ありがとう。母さん……」

泣くつもりでないのに、しゃくりあげてきそうだ。自分がおさえられなくて、涙をとばして庭にとびだした。母さんは、手ぬぐいで鼻をおさえてその後ろ姿をみつめた。

母さんは、近所や友人、職場の人たちに挨拶して、留守中のことをよくお願いしておく。

となりの安徳寺には、母さんの母、東京のばあちゃんがねむっている墓がある。母さんはお墓に従軍の報告をして、お寺の住職や奥さんに挨拶をすませた。子どものときからの隣人でもある。

「それはまあ、お国のためとはいえ、ご苦労さまでございます。心おきなく従軍なさいませ。及ばずながら、お力になれることがございましたら」

奥さんは、町内の国防婦人会のまとめ役なので、このことはすぐ町じゅうにひろまった。

はなれている友人には、手紙で知らせて挨拶するしかないが時間がたりない。幸一は、母さんの下書きを見ながら手紙の代筆をした。知らせをうけた人が激励にきてくれる。出征軍人の華やかさはない。ばあちゃんは、お客への気配りをしてくれた。下村さんも、仕事のあいまにやってきた。

「ええっ、そんなことって、あるんでござんすかねえ。それはそれは、お国のだいじなお役目で出征されるとは、おどろき桃の木で、なんと申したらよろしいか、めでてえわけでもねえのに、出征なら『おめでとうござんす』と言うんでしょうが、わっしには『お気の毒で』と言いてえぐれえで、とにかくえらいことでござんすなあ」

挨拶のしかたに困って、あんパンのような顔が、みょうちくりんにゆがんでいた。

「あとのこったあ、わっしもときおり伺いまして、お困りのねえよう計らいますで。とにかく、光代のいのちの恩人のおうちでござんすからねえ」

そして、雨戸のぐあいや、雨どいの修理をただで請けおってくれた。たよりがいがある人だ。

出立の前日にはお寺の広間で、子ども三人もよばれて、町会の壮行会がもたれた。

「あちらで一番こわいのが伝染病ですのよ。兵隊さんも伝染病で亡くなる方がけっこうおられます。そういうご病人の看護もなさるのでしょう。十分お気をつけあそばせ」

「出征軍人と同じです。征かれたあとのお留守はみんなで守ります。銃後のつとめですもの」

ごちそうを前に、ご近所の激励のことばを聞くと、武二は、もう駄々《だだ》をこねられないと思った。

それにしても、おとなたちはみんな、「お国のために」と一つことばできめてくるのには、「もう、いいかげんにしてくれ」と言いたくもなった。

母さんは、あいさつのさいごにつけ加えた。

「一番たいへんなのはこの子たちですの。留守中はげましてくださるだけでも、どうぞよろしくお願いいたします」

それで会は、三人きょうだいへの激励会に向きが変わり、歌や浪花節やらでにぎやかになったが、武二たちには少しもたのしくない会だった。

東京赤十字本社での出陣式は、二二日の午前一〇時。制服、制帽に看護の白衣、赤十字のバッジ、腕章、カバンなどすべては、そのとき借用する。

前夜になった。母さんは、翌日の服をととのえ、ペンや手帳、便せんや封筒、小さい箸箱、下着、歯磨き、てぬぐい、石けん、タオル、洗顔クリーム、化粧品などの小物を大きな肩かけ袋にそろえて入れた。それで深夜までかかったが寝つけなくて、子どもたちの寝顔をのぞきにいく。

幸一の乱れた掛け布団をかけなおす。むきでていた足のたくましさ、身体はもうおとなだ。

――しっかりした子だけど、専門学校入学までには帰れなくちゃね。

武二の日焼けした腕は、エネルギッシュな遊びじょうずの腕だ。

――まだ八つ、せめて中学卒業するころなら、まだがまんもできるのに……。

腕を気づかれないように布団に入れてやると、寝がえりをうった。昭子の顔にかかった髪を、そうっとのけてやる。すると、ほそく目をあけて、「母さん」と、小さく声をもらした。夢のなからしい。

――がんばりやさん、よくお手伝いしてくれた。いない間、一番苦労かけるね。ごめんね。

――なんていい子どもたちだろう。夫を亡くしても、この子たちのおかげで、はりあいがあった。

ひとりずつ抱きしめたい衝動をおさえ、じいっと見つめていると、いつまでも離れたくない未練がわいてくるのだった。

2

その朝になると、町会で用意した『祝従軍宮下香代子殿』ののぼりが門前に立った。

母さんは、私服の紺のスーツに帽子、日の丸の旗をたすきにかけて門をでた。きりりとした身なり、三八歳のはりのある顔は、だれの目にもたのもしく美しく見えたにちがいない。洋服姿の女性は、ほんとうにめずらしい時代だった。

母さんにとっては、一生に一度かもしれない大事な出陣式である。幸一は、黒の制服制帽。昭子は、紺のセーラー服に紺のコート。武二は、よそゆきの黒い学童服をきた。

じいちゃんは、羽織、袴で門まで見送った。友人、職場の人、町内の人たちがきてくれた。大浜から来た誠叔父さんは、母さんの荷物を手にさげて、集まった人を誘導してくれた。

いつでもどこでも、一番にはりきる武二が、しょぼんと母さんのそばについていた。

ゆうべ、幸一にさとされた。

「母さんを止めることはできないんだよ。明日は母さんに心配かけないよう泣かないで送ろう」

昭子はそのとき、声をおとし目をこすりながら言った。

「あたしたちの気持ちだけじゃ、戦争やってるかぎり、母さんいくの止められないんだよ。つらくても、苦しくっても、きょうだい三人で、力をあわせてやっていこうよ」

「な、そうしよう。子ども三人でじいちゃんを助け、しっかり協力してがんばってるって、お話になるぞ。いいか武二、泣いたら恥ずかしいぞ」

武二は、兄と姉の顔を交互に見ながら、しかたなく「うん、わかった」とうなずいた。

それなのに、いま、武二の胸は、はげしく波うっていた。

町の氏神さまは諏訪《すわ》神社で、寒い北風に、町会の旗や、日の丸がはためいている。武二にはお祭りと遊び場としてしか縁がなかったが、ここで母さんを激励する送る会がもたれた。

近所の人、町会の人たち、なじみのお店やさんもずらりとならんだ。がばちゃん先生や武二隊はじめ、友だちも一五人ぐらいいいた。下村さんも光代を肩車にのせて参加した。

おばさんたちはみな着物姿で、「国防婦人会」の人は、白い割烹着《かっぽうぎ》が制服で会のたすきを肩からななめにかけている。母さんの職場の人や友人も激励にきてくれた。久しぶりの親友に会えたことが、母さんはとても嬉しそうだった。

この朝、母さんは、すっかり気持ちを持ちなおしていた。

――わたしには、戦地の傷病兵を救う救護看護婦の使命がある。それなのに、よわい心じゃ任務が果たせない。出陣するからにはつよくなろう。お国のことを考えれば、家庭のことは小さなこと。あとは、銃後の皆さんを信頼するしかないもの。

先日、坂本先生に言われたことを、朝、起きたときから、くり返し思い出していた。

「内地の病院とまったく違うんですよ。トラックでどんどん運ばれてくる患者の数もだが、負傷のていどだって、病気にしたって想像以上です。若い看護婦たちは、なれるまでどうしていいかわからない。心の悩みや家庭のことまで、一人ひとり指導し、相談にのってあげるのは婦長さんのつとめ、看護の仕事をしながらです。誰にでもできることではありません。あなたのような心豊かな人でないと、外地の婦長はつとまりません」

日本赤十字の看護婦養成所に入学したときの初心が、たしかによみがえってきた。

2　こころの色は赤十字

1

全員で神前に参拝をすませると、婦人会の世話役である安徳寺の奥さんが前にでた。

「わたしども、軍歌に『従軍看護婦の歌』があったことよく知りませんでしたの。でも、相談して練習しました。宮下香代子さんの、輝かしい出陣の門出にうたわせていただきます」

するど、白い割烹着の人たちは、歌詞を書いた紙を手にして横にならんだ。

幸一や昭子たちはおどろいた。そういう歌があったことを知らなかった。母さんは、その人たちに一礼して、いっしょにうたった。

火筒《ほづつ》の響き遠ざかる
跡には虫も声たてず
吹きたつ風は生臭く
くれない染めし草の色。

あな勇ましや文明の
母という名を負い持ちて

いとねんごろに看護する
心の色は赤十字

（婦人従軍歌　一番六番、二〜五略）


そういえば、以前に母さんが、ときどき口ずさんでいたメロディーだった。

歌をきいていると、天使のように澄みきった心で、赤十字の学校にはいった母さんの想いが、幸一の胸にも、昭子の胸にも、しみてくる気がした。

団体代表からの激励のことばがあり、さいごに母さんは、紅潮した面もちですっくと立った。

「本日は、お忙しいなかを、おいでくださり、皆さまから熱い励ましをいただき、まことにありがとうございます。また、わたしどもの従軍歌で送ってくださるとは、考えてもおりませんでした。感激のいたりでございます。

戦場で傷つき、病でたおれた戦士たちを救護するお役目で、わたしは戦地にむけて出発いたします。微力でございますが、日本赤十字の一員として、つとめを果たしてまいりたいと存じます。

交代の方がいらっしゃらなければ、戦争が終わるまで帰国できないかもしれません。出征軍人の方々は、いのちをすてる覚悟でいかれますが、わたしは、女のかなしさ、残していく年寄りに、父のいない子どものことを考えないわけにまいりません。留守中ひとかたならぬお世話になることと存じます。どうか、なにとぞよろしくお願い申します」

すると、わきあがるように、人びとの叫びが辺りを圧した。

「宮下香代子さん、お元気で、おつとめを！」

「宮下香代子さん、バンザーイ、バンザーイ！」

「日本のナイチンゲール、宮下さん、バンザーイ！」

――母さんは、うちの心配がなければ、ほんとは自分からすすんで従軍したかったのだ。

幸一はそう気づき、母さんのいない生活が始まるんだと、ベルトをぎゅっとしめなおした。

昭子の胸には、母さんの留守をがんばりきれるか、間際《まぎわ》にきても、まだ不安がうずまいている。「とにかく、すぐにでも戦争が終わって」と祈るばかりだった。

武二は、やたらに波うつ感情をおさえようと、誠叔父さんの左手をぎゅうぎゅうにぎりしめていた。

2

見送り隊は、旗やのぼりを先頭に、駅まで軍歌をうたい、手に手に日の丸の小旗をふって歩いた。出征兵士を送る緊張とは何かちがう、赤十字の心の色が、たしかにただよっていた。

沿道の人、駅に出入りする人びとが、きりりとした母さんの出陣姿に立ちどまった。

「これ以上は未練になります。ここでお別れしましょう。子どもたちにもそういってありますし」

母さんのたっての願いで駅頭で解散した。その前に、もう一度「婦人従軍歌」がうたわれた。

真白に細き手をのべて
流るる血しお洗い去り
まくや包帯白妙の

衣の袖は朱《あけ》にそみ

味方の兵の上のみか
言《こと》もかよわぬ　敵《あだ》迄も
いとねんごろに看護する
心の色は　赤十字
（婦人従軍歌　四、五番）

「宮下香代子さん、バンザーイ！」

さいごの大声援がおこると、母さんの頬に光るものがながれた。それをかくすかのように、頭をひくくさげたままお礼をいったが、そのことばは、どよめきに消された。

武二は約束もあって、こらえにこらえていた。しかし駅のホームで、こらえていたものが、いきなり堰《せき》をきってほとばしった。

「母さん、いくの、おれはいやだっ！」

母さんにしがみつき、声をあげて泣きさけびだしたから、まわりの人がおどろいた。

ホームでの見送りは、親しい少数の人だけである。

「これからのことは、おばさんたちが、みてあげるからね」と、何人もでなだめた。

「いやだあ！　母さんの代わりなんかいない。母さんはひとりっきりだい」

「武二、母さんを困らせるんじゃない」

幸一が涙をふいて、武二の腕をにぎってはなそうとした。しかし、武二は母さんの手にしがみついてはなれない。母さんは、胸のバッジをはずすと、しゃがんで、武二のおでこに自分のひたいを当て、くっつきそうな眼をのぞくように見た。それから武二の指をとくと、バッジを手のひらにのせ、両手をかさねさせ、自分の手でつつんで武二の心にささやいた。

「母さんは、どこにいっても武二たちの母さんだよ。遠くにいても、母さんはいつも武二たちを考えている。母さんのしるし、なくさないでつけていなさい、ね」

武二が手のひらをあけると、赤十字の襟につける桐の花のバッジだった。

母さんは立ちあがると、きょうだい三人を見つめて、はっきりと言いきった。

「あなたたちのおかげで、母さんは、お国のだいじなお仕事ができるの。だから、だから、……だから、がんばってね」

「がまんして、がんばってね」と言うつもりが、つらくて、どうしても「がまんして」は言えなかった。そのかわり、三人に向かって、きっぱりと叫んだ。

「武二、バンザーイ!」

「幸一、バンザーイ!」

「昭子、バンザーイ!」

見送りの人も、三人の子をはげまして叫びあった。

「宮下幸一くーん、バンザーイ!」

「宮下昭子さーん、バンザーイ!」

「宮下武二くーん、バンザーイ！」

電車がすべりこんできた。

肩かけ袋を母さんにわたした誠叔父さんが、武二をしっかりだきとめた。

「母さんは、遠くにいても、いつも母さんだからね」

ほかの乗客とまざって、母さんは車輛にすいこまれた。

大浜のばあちゃんが、しまったドアにすがりついた。

「無事でねえ、帰ってくるんだよう」と、さけんだ体を、幸一がうしろからかかえた。

母さんは、やっとひとりになった電車の中で、流せなかった涙をのみこんでは、さまざまな想いをかみしめていたことだろう。

電車もまた、それらの想いと、時をのせて、流れるように走りさっていった。

八、地下のゲリラ隊

話は中国にもどる。ツァオシンとナマズ叔父さんが、水牛によって日本軍から逃れたのは、武二の母さんが出征する一〇日あまり前だった。ふたりは、とある農家で、水牛をコメと小麦粉に交換してもらったが、それからの、ジャオコウへの帰り道は、殺気ただようおそろしい道だった。

1　さまよう荒れ野

1

道らしい道は、トンニャンピーが通るからこわい。しかし、一輪車しか通れない小道は安全でも、まるで迷路のようだから、方角がわからなくなってしまう。

河にただよう小舟があった。舟の持ち主が亡くなったのかもしれない。その舟を使おうかとも思ったが、水上では、いざというとき逃げもかくれもできない。

夜行動物になったツァオシンとナマズ叔父さんは、およその方角へ、当てずっぽうで歩いた。

食べ物はある。困ったのは、雨の日の雨宿り場所と、寒さと、ミンホワの体調だった。

熱を出したり、呼吸がおかしくなったり、皮膚がかぶれたり、元気なく泣いてばかりいる。

夜の寒さは、いっそうきびしさを増した。篭の中の油紙や綿入れにくるまれても、寒さが防げないのだろう。青っ洟《ぱな》をたらしている。ぼろ布でふきとっても、鼻での呼吸ができずに息苦しそうで、体調も良くないので泣くようだ。

「おい、洟《はな》をすすってやれ」とナマズ叔父さんに言われた。思いもしなかった。でも言われたように、ツァオシンは、ミンホワのかわいい鼻に口をつけて、ちゅっちゅっと鼻汁をすすっては、ぱっとはいた。たしかに呼吸がらくになったのが分かる。

「叔父さん、なんでこんなこと知ってるんだ」

「はっはっ、おまえが赤ん坊のとき、ばあちゃんに言われてやったことがあるからさ」

とにかく、風邪を重くしないうちに、休めるところを見つけたい。それに雨がきそうだ。そう考えてさがしながらいくと、戦火をのがれた一軒家を見つけた。

「泊めてもらえないか、たのんでみよう」と声をかけた。だれもいない。

部落からはなれ、軍隊が通る道からも、少しははなれている。住人は、戦争で避難したのか、連行されたのか、殺されたのか、とにかく夜になっても帰ってこない。

その家に入りこんで、しばらく休ませてもらうことにした。

幸い炊事の道具もあった。使いかけの食用油や塩もある。物置に薪《たきぎ》もあって火を焚《た》いて温まることができたのもありがたい。だが、とにかくミンホワに薬がほしい。

「戦争がなければ、どこの部落でも、何軒かは干した薬草をもっていたもんだがなあ。ほとんど荒れ野になっちまってはなあ」と叔父さんはつぶやいた。

ツァオシンはじっとしていられない。ミンホワを守るのは、おれの責任だ。わかっている人は、その辺の草っぱでも薬草をさがすだろうが、ツァオシンにはさっぱり分からない。叔父さんだってあてにならない。

この近くの人がいたら、なにか聞きだそうと思って歩きまわっていたら、二日めに、ふと冬枯れの繁みに、枯れたクズ（葛）かずららしいのが目についた。ツァオシンは、はっと思い出した。

いつか弟や妹が風邪で寝てたとき、父ちゃんがじいちゃんに教えてもらいながら、クズの根っこをつぶして、薬をつくっていたことがある。枯れてなければ、クズの花や葉は目立つから見分けぐらいできるし、薬作りだって見たことがあるだけだけれど。

ツァオシンは、急いでもどると、ミンホワと昼寝をしていた叔父さんを起こした。

「見つけたよ。ちょっと来て。クズの根っこ掘り出すんだよ」

「ええっ、クズだと？」

「上は枯れても、根っこは枯れてないよね」

物置から鋤《すき》を借りた。しぶしぶついてきた叔父さんは、枯れかずらを前に「おっ」と目をかがやかした。薬では「葛根湯《かっこんとう》」の原料で、クズの澱粉《でんぷん》は菓子の材料にもなる。

「たしかにクズかずらだ。よく見つけたな」

ミンホワを置きざりにしてきたから、叔父さんに掘るのはまかせた。葛根湯の作り方は、生半可だがやってみた。こまかく砕いて、叩いたりつぶしたりして水にさらした。あと、よく水洗いして、水に沈んだものを干すと澱粉がとれる。水にさらしてアクをとるというのは、叔父さんの主張にしたがった。大体はやれたようだ。

水に沈んだところをすくって火にかけると、糊《のり》のようになった。それをうすめて、少しずつ少しずつ口にいれてやった。ミンホワはいやがらずに、よくなめた。家の中で休み、オンドルで温まり、葛根を食事にしたのが効いたのか、翌日は熱が治まり、次の日には鼻汁をすする必要もなくなった。しきりと、話しかけるようになって、ツァオシンをほっとさせた。

この家で、着の身着のままの下着を洗い、干して、お湯をわかして体を洗ったりもできた。

ナマズ叔父さんが、石を集めてきた。こぶしぐらいのや卵ほどの大きさのがある。

「どうだい、いいことを思いついたぞ。こいつをな」

石を竈《かまど》で焼いて、それをぼろ布に包んだ。

「あ、それで体を温めるんだ。ありがてえ。冷えないようにだ」

篭でのミンホワの頭の覆いも工夫し、温石を入れて冷たい空気を吸わないようにした。

小麦粉に葛根をまぜてお焼きをつくった。ミンホワのお粥《かゆ》の食間にこれがあれば助かる。

ミンホワの風邪が治ってきたので、準備をととのえ、再びさまよいの旅にでた。こんどは三人とも温石を懐に入れ、腹を温めながらである。歩きに歩いて気がつくと、金壇《チンタン》にきていた。そこで東の方角をたしかめ、やはり夜行動物となって歩きつづけた。その途中である。道からかなりはなれた部落に、人の動き、人の声、焚き火のにおいがする。日本軍が宿営しているようだ。

まっ暗な闇の中、足音を消して通り過ぎようとしたとき、いきなり、突き刺すような声がした。

「だれかっ！」

はっと、体がこおりついた。

——しまった。トンニャンピーの立ちんぼだ。

「立ちんぼ」とは歩哨兵《ほしようへい》のこと。暗くてわからなかったが、八メートルほどの近さでないか。

2

ツァオシンは、ぱっと左へ走って枯草むらにうずくまった。背中の篭があって伏せられない。

叔父さんも、同時にすっとんでいくと、右手の草原に石をなげた。

ツァオシンと反対の方に、歩哨兵の注意をそらそうとしたのだ。

「まてっ！　あやしいやつ、止まれえっ！」

タァーン！　タァーン！

銃声が夜陰にひびいた。三発めも鳴った。

おどかしだ。気配は三方にわかれたし、暗闇の枯草のなかで、ねらいが決まるはずがない。

そこは、部落の入り口だったのだろう。こういうとき、歩哨は電灯をもっていても照らすことをしない。

相手が銃をもっていたら、自分の位置をおしえて的にされると危ないからだ。

ところが、びっくりして声も出なかったミンホワが、背中で泣きだした。

「シーッ！　声をだすなよ。立ちんぼがきちゃうよ」

ツァオシンはあわてた。なだめても泣きやまない。

——もうだめだ。この泣き声でやつがくる。かくれようがない。ようし、こうなったらだ。

ツァオシンは、悲壮な覚悟をきめた。

——こうなったら肝っ玉だ。やつが来たら思いっきり体当たりして銃をうばってやる。

ところが歩哨兵は、かえって安心したような声をもらした。

「なんだ、赤ん坊をおぶった百姓じゃねえか」とでもいったのだろう。

助かった。ミンホワが泣いたおかげだ。

その先は、橋がこわれて行き止まりだった。どうするか考えていると、やってきた日本軍の自動車が立ち往生した。そこでも、いのちからがらかくれたが、危機一髪はしょっちゅうなのだ。

とにかく、道らしい道をいけば、どこだって日本兵のたむろする部落がある。

——おれたちの国なのに、おれらがびくびくして歩けねえなんて、ゆるせねえ。

——立ちんぼに体当たりして、あいつの銃をとっちまえばよかった。ひとりでも、ふたりでも、トンニャンピーをやっつけてえ。ああ、銃がほしい。

食事にはどうしても火がいる。明るいうちに燃え木を集めておこうと、まともな家が一軒もないほどやられた部落の跡にはいった。

すると、髪まで灰だらけにした女が、血まみれの子の胴体をだき、すさまじい形相で頭をさがしていた。生あたたかいような血の臭いになれたツァオシンでさえ、おもわず身ぶるいした。

「あの女、鬼になるぞ」と、ナマズがささやいた。

道路わきの馬の死骸だってめずらしくない。けれども、飢えた子らが、手に手にとがった包丁をふるって、馬肉を切りとろうと群がっているのを見ると、鬼の子に見えてしまう。

——親が殺された子たちだ。おれも食い物がなければ、ああいう仲間になるんだ。

脱走して一〇日めの夜、きびしい寒気とたたかいながら、さまよいつづけた明け方、荒野のかなたに、りっぱな城壁が見えてきた。常州《チャンチヨウ》かもしれない。その上に日の丸の旗がひるがえり、日本兵が三人、銃剣をかかえて見はっている。もし常州まで来たとすると、無錫《ウーシー》にはあと一日だ。

城からはなれる方へ、水路にそって休む場所をさがしていると明るくなった。

舟小屋があったのでかくれ場にした。舟小屋というのは、舟を水に浮かせたまま休ませるところで、わら屋根、わら壁で水路べりにつくった水上小屋のことである。

小屋の中のせまいすき間に腰をおろした。外は、川岸にならんだ樹木、ふかい枯草の茂みで、休むにはもうし分ないが、なにより火がほしい。

温石もときどき焼きなおさないと冷たくなってしまう。布にくるんだ炊いたメシがあっても、石のように凍っている。そんなのを口にしたら、いっそう体が冷える。火を焚かないとミンホワのお粥もできない。体だって温めたい。とにかく一番に必要なのは薪だった。

叔父さんが燃え木をさがしに行く。ツァオシンは、水路のふちで石をつみ、かまどを作っていた。ミンホワと背篭は舟小屋にのこしてある。そのときだ。いきなり、

ヒューン！　と弾がかすめた。あっと、体をふせた。

——しまった、見つかった。

シュッ！

灼《や》けるような痛みが背中にはしり、がばっと頭から氷をわって水中におちた。

——ちくしょう！　やられた。……これで死ぬのか！

夢中で岸の枯草をつかんだ、気がする。

つづいて、二発の銃声……。それは、かすれた意識のもやに消えた。

2　再会したメイ先生

1

どのくらいたったのだろう。

ツァオシンは、雲の中を泳いでいた。死んで、あの世へいくんだ、と感じていた。

「う、ううっ！」

きりきりと全身に痛みがつきぬける。背中がじんじんうずく。

かすかに、聞きおぼえのある声がした。

「こいつは無鉄砲でな。何でもまっすぐ突っぱしるやつでな」

——あの世に、おれを知っている人がいる。

ツァオシンは痛みにうめいた。はっきり、人の声が耳のちかくにした。

「おい！　ツァオシン、気がついたか」

——ここはどこだ。

うす暗い。この世でないような、生温かさだ。

「おい！　ツァオシン、わしがわかるか」

すぐ耳もとで声がした。

うつ伏せのまま、気を失っていたようだ。声のほうに身体を起こそうと、両手をついた。

筋肉がさけるような背の痛みに、腕の力がぬけた。

「ううーっ！　い、いてえっ」

「むーっ、うっ……」

「うごくな。じっとして寝てろ」

「あ、メイ先生……」

だが、ここにメイ先生がいるはずがない。

「ツァオシン、えれえ苦労しとったのう、おめえは。トンヤンクイに撃たれたが、急所をはずれとる。いのちは大丈夫だ。薬はぬっておいたが、動かんほうがええ」

やはりメイ先生だ。首だけでもまわそうとしたが、思うようにいかない。

それでも眼をあけると、大きなメイ先生の眼がすぐ目の前にあった。

「危ないところやった。やつらはな……」

メイ先生は、冷たい布で頭を冷やしてくれながら、話をつづけた。

「川におちたおめえをまたねらった。だが一瞬はやく、ここの人がその敵を撃ちたおしたんだ。運がええぞ、まさしく間一髪じゃった」

ツァオシンは、岸辺の草をにぎって浮いていたらしい。綿入り服は水にうくから、撃たれたら助からなかったろう。そういえば、あのときの銃声だ……。

「先生、ミンホワは？」

「安心しろ、ここにおる。ちゃんと面倒みとるぞ」

「ナマズ叔父さんは、どうしたかな」

「おめえの叔父さんもな、水にとびこんで逃げたんだが、別の敵に撃たれるところだった。ぬれた服をかえてやって、先にジャオコウに行かせたよ。おめえの手当てをするというとったが、ここはめったな人は入れねえのでな」

そのうちわかったが、天井がいやに低い。それもそのはず、丘とまではいえないが、わずか小高くなっている草むらの地下につくった部屋だった。先生は、ここでモグラのような暮らしをしているらしい。青年たちが出入りしている。助けてくれた人がだれかは教えてくれなかった。

ほっとしたツァオシンは、ひどい熱をだした。もうろうと意識がさまよいつつ夢をみた。兄ちゃんととっ組みあいのけんかをしているのに、母ちゃんや父ちゃんは、歌ったり、お酒をのんで笑っていた。わきにホワンホワがいて、妹や弟に手品を見せていた。

夢からさめて、親兄弟のいるあの暮らしには、もう二度ともどれないのだと思いなおすと、身体がうつろになってくる。それをメイ先生が勇気づけてくれた。

「ツァオシンよ。体は大丈夫だ、元どおりになる。ゆっくりでいい、元気になれ。父ちゃんも、母ちゃんもな、おめえがミンホワを育てながら　がんばりぬくのを、あの世で応援しとるぞ。死んだ者の恨みをはらすのは、生きのこった者のつとめ。なあ、体をなおして立ち上がろうや」

ここでは、おどろくことばかりだ。日本軍とたたかうゲリラ隊の地下の根拠地だった。

ゲリラは、ふいに敵をおそっては、さっと姿をけす。敵には見えないから、小さな隊なのに敵をすごくおびえさせる。隊員は、ふだんは田畑ではたらく農民だが、必要なときは武器をとって戦い、すぐまた田畑で農民になる。農民仲間すら、だれが何をしたか分からない。

「この根拠地は生まれたばかりだがな、これから農民が戦える軍隊にしていく」

この地下部屋の壁は土だが、柱や天井は木材で、上の小さな穴から光と空気がはいってくる。草木の茂みで外からは絶対に見つからない。見つかりそうになっても、入り口近くに落とし穴があり、地雷も埋めてある。近づいた敵は、生きてはもどれない。

部屋の四方には、台所に寝室、物置、便所など横穴のせまい部屋が四つあった。

いつもここにいるのは二、三人。ミンホワは大事にされて、食事やおしりの世話までしてくれるので、ツァオシンはゆったり寝ていられた。

ひまさえあるとメイ先生は、本や地図とにらめっこしたり、銃をみがいたりしていた。

はじめて銃をみがく先生を見たとき、ツァオシンはびっくりした。

「こいつは、ほれ、おめえが撃たれた小銃よ。こんどはトンニャンピーを倒すのに使うぞ」

気がついてみると、一五丁ぐらい、にぶく光る銃が、棚にきちんと整列しているではないか。

「おどろいたか。ながいのは日本製で重い。だが当たりは正確じゃい。ちょいと短いのは民国軍が使ったソ連製でな、軽くて使いやすい。こうして武器をあつめて、トンニャンピーと戦える準備をしておるのよ」

ツァオシンはこの地下で、起きられるようになると、小銃や手投げ弾をにぎってみて、あつかい方を聞いた。布をかぶっていた機関銃も見せてもらった。

「おれ、この銃でトンニャンピーをやっつけてえ。傷がなおったら借りてもいい？」

メイ先生は、しずかに首をふった。

「銃を使うとはな、いのちのやりとりをすることだ。おめえにはまだ無理じゃい」

2

「新年好《チンネンハオ》」

メイ先生に先に言われて、ツァオシンはあっと思った。そうだ、もう正月になったのだ。

「去年はひどい年だったな、ツァオシン。ことしもきびしい年じゃろが、勝利するまでは正月らしい祝いもできん。だがな、ここでの正月も、いまに、おめえのええ思い出になるわな」

先生は、少しばかりでも新年らしいご馳走をならべてくれた。

いつもの新年なら、母ちゃんのごちそうがあった。それに凧《たこ》を作って、凧あげに夢中になったものだ。でも、これから部落に帰れても、正月というのに、むかえる家族はいないのだ。

一五日の間、手当てを受けたツァオシンは、ゲリラの青年にミンホワと荷物をまかせて、安全な道を案内してもらい、ジャオコウに帰った。

別れぎわにメイ先生は、ツァオシンの眼をみつめ、にこやかな顔で肩をたたいた。

「わしらの国の先人は、『歳寒《さいかん》ニシテ 松柏《しょうはく》ヲ知ル』ということばを残した。わかるか。年ごとに冬がくる。きびしい寒さがきても、マツやヒノキ・サワラなどは、しゃんと立って緑をたもっておるわ。わしらもきびしい、つらいめにあったときこそ、しっかりもんか、どうか、ほんとうの人間が見えてくる。ツァオシン、親兄弟を失ったいまはどん底じゃい。だがなあ、つれえからって、へこたれるおめえじゃねえ。体をだいじにしろ。がんばろうや。な」

——「歳寒ニシテ松柏ヲ知ル」か。つらいときでも、おれ、しゃんとできるかだな。

ツァオシンは、あるきながらメイ先生のことばを考えた。

ジャオコウが近づくにつれ、ツァオシンは、だんだん家のことが心配になってきた。

カラスおばさんが、ナマズ叔父さんに食いつく場面がちらつく。

ミンシュイやホワンホワだって、家庭の痛手はひどかったのに、自分だけが部落をとびだした。それにも、すまない気持ちがうずきはじめた。ところがだった。

凧をあげていたミンシュイが、部落の橋の手前から見つけて、糸をもってとんできた。

「わあ、ツァオシンだあ！　ミンホワと帰ってきたぞう！」

明るい叫びをあげて、走ってくると、凧をはなしてだきついた。背中の傷がなければ、道ばたでもころげまわっただろう。

けんか相手だったブタノシッポが、熱っぽくむかえてくれたのも意外だった。

「よかったあ、無事に帰れてよう。トンニャンピーに捕まったり、撃たれたり、そいでもトンニャンピーの爆薬をうばって、五〇人以上の敵をやっつけたり、すげえ苦労して戦ったんだってな。きみの知恵と勇気には負けたよ。まったくすげえよ」

彼は両手をにぎり、涙ぐみ、尊敬の眼《まなこ》で、勇士としてむかえてくれた。

先に帰っていたナマズ叔父さんの、とんでもないホラを真に受けたらしい。

ホワンホワは家にいた。さわぎを聞きつけて外へあらわれたが、ツァオシンが部落の人たちに囲まれてなかったら、とびついてきて泣き出しただろう。

ところがこの村も、友情にひたっているどころでなかった。

そこにいた大人たちがささやきだした。

「おい、ほら、ヤオの野郎、またやってくるぞ」

「あいつ、トンヤンクイがくる前に逃げちまってよ、帰ってきたと思ったら、この頃ちょくちょくきやがる。何か企んどるんでねえか」

水路に囲まれたこの部落に、よその部落のヤオ親分が、とりまきの男たちと橋をわたってくる。

村には、みんなが怯《おび》える新たな難題がおしかけていたのだった。

九、「死神」が支配する村

トンヤンクイに、見つけられただけで殺される、ということはなくなったが、村は日本軍の占領地域だ。トンヤンクイの手先となった、ヤオとその子分どもがうろつく、おそろしい村になっていた。

1 「死神の使い」

1

ヤオは、ダルマのようなからだに、黒いコート、赤い襟巻き、革の長靴で、四角い顔にダルマひげ、メガネの奥から、眼をぎょろつかせている。

ダーハイおじさんは、その連中に、「ちょいと来てもらおうか」と連れていかれて、その日、夜になっても帰ってこない。みんなで心配していると、翌日の朝、竹の棒にすがり、足をひきずってもどってきた。橋までもきて、どさっと倒れるや、部落にひびくほどの大声で泣きだした。

「わあ、たいへん、どうしたのさ」

カラスおばさんが駆けよってだき起こしたが、何もこたえない。ツァオシンも駆けつけた。

「えーっ、どうしたの、その傷?」

おじさんの顔は、紫や青や赤にはれあがり、まったく別人のよう。シャツにも血のりがべっとりだ。部落じゅうが集まって、ひと騒ぎになった。ダーハイおじさんは、大きな肩をふるわせて泣きながら、きつくしばられた左手の指をシャツからだした。指が三本切られて、ない。

「うえっ、ひでえ!」

そこにいたみんなはうなった。

「トンヤンクイにやられたな」

「ヤオの連中、漢奸《かんかん》だぞ。一軒一軒のぞきこんでおったがよ、そうかい、こういうことかい」

「すげえ傷だ。おい、戸板もってきてくれ」

「ひでえなあ、何てむごたらしいやつらだ!」

ミンシュイの父さんが、そのことばを制した。

「しーっ、しっ! みんな、何も言うな。トンヤンクイの悪口を言ってこうなったんだ」

そして、ツァオシンの腕をひっぱって、そっとささやいた。

「おぼえておけよ。『いのちが惜しければ、日本軍に協力しろ。ほうびに欲しいものをやる』と言われて、自分だけのために、おれらの中国を裏切ったそんなやつらを『漢奸』というのさ」

日本兵が住民を殺したり、家を焼いたり、奪ったり、婦人に暴行するのは、人間としてあまりにひどいと、諸外国からきびしく非難されて、あわてた日本軍は、そんな違法行為を禁止した。

「住民から奪うな」と兵たちに命令しても、「食糧は現地でまかなえ」と、ほとんど補給がないのだから、やはり住民から奪う。それを漢奸にやらせるように変えたのだ。日本軍に逆らった中国人は、やはり殺され、焼きはらわれ、暴行されるのだった。

その日ツァオシンは、薬を集めにまわったり、部落の人とダーハイおじさんの手当ての手伝いをしたりで、たいへんな一日となってしまった。

ところが、こんどは「刀や槍《やり》を持っているやつは出せ」という命令がきたのに、隠していたと別のおじさんが連れていかれた。帰ってきたとき体は傷だらけ、頭までおかしくなっていた。

「いのちは助けてやったんだぞ。ありがたく思え。いいか、二度めのいのちはねえからな」

と、宣告されたという。

となりの部落では、漢奸がコメやマメを集めにきて、出さなかった三人が連れさられている。

それで、ヤオやそのとりまきをみると、「おい、『死神の使い』がくるぞ」と注意しあった。

彼らが連れていくのは日本軍の陣地だ。そこに行ったら、帰ってこられても、まわりの人の世話で生きるのがやっと、半年は使えない体になる。日本軍に従わないやつはこうだという、見せしめだった。そんな「死神の使い」が、いつしか部落のなかで幅をきかせてきた。いままで、仲よくしてきたコウさんだって変身した。親切な心をすてて、自分だけは日本軍からの安全をとりつけたのだ。

その「死神の使い」が、いよいよ、ジャオコウ部落でも日本軍の食糧を集めはじめた。

「出さねえと、おめえ、この部落は一軒のこらず焼かれちまってよ、おめえは、部落の連中に顔向けできねえぞ。それに日本軍にさからって捕まったらおしめえよ。おとなしく出すんだな」

踏みこんできた男どもに囲まれると、ナマズ叔父さんは、頭をへいこらしていった。

「出します、出しますともさ。うちも食うもんねえが、穫《と》り入れたばかりのムギなら何とか」

去年の秋に穫り入れたイネは、今年の秋まで生きるための食糧なのに、あの日、稲束のままトンニャンピーに燃やされてしまった。やっと待ちに待ったムギが実って、これで飢えないですむぞ、と息をついたばかりだったでないか。

「なんだよう。トンニャンピーにどんなめにあってるか、悔しくねえのかよう」

毒づいたツァオシンの口を、ナマズはふさいだ。

「バカやろう！　やつらに聞こえたら殺されちまうぞ。何も言うでねえ」

何でも言いあい、助けあってきた部落、貧しくても明るく暮らしてきた部落は、灯が消えたようだ。うっかりものが言えない。ともに暮らす叔父さんでさえ、わかりあえないのだ。

そんな闇のなかで、年が二回変わると、ひとつだけうれしい知らせがきた。春から学校が再開するという。友だちは半分に減っているけど、ツァオシンは、再びはりきって何かができそうな気がした。それにメイ先生の、あのおだやかな笑顔にまた会える、と思うと、その日が待ちどおしくてならない。

2

一九四〇年春四月、二年五か月ぶりの学校だ。ツァオシンは、走って走って学校に駆けこんだ。だが、メイ先生はいない。学校にいたのは、若い女の先生だった。

「ヤンといいます。メイ先生は大変いそがしい仕事がありますので、たのまれて、きょうからわたしが教えることになりました」

ヤン先生は、声がはっきりしていていい。三日月のような眼でしたしげに話しかける。ツァオシンは、ヤン先生のなにもかも好きになった。澄んだ湖から生まれた女神のようだと思った。

はじめての授業『三国志』はおもしろかった。戦乱にあけくれた時代、人びとが平和で幸福に暮らせる国をつくろうと、いのちをかけた人たちの生き方に、ツァオシンはじーんときた。

こういう勉強ならいくらでもしたい。中国の歴史をもっと知りたい。

その日の授業がおわると、ブタノシッポが聞いた。

「先生、ツァオシンは、中国が勝つって言うけどさ、負けてるよね。こんなじゃ勝てないでしょ」

「それじゃ君たち、中国はどうしたら勝てると思う?」

先生にこう聞かれて、ミンシュイが手をあげた。

「軍隊の数を多くする」

「それなら中国は勝てるわ。日本より多いだけで勝てるのかしらね」

ブタノシッポが言った。

「武器だよ。おんぼろじゃだめ。優秀な武器をたくさんそろえなくちゃ」

「それも大事ね。中国軍のチェコ製の機関銃は日本のよりすぐれているし、迫撃砲も優秀よ。手投げ弾だってこっちのは柄があって、ずっと正確に投げやすいの。遅れてるのもあるけど、勝ち敗けって武器で決まるのかしら」

「じゃ、先生はどう考えてますか」

ホワンホワの質問に、先生は黒板にこう書いた。

持久戦

正義の戦い

「君たちのいうこと、どれも目先の小さな戦いには関係してくるでしょうね。でも、強いように見えても、日本はほんとうは弱いの。国が小さくて、暮らしや戦争に必要な資源が少ししかとれないわ。鉄とか銅とかの金属もそうだし、石炭なんかもちょびっとです。中国は国が大きくて、そういう資源がたくさんあるもの。

それに戦争が長くなると、日本では働き手が兵隊に出ていなくなる。農村でつくる食糧がへる。工場でつくる品物も足りない。生活に困るでしょ。武器だって、兵隊だって、戦争が長びくとふやせなくなる。いつかは日本が敗ける。あせらず、あきらめず戦いつづければ、中国は勝ちます」

「いまは敗けていても?」

「そうです。それに戦争をはじめた理由は何なの? 日本は中国の国土を奪って、ほしい資源をとりあげ、中国人を奴隷みたいに使うつもりよ。正しい理由なんかないわ。中国が自分の国を守るために戦うのは、正義の戦いよ。だから戦争が長くなれば、世界のたくさんの国ぐにが中国を応援してくれます」

ツァオシンには、先生のいうことが半分しかわからない。それで質問した。

「勝つか、敗けるかは、大砲とか機関銃とか撃ちあって、たくさんやられたほうが敗けるんだから、戦争が長くなれば勝つなんておかしいよ」

「今はそうね。あちこちの戦闘で九九回敗けてもね、それは小さい敗けです。だけど辛抱してがんばって、一〇〇回めの最後どっちが勝つかで戦争の勝ち敗けは決まるの。そこが大事なの。それで国の運命が決まります。勝つのは中国、正義はこっち、実際に勝てる道すじが見えてきたわ」

先生は、みんなの眼をしっかり見つめて言った。

「蒋介石《チャンカイシエキ》にはまかせておけないと、葉挺《イエーテイン》将軍が、『侵略軍と戦うものは集まれ』と呼びかけたら、たちまち四万の労働者や農民が集まったの。新四軍という軍隊がそれでできたの。『おれらの中国を守れ。日本の奴隷になんかなんねえぞ』という戦いですもの。そのうち、百万、千万、億万の人びとが立ち上がります。そういう持久戦よ。追いつめられて敗けるのは日本です」

ツァオシンはおどろいた。これを漢奸に聞かれたらたいへんだ。しかし、ヤン先生は、そんな心配をするようすは微塵《みじん》もない。黒い瞳を宝石のように輝かせて話してくれた。

その葉挺将軍の「新四軍」は前年（一九三九年）の五月には、常州《チャンチヨウ》に根拠地をつくった。そして近くの無錫《ウーシー》や常熟《チャンシユウ》にも日本軍を撃ちやぶって進出した。その新四軍が、ついにこの村にもやってきたらしい。トンニャンピーの陣地は、しだいに新四軍にとられ、じりじり圧されているようだ。その軍隊を見たわけではないが、「死神の使い」だった漢奸が、外にも出られず、ダンゴムシになっているから、多分ほんとうだろう。

ある日、学校から帰ってくると、顔なじみの人だかりから、カラスおばさんの声が聞こえた。

「見上げたもんだよ。あたしゃ、すっかりほれちまったね。いばらないのがりっぱだ。ほしい野菜に、ちゃんとゼニをはらってくれるんだからね。いままでの兵隊といやあ、コメだの娘っ子だの、かっさらっていくゴロツキだったもんねえ」

新四軍の兵士が、野菜を買いにきたらしい。

「あたしゃ生きていてよかったねえ。ああいう軍隊が大きくなれば、中国だって変わるさね。『おれたちゃ、豆ひと粒だってタダでもらう気ねえ。日本軍を追っぱらうために、農民や労働者でつくった軍隊だから農民の味方だよ。味方に損をさせちゃいけねえ』と、こうなのさ」

――よかったあ、ヤン先生の言うとおりだ。おれたちだって、もしかすると勝てるぞ。

自分たちをおおっていた黒い雲が切れた。さあーっと晴れ間が見えてきたようだった。

2　赤ん坊を売る市

イネの不作で、四〇年の四月ごろからは、どこの家でも明日は何を食べてすごすか、食料がなくて苦しんでいた。村人は川魚ばかりか、遠い太湖《タイフー》へも魚捕りにいった。あさい川や池では小さい子までタニシさがしに夢中だった。カエルやヘビだって、見つかれば餌食にされた。

たよりの水牛どもも数が減った。人間さまが優先されたからだ。

カラスおばさんの耳ときたらすごい性能で、トウフをつくった家の情報を聞きとるや、いやでもツァオシンは、おからをもらいに行かされた。おからはトウフのかすでも栄養がある。いつかナマズをさしあげたうちでは、気持ちよくおからをくれた。しかし野菜や野菜代わりの野草をまぜて料理するが、料理の達人がいたって、おからばかりじゃ飽《あ》きがくる。

こんな苦しい暮らしなのに、食糧をとりあげる日本軍には、農民の恨みが高まっていた。

ツァオシンはもう一四歳になる。暮らしのために、前と後ろに野菜を入れた篭をつるした天秤棒をかついで、無錫《ウーシー》の市場へ売りにいく。市場は、ごたごたながらも復活して、ねだんは高いが、饅頭《まんじゅう》も餅も売っている。服でも靴でも、たいてい何でも売っていた。

その市場の中ほどで、はっと動けなくなった。とんでもない売り物を見てしまったのだ。なんと、赤ん坊を売っているではないか。うずくまっていたのは母親だろう。

篭のなかの赤ん坊は、春の日ざしをあびて、きげんよく「アー、アー」と手足を動かしていた。

黒帽子に黒シャツのおじさんが、赤ん坊の首すじや腕をさすって、太りぐあいをしらべていた。

「おい、この児はいくらじゃい」

「二二〇元だよ」

「そいつは高すぎる。一五〇なら買おう」

「だめだめ、あたしのお宝を、そんなに安く手放せるかね。売るにはよくよくのことがあってだからさ。どんなにまけても二〇〇元だね。買っておくれよ」

黒シャツの値切りなんか、とても見ていられない。

ツァオシンは自分の売り場にいくと野菜をならべた。一時間ちょっとで売り切れたが、四元にもならない。それでも大事な暮らしのゼニである。ツァオシンは、赤ん坊を買ったり、育てたりできはしない。しかし気になるから帰りに見にいくと、もう赤ん坊はいなくて、あの女が声を殺して泣いていた。

「こんなことがあっていいのかよ」

頭にきて学校に行くと、ヤン先生がにこやかに迎えた。

「あら、どうしたの。こわい顔をして」

「先生、無錫の市場で赤ん坊売ってたんだ。ひでえよ、自分の子を売る親があるかよ」

「あらっ、そんな……」

先生の声が、つまった。

「かわいそうに。それで、買い手があったのかしら」

「うん、赤ん坊はいなくなって、女の人泣いていた」

先生は椅子にすわると、首をかたむけて言った。

「かなしい話、いっぱいよねえ。赤ちゃん売るの、珍しくないのよ。日本が戦争さえしなければ、幸せな親子だったかもしれないのに……。でも、よほど暮らしにゆきづまってたのね。赤ちゃんを飢え死にさせないためには、売るしかなかったのよ。親子で、もう飢え死にしかないっていうときは、親は、子どもだけは死なせたくないもの」

そうだったのか、ツァオシンは考えなおした。

――あの、何も知らない赤ん坊の運命まで変えたのも戦争だったか。親は、子どものいのちだけは守りたい、そんな思いで売ってたのか。

先生は、意味ありげにツァオシンの顔をみつめて言った。

「メイ先生から連絡がきたわ。ツァオシンに会いたいって」

「わあーい！　きっと、いい話だよね」

――メイ先生は銃をもたせて、「これで撃ってこい」と言ってくれる。きっとそうだ。ようし、やってやって、やりまくってみせるぞう。

うずうずしていた気持ちが、一気にはねあがった。いよいよ戦いに出る日がくるのだ。

一〇、母さんのいない日々

日本の国民の多くは、「南京《ナンキン》を占領したら中国は降伏し、戦争は終わる」と思っていた。母さんの帰国をまつ三人きょうだいが、「一日も早く」と心の底から祈っていた終戦はどうなったろう。

1　戦争は、いつ終わる

1

母さんがいないと、家ががらんとして、いいようのないむなしさだ。

武二には、陽がかげったままの、うすら寒いような日々だった。

「そうか。母さんて、うちの太陽だったんだ」

暮れの二六日には下村さんが来て、雨戸や雨どいの修理をしてくれた。大浜のばあちゃんが、お正月の料理をつくったり、三人に雑誌のお正月号を買ってくれて、一月二日にいったん帰るまでは、とくべつに困ったことはなかった。

武二は、友だちとコマもやった。凧あげもした。羽根つき、メンコも、正月にやることは、みんなやった。ことしはコマの腕をあげた。武二隊は、公園や神社で暴れまわった。

けれども、うちに帰ると、やっぱりうらさびしい正月だった。

冬休みの最後の日、幸一は『五人の斥候兵《せっこうへい》』という映画に、ふたりをつれていってくれた。すごい感激だった。いのちがけで責任をはたす兵士の姿に、武二は、母さんをとりあげてしまった戦争を、少しは許してもいいという気になった。

三学期がはじまると、いよいよ朝があわただしい。

ジリジリジリ……、午前五時半、幸一の目覚まし時計がなると、一日が始まる。

♪　起きろよ、起きろよ、みな起きろー
　　起きないと、隊長さんに　叱られるう
軍隊ラッパのメロディーでうたいながら、鉢巻、腕まくりの幸一が起こしてまわった。

武二は、布団をはがしても覚めないで布団にしがみついていた。すると外から、

「なっと、なっとおー、なっとう!」と、納豆売りの声がながれてくる。

「武二、納豆買っておいで。早くしないと行っちゃうよう」

と、昭子にせかされる。それでとび起きる毎朝になった。

ご飯の炊けるにおいが家じゅうにひろがり、次いで、みそ汁の香りがただよう。

ご飯炊きは幸一、みそ汁と漬けものを切るのは昭子、武二が納豆をそえれば、朝はいい。

このところ、「食事中はしゃべるんでない」とか、じいちゃんの小言が多くなったので、三人は共謀して、じいちゃんの食事を部屋まではこぶことにした。

タバコでゆったりしたいじいちゃんは、朝のテンポがずれるので、かえってそれを喜んだ。

弁当のおかずは前日の夕食の支度のついでに、サケの切り身を焼くとか、根菜や豆を煮るとかしておく。それは昭子にたよるしかない。

♪　忘れものー、ゼロにせよー
　持ち物たしかめ、はじめなさーい！

幸一のへんてこ節で一斉に学校の持ち物しらべをする。おかげで武二は忘れ物がへった。食事のかたづけ、食器あらい、掃除、それぞれ係をきめた。出かける前にみんなでする。しかし武二は、手も体もなかなかうまく動かない。

♪　どならないー、わめかないー
　にこにこ笑って、でかけましょー

へんてこ節のふしぎなメロディーは、昭子のいらいらを消してくれるから、まごまごする武二は、ずいぶん救われた。それに、薪の係になって、朝の掃除を軽くしてもらった。

ご飯をたく薪は、おとなりの墓所のすみに片づけてある古い塔婆《とうば》を、勝手に使ってよいと言われていた。夕方までに、それを燃やしやすいように割っておけばよい。

このように三人は、母さんがいない生活に、早く慣れようとけんめいだった。

一月二〇日の夕食は、昭子のふんばりで、なんとか二〇日正月のお雑煮がつくれた。

新年のお雑煮で、ばあちゃんの手伝いをしたから自信があったのに、味が濃すぎたし、お餅は煮えすぎ。けれども、みんな満腹で大満足だった。

本人は料理人の大役を果たしてつかれたようすだ。昭子にはまだ重荷なのだろう。

食後、地図をひろげていた昭子が、ふうっと大きくため息をはいてつぶやいた。

「南京が落ちても、シナは降参しないのかなあ」

「南京はさ、日本なら東京だろ。東京が敵にとられても戦争できるのかあ」

そういう武二に、幸一は地図を見せて言った。

「見ろよ。ほら、シナは国が大きくて、こんなに広いだろ。だから、首都を奥の方にもっていけるんだ。こんど漢口《ハンコウ》を首都にしたけど、ここもやられそうになれば、もっと奥に移すよ。シナだって敗けたくないだろ」

「ふーん、はやく降参してくれよ。降参する気ないのかな。降参しないと困っちゃう。母さんいつまでも帰れないじゃないか」

元気をおとした武二に、昭子が言った。

「降参する、しないは、あっちで決めること。こっちで降伏するだろうと思ったのむだだったよ」

「じゃあ、ことしじゅうに戦争終わらないこともあるかなあ」

ごろんところがった武二に、昭子は注意した。

「ほらほら、ふとんで寝なきゃだめだよ。風邪ひくからさあ」

南京占領でも戦争は終わらず、きょうだいの期待は裏切られた。戦争のゆくえはわからない。

終わりなき戦争へ　日本では「勝った」「勝った」とさわいだが、中国のいくつかの都市と鉄道を占領しただけだった。政府や軍は、「ガーンと一発、痛い目にあわせれば、すぐ降参する」とみて戦争をはじめたのに、相手が意外と手ごわく、予想以上のたいへんな費用と、おびただしい兵士の犠牲を出したので、この辺でやめないと困る、となっていた。それに軍は、ソ連との戦争準備があった。ドイツは、ヨーロッパでソ連との大戦争を計画していたから、日本には中国との戦争をやめてソ連と戦ってほしかった。そこで日本と中国の和平の役を、ドイツの中国大使トラウトマンがひきうけた。双方にうまくいきそうな調停案を示したのは、南京占領の直前である。政府も軍も「それで終わらせよう」と一旦は決めた。

ところが首相の近衛文麿が、「勝ってるのはこっちだ。賠償金をよこせ」と言いだしたから、中国は反発した。「賠償を払えなんてあべこべだ。勝手に侵略して人を殺し、町や村を焼き、盗みをしたのは日本でないか」それに、戦争が長びいて困るのは日本の方だと見すかされていた。この和平交渉は国民には秘密だった。

2

この日も武二は、消しゴムを道夫にかりた。

「なんだよ。いつもじゃねえか。いいかげんに買えよ」

「文句いうならたのまねえ。おい豊、たのむぞ。少年倶楽部《クラブ》かしてやるから」

豊は親友だ。消しゴムを、後ろからぽいと投げてくれた。授業中だから、先生にも知られる。

筆箱のなかを見た先生は、しずかに言った。

「鉛筆もちゃんと削ってないね。消しゴムだって買ってもらいなさい。勉強道具をいいかげんにしたら、勉強ができなくなっちゃうんだよ」

叱られたわけではないのに、帰ってからも遊びにいく元気を失った。

「消しゴムをなくしたから買って」とは、姉の昭子に、なかなか言えないのだ。

「使って減ったんなら買ってあげるけど、失くしたらさがすんだよ」

と、きつく言われていた。それに、姉も、兄も、学校の帰りがおそい。帰ってきてから夕食の買い物に行ったり、なれない食事のしたくでゆとりがない。それで、つい言いそびれてしまう。

武二はナイフを出して、鉛筆を削りはじめた。だが、気持ちが晴れない。

むしょうに母さんに会いたくなった。母さんなら、武二の気持ちをわかってくれる。

それなのに、会えるはずないから悔しくてたまらない。

——母さん、いつになったら帰ってくるんだよう。

外で、どんなに悔しいことがあっても、母さんがいたら、すっといやなことは忘れた。

武二は、じいちゃんに消しゴムをたのもうと思った。それには、じいちゃんのきげんをとるのに、学校で書いた習字を見せにいって、ちょっとだけでも教えてもらうと効果がある。ついでにタバコを買ってきてあげたら、消しゴムのおカネぐらい出してくれる。

ところが、きょうも、じいちゃんの将棋《しょうぎ》友だちがきていて、とても帰りそうにない。

運動靴をつっかけて外に出た。

塀の上にネコがいた。ネコを追って塀に半身のった。ネコが走った先を見て、「しめた」と思った。

お寺の本堂の大屋根の左のひくい屋根に、はしごがたててある。お座敷の屋根だ。本堂の大屋根とくっついているから、大屋根にのぼるチャンスだ。

——あの上から、母さんのいる戦地が見えたらいいな。見えるはずないだろうなあ。だけど、シナにすこしでも近いところ、どこまで見えるかな。

――シナが見えたら、「かあーさーん！」って呼ぶ。むりかな。でも、どうしても戦地を見たい。

と、この間から、この近くで一番高いあの大屋根に上がってみたいと思っていた。

だれもいないのをたしかめると、塀をのりこえ、墓所をぬけた。

お寺の裏側にふだんは人がいない。「いまだ」ひくい屋根には、はしごでやすやすと上がれた。その屋根が、流れるような大屋根のすその下に入りこんでいて、大屋根はそこからのぼれる。

大屋根の勾配はかなりきつかった。しかし、そんなことをこわがる武二ではない。一歩一歩、瓦の上を身軽に、しかも注意ぶかく上がっていく。

頂上の棟瓦《むねがわら》をまたぐと、腰を下ろしてふうっと息をついた。それから立ち上がって背をのばす。

ここのてっぺんは、住宅の二階、三階の屋根より高いから、見える、見える。町がひろく見えた。辺りは二階家がびっしりだ。はなれて四角い小さなビルが三つ、学校も上だけ見えた。消防署のやぐらも見えた。でも、戦地なんて見えるどころか、東京の市街だって、ちょっとしか見えない。木々のしげった公園とか、屋敷の木、小さなビルでもあると、もう先は見えなかった。

右をむくと、西の方に、低くうすぼんやりした太陽が見える。その下に、うっすら低い山なみがあった。シナは西だと聞いていたから、母さんがいるのは、陽がしずむ方だと思った。

――母さんは、あの向こうで、いまも負傷した兵隊さんに薬をぬったり、包帯したりしてるんだ。

――母さん、おれのこと、想い出しているかな。

「かあーさーん！」と、思いっきり叫びたい。だけど大声を出したら、お寺の人に見つかって怒られる。

――見つからないうちに降りなくちゃ。見つかれば、じいちゃんやお姉ちゃんにも叱られる。

大屋根の上は風が寒い。指がかじかんだ。それに、勾配が急で屋根瓦がすべりそう。手をついて、慎重にひとつ、ひとつ、ひとつでさがっていく。上がるのはやさしいが、降りるのはこわい。

やっとひくい屋根にもどったら、瞬間、「あっ！」と頭がまっ暗になった。はしごがない。

「しまった。片づけられちゃったんだ」

うっかりしていた。たぶん屋根の修理にきた人が、始末していったのだろう。どうやって降りようか。下をみた。跳び下りたら大ケガする。

近くにあるのはカラマツの木だけ。日当たりのわるい裏庭だから、やせて葉もちびっとしかない。そんな木でも、とげとげの枝や葉が痛そうだ。だけど仕方ない。男は勇気だ。

武二はカラマツに、ひょういと跳んで、右手で枝を、左で幹をかかえた、つもりだった。

「わあーっ！」と、いう間もなく、ぼきっと枝が折れた。幹だって、片手ではしっかりかかえられない。

武二は、しがみつこうとした幹や、ほかの枝に顔をこすったり、ぶつけたりで、ずり落ちた。

顔の左がわがいたい。さわると、手に血がべったりついた。足も手も、ひどいすり傷だらけになってしまった。そのとき、武二を見つけて三人の男たちがかけてきた。そのひとりが聞いた。

「大丈夫か。顔はひどいが、からだは？」

武二は、手をふり、足で跳んで、「大丈夫」とこたえた。

「この野郎！　どこのガキだ。屋根にのったのか」

別の男が、眼を赤く怒らせてどなりつけた。

男たちは、やはり屋根やの職人で、道具や材料を片づけていたところだった。

「無茶なやつだな。鬼みたいな顔になりおって」

親方らしい人が、ひと足あとからきた。

「そんなケガですんだのは運がいい。屋根から落ちれば、頭を打って死んじまうか、足を折っちまうぞ。それにな、おれらは屋根で仕事するとき、すべらないようにゴム底のタビをはく」

見せたタビのうらは、ぎざぎざのある、しなやかなゴムだった。

「屋根にのぼるのは危ないだけじゃない。瓦がずれると、そのすき間から雨水がはいって、雨もりしたり、屋根板がくさったり、たいへんなことになる。本堂がそうなったら、おまえの家を売りはらったって、修理代を払いきれないんだぞ。ぜったいのぼるんじゃない。いいか」

「ごめんなさい」

頭をさげた武二に、その人は顔の傷をみていった。

「ひでえ半鬼だ。すり傷ですんだようだが、うちにいって薬つけてもらいなさい。……え、うちにはいない？　じゃ、あそこの薬やのお姉さんに、すぐ手当てしてもらいなさい」

知っている薬やのお姉さんが、消毒してガーゼにつけた傷薬をあてて包帯をしてくれた。

武二は目と口だけしかない、まっ白お化けに変身した。手も足も包帯だ。

戦場を見ようとするのは、ここでもいのちがけのことだったのだ。

3

翌日、安徳寺の奥さんがやってきた。母さんの出陣のとき、国防婦人会の中心になって、歌をうたったりして送ってくれた人だ。

「武二くん、顔の傷はどう？　これ、お供えもののおすそ分け。皆さんと召しあがって」

お盆の上に、美しいふろしきがかぶせてある。

「えらいめにあったのね。もう屋根にのっちゃだめよ。お医者さんに診てもらったの」

包帯をぐるぐる巻きの武二は、叱られないうえ、思いがけない「いただき物」に目を丸くした。

「大丈夫です。きのうは、ごめんなさい。これ、すみません。ありがとうございます」

「皆さん、お変わりございませんの。おじいちゃん、おかげんがお悪かったようですけど」

お盆ごと受けとったとき、じいちゃんが、よっこらと玄関にあらわれた。

「やあ、香代子の出陣のさいはお世話にあいなりました。わしの足がだめで、お礼にもうかがえず失礼したままで。それに武二がご迷惑おかけして申しわけありませんです。きょうはまた、お心にかけていただき、子どもたちが喜びます」

母さんの留守をはげます気もちで、お菓子をとどけながら、ようすを聞きにきてくれた。

あけると、それだけでつばがわいた。最中のかわいた皮のつや、中の餡がすけたきんつば。幸一や昭子が帰ってくるのは待ちきれない。武二とじいちゃんは、先に一個ずつ味わった。

帰ってきた昭子や幸一も、眼をかがやかせていただいた。安徳寺の奥さんは、その後もときおり、「頂戴物ですけど」と菓子や果物をくれたので、武二たちは「福の神」としてあがめていた。

ありがたいご近所は、まだまだあった。

「傷は治ったかね。まるまる太ったイワシだよ。焼いても煮てもうまさ抜群、栄養満点だい」

月に二、三回、お魚を持ってきてくれるのは、魚や《魚清》さん。やおや《八百辰》さんも野菜や、「さつま揚げ煮たの、お弁当のおかずにどう?」と、うれしい差し入れをしてくれる。

しかし、こういう援助も、三年めになると戦争でゆとりがなくなり、しだいに消えていった。

ある日、昭子は、武二のズボンのほころびを、よその子から聞いた。それで帰るとすぐ、武二をよびつけた。

「武二、ズボンを見せなさい。なんでほころびたこと言わないの。お姉ちゃんが恥かくよ」

注意がゆきとどかない自分に腹をたてて、つい、いらついて武二を叱ってしまう。

お姉ちゃんの前には、かしこまってしまう武二だ。昭子の苦労は分かりすぎている。

「いいよ、おれがやるよ」

「あんたにできるわけないでしょ。出しなさい。靴下もここに並べなさい」

こうなると昭子は、受験勉強をほっておいても、つくろいが先で夜なべになる。

厚手のズボンをぬうなんてはじめてだから、すいすいとはいかない。

武二も、ズボンはしかたなくやってもらうけど、気がすまなくて、ねむい目をこすりながら、針に糸を通し、おずおず靴下の穴に布をあてて、不器用な指はこびでつくろってみた。

やってみれば、でこぼこだけれど、できないことでもない。そんな弟に、昭子はついほろりとした。

「ごめんね、文句言って。あんたがわるいんじゃないよ」

そのころの衣服は、ほころびたり破れやすく、子どもの靴下などは、毎日のように穴をふさぐのが、ふつうの家庭でも日課になっていた時代だった。

2　脱皮する！

1

武二にとって、長い二年半がたち、六年の夏休みになった。母さんの便りはまったくこない。

汗でぐっしょりのシャツを、指で肌からはなして、ぱさぱさ風を入れながら、暮れなずむ安徳寺を通りすぎようとしたとき、門前の松の木にへばりついている毅《つよし》がいた。

「よう武二、こいつ、今夜脱皮だ。セミになるぞ」

武二は用心して立ち止まった。毅が何か言うときは、ろくでもないことばかりだ。

「土のなかから出てきたばかりさ」

たしかに。間もなく脱皮して、おとなのセミになる蛹《さなぎ》だった。まだ茶色の鎧《よろい》のような殻を着たまま、木の幹にしがみついている。毅はそのセミをつまんで、武二につき出した。

「セミの脱皮するところ、見たことあるか」

「ない」

「じゃ、これやる。暗いところで枝かなんかにつかまらせてな。二時間ぐらいかかるぞ」

「ちゃんと見とけよ。じゃあな」と、もじもじしている武二の手のひらにのせた。

「ありがとう」

すうっと、心が涼しくなって、はっと気づいた。毅は仲直りしたかったのだ。

毅は高等小学校（二年制）に進んでいる。

武二だって、もう前のことにこだわる気はない。行きかけた毅の背に、思い出したように言った。

「君のお父さん、まだ戦地に行ったままかい」

「ああ、まだだ。手紙もこねえんだけどな、生きてると思うよ」

その晩、羽化したアブラゼミは、まだ白っぽく、羽根はうすやわらかそうで飛べそうもない。

――毅は変わった。脱皮したんだ。もうすぐ卒業だ。おれも脱皮しなきゃだめだ。

戦争が終わりそうにないから、母さんは帰れそうもない。お姉ちゃんは、母さんの代役で苦労している。

お兄ちゃんは中学を出ると、会社で働くことに決めている。武二の近くで、兄も姉もどんどんおとなになっていく。自分だけ子どもでいられない。とり残されそうな気配が、武二の脱皮をうながしていた。

その三日後、毅の一家は、大阪の母さんの実家に引っ越していった。セミの蛹が別れだった。

2

「母さんの手紙、こないなあ」

外に出るたび、帰ってくるたび、ポストをのぞく。

こちらから手紙は五回、荷物は四回送っているのに、母さんからの便りは一回も来ない。戦死者がたくさん出ているから、三人きょうだいには、とても気がかりだった。

「便りのないは、無事の知らせ」と言うじいちゃんだって、赤十字に問い合わせたりしている。

「現地との連絡はとれています。ご無事で勤務されておられるようです」との返答しかないらしい。それなら、なぜ手紙がこないんだ。武二たちは、それが、わからないから不安でたまらない。

ところで、両親のいない宮下三人きょうだいと、じいちゃんの生活費は大丈夫だろうか。

母さんが病院に勤めていたときの給料は、五五円ぐらいだったらしい。従軍看護婦の給料は、婦長だからほかの看護婦よりはよいが、下士官の伍長と同じで、わずか一九円だった。

母さんがぜんぜんお金を使わないとして、これに家族への扶助金と外地勤務手当がある。それを加えても、収入は四〇円に足りるかどうかである。

それなのに、母さんが出陣した翌年から、コメをはじめ、すべての値段がぐんぐん上がって、四〇円の収入があっても、三年たつと二五円分ぐらいにしか使えなくなってきた。ということは、母さんのいた頃の半分以下の家計で暮らすことになる。やりくりが容易でない。

兄や姉のため息から、そのことは武二にもわかっていた。母さんが戦地に行って丸三年、こんなに長引くとは、だれの頭にもなかった。そして、戦争のためにこんなに物価が上がるとも、だれも考えていなかった。物価は、まだまだ上昇しそうで、収入が増えないと、生活も学費もピンチにおちいる。

武二はこんど中学生になるが、幸一の使った辞書や柔道着とか、使えるものはそれで間に合わせるにしても、教科書や学用品はどうしても買わなくてはならない。

昭子の高等女学校はあと二年。武二とふたりの学費は、小学校のときの何倍もかかるのだ。

母さんは、ずいぶん無理しておカネを用意してくれた。けれど、そのあと、びっくりするほどおカネのねうちが下がってしまった。幸一は、それで高校進学をあきらめ、謄写版の会社に勤めることにした。

「中学に通えない子のほうがはるかに多いんだよ。おれ、中学を卒業できただけでも恵まれてるんだ。おれが働いて、武二も中学だけは卒業させよう」

こうして幸一が就職して、二九円の月給がはいって、少し息がつけるようになってきた。

こうして武二は中学校（旧五年制）に進学した。兄の通った新明中学である。幸一に言われた。

「中学生じゃ、もう甘ったれていられないぞ」

「大丈夫さ。おれ、六年になってから二倍、夏に脱皮してから三倍がんばったもんな」

いばるほどではないが、ウソではない。

お兄ちゃんのおかげで中学に進んだ武二は、本気で勉強してみせようとはりきったのに、あまりにやかましい中学の規律には、「へえーっ」と思った。

黒の詰襟《つめえり》だった学生服、学生帽は、さえないカーキ色に変わってしまった。軍服、戦闘帽に似ていてがっかりだ。それも、スフ（木綿の代用の繊維）のざくざくした生地だった。

中学は軍隊の予備校になっていた。勉強よりも、生徒を軍国少年にして戦場に送るのが目的になった。両親のいない武二は、いよいよその激動の中学生時代を、きびしく生き抜くことになる。

届かなかった母さんの手紙

母さんの手紙は、いつも軍の不許可となって返された。これは先に帰国した看護婦が、隠してもってきてくれたもの。にじんだ文字がいくつもあったのは、涙であったろうか。

お手紙なつかしく読みましたよ。ほんとうにありがとう。みんなに自慢してみせてあげたの。

幸ちゃん、昭ちゃん、武ちゃん、それにじいちゃんの思いやりあふれた手紙、うれしくて、なつかしくて、一行、一行、読みながら涙があふれて、字がかすんで、幾度もむせんでしまったわ。

じいちゃんも体をもちなおし、みんな丈夫でいるのが一番うれしいです。

こちらからの手紙が、書いても検閲で届かなくてごめんね。

あなたたちに心配させたり、無理をさせてしまって、罰あたりの母さん、ゆるしてね。

わたしは戦場にちかい〇〇兵站《へいたん》病院で、お務めをちゃんと果たしていますよ。

麦飯に梅干ひとつ、日の丸弁当よね、それが毎日なの。でも、もうなれました。戦地では、三度三度いただけるだけでもありがたいことですもの。

幸ちゃんはあと一年で専門学校生、専門学校の学生姿をはやく見たい。間もなく戦争が終わるでしょうから。もし長引いたら帰国はなかなかだけどね。

昭ちゃんは、志望の女学校に進学して二年生ね。母さん役で一番たいへんだと思うわ。よくがんばってくれているのねえ。ありがとう。そして卒業したら日赤の看護婦養成所に進みたいのね。わたしの仕事をついでくれるとはうれしいわ。

武ちゃんはこんど五年、来年は最上級生じゃない。少年団ができて、ますますたくましくなったみたいね。少年団で、もうりっぱにお国のお役にたっているのよ。

じいちゃんの足の具合どうですか。戦争がつづく限り、だんだん不自由になるでしょうけど、何もしてあげられなくてすみません。当分は辛抱してくださいね。

食事の支度たいへんでも三食ちゃんと食べなさい。どか弁のお米、足りなくなりませんように。

ここは兵站病院です。もっと前線の野戦病院で衛生兵が、仮の処置をした負傷兵が、毎日トラックで送られてきます。それが何台もなの。あるけない兵隊さんを、何回も何回も、担架ではこぶだけでもすごい力仕事、重いなんて言えないの。一年もつとめたら女の細腕もきたえられて、筋骨たくましくなるわ。それから傷の手当てや看護をはじめます。

大手術も毎日だから、とてもとても忙しいの。若い従軍看護婦が多いのはよいことだけど、経験のあさい人が多いから、婦長の私がさしずしたり、教えたり、はげます立場なのよ。私だって救護のおつとめは初めてだけど、これがご奉公と思ってがんばってるわ。

看護婦の仕事には、おおぜいの便器のお世話からあるでしょ。水がないけど、朝は顔をふいてあげて、自分で食べられない傷兵さんには食べさせてあげるのも仕事のうちなの。

夜になって、やっと自分の時間ができても、灯りはつけられません。砲撃を受けないように、小さな懐中電灯しか使えないの。だから、なかなかペンを手にすることもできなくて。

それに一通の手紙でも、幾度も軍の検閲をうけて、内容によって返されるのよ。私の手紙はこれで四回目、前の三回は検閲でだめだった。私って、つい正直に気持ちを書いちゃうからなのね。

いまも、大砲の音がひびき、空爆の音も聞こえます。書きたいことがいっぱいあるのに、こちらのことも考えていることも書けないのが残念です。

あなたたちも、私に心配をかけるようなことは書けないでしょ。でも、母さんですもの。あなたたちのほんとうのようすを知りたいわ。

こちらで不自由しているのは水。顔が洗えないから、持って行った洗顔クリームですませます。ここでは、生水はにごり水ばかり、一度も水を口にしたことがないわね。

もし、送ってもらえるなら頼みたいの。洗顔クリーム五個、保湿クリーム三個、万年筆にノート。こちらには買える店がないのです。食べ物は一切送らないこと。半年はかかるからね。

大浜のばあちゃんには、ずいぶんお世話になったでしょ。叔父さん叔母さんたちにも、会ったらよろしく伝えてね。ご近所の人たちにもね。

今夜も更けました。一日が終わると、日本に帰れる日が一日近くなったわ、と自分をはげましているの。くれぐれも体をだいじに、わたしの帰る日を待っていてね。火にも注意してね。おやすみなさい。

なつかしいお父さま

いとしい幸ちゃん、昭ちゃん、武ちゃんへ

昭和十四年　四月十二日

宮下香代子

第Ⅱ部

一一、たたかう少年隊

日がたつにつれ、ジャオコウの村では、「よう、いつもやられっぱなしのわしらに、農民の軍隊ができたなんて、すげえ時代になったもんだよ」と言いかわすようになってきた。

働いても働いても飢える寸前だったから、だれの心にもほんわり希望の灯がともったのである。

1　トンヤン兵を捕虜にした

1

ツァオシンは、メイ先生に会えるんだと、胸をときめかせて教えられた場所へいくと、ひげに埋まったメイ先生の笑顔が待ちかまえていた。

「よう、ツァオシン、どうした。しけた顔しとるな」

「先生、おれ新四軍に入りたい。早くトンニャンピーやっつけてえよ。親や兄弟の恨みをはらさなきゃ眠れやしねえ。それに、市場じゃ赤ん坊を売る親だっているんだ」

「そうか。じつはな、おめえを元気にしてやりてえと、ええ話を用意しといたんじゃ。新四軍入りはまだ無理だが、トンヤンクイと戦う少年隊をつくってみてはどうかな」

「少年隊だって、わあーい、よかったあ！　いよいよトンニャンピーをやっつけられるんだあ！」

ツァオシンの血潮は、えらい勢いで体じゅうをまわった。

先生は、その顔をじっと見つめた。

「少年隊は新四軍じゃない。だが、新四軍と協力しあう少年たちの隊だ。おめえらは身体は大人なみになったが、戦いの経験がねえ。何でもやれとはいえん。失敗したらいのちに関わるでな」

「それじゃあ少年隊は、何をしたらいいのかなあ」

先生は、ぐりぐりさせた目玉で、心の中をのぞくように、ツァオシンをするどく見つめた。

「まずは、たたかう隊員を集めることだ。少年隊ができたら、何をするかとか、注意することも、わしが責任もって指導する。どうだ、わしの言うことをきいてやるか」

「はい、トンニャンピーとたたかうなら、先生との約束を守ります」

メイ先生は、おだやかな笑顔にもどって言った。

「そうなったら覚悟がいる。おめえにやってもらいてえのは、ええか、少年隊のまとめ役だ。文句を言わず隊長をやれ。どうだ、元気が出たろうが」

「え、おれが隊長だなんて？　やったことねえのに、できねえよ。何するのかわかんねえし……」

ツァオシンはどぎまぎした。とても無理だ。隊長は、頭のいい、しっかり者がやるものだ。

「おめえが一番たよりになる。やれるから言うんだ。少年隊がやることは、まずは見はり、見まわりの役だ。コメなど村から持ち出すやつとか、あやしいのを見つけたら知らせろ。とくに河には眼を光らせる。それだけでええ。遊びながらやればええ」

「え、えーっ?」

――もう子どもじゃねえよ。トンニャンピーを撃ちまくってやりてえのに、遊びながらなんて?

その顔を見て、メイ先生はつけくわえた。

「決して敵と戦おう、やっつけようなんて気を起こすな。ええか。遊びながらでも眼をしっかりと働かせることだ。敵は遊んでいる子どもには油断する。あ、それで、学校にいく前に隊員は手分けして、村をまわってくれるとありがてえ。朝がけっこう大事なんでな」

「わかった、けどさあ……。ま、いいや、相談できる友だちと少年隊つくってみる」

ツァオシンは、気の合う者六人で、まずは少年隊をつくった。隊はまもなく一五人をこえた。

大人たちにもわからないよう、朝早く連絡しあい、班にわかれて行動する。

けんか友だちだったブタノシッポも隊員になった。スイカの恨みも、泥ダンゴの仕返しも、互いにきれいに忘れていた。

2

夏が近い。イネはいっせいに太陽に向かって葉をのばしていた。

少年隊ができると、ツァオシンとミンシュイ、ホワンホワの三人組は一つ班で、毎朝、学校に行く前に見まわりをした。よく泳いだ川の少し上流まで、三人組のコースになっている。

その朝も、背よりも高い草をかきわけ、辺りをうかがった。草の葉にちくちくさされ、虫にもさされる。

それでも、ミンシュイは文句を言わなくなった。

草山は、草いきれでむんむんむせる。そこは、民国軍の小さな陣地があった丘だ。一回めの見まわりのときツァオシンは、陣地跡のくぼみで手投げ弾を二個ひろった。いつかはそれを使うつもりで家にかくしてある。三人とも、しだいに勘がとぎすまされてきた。

河が曲がるこちら側に、三角の砂地がある。草山がけずられたような崖下だった。こんな場所に村人はこないが、通りがかりの舟はよくとめて休む。

「おっ、あいつ……」と、ツァオシンは口をおさえ、指だけで合図した。

「うん、両方ともこの村の舟じゃない」

「あのひとつは、トンニャンピーかも……」

無声音でささやく。

小鳥がさえずるのどけさが消えた。青服ののっぽ男の指図で、ひげづらのメガネ男が、舟から舟へ重そうな麻袋を七つほど積み替えると、上にわら束をのせた。

「あののっぽ、漢奸《かんかん》だ。トンニャンピーにコメかムギを渡したんだ」

竹あみ笠をかぶった農民姿の三人は、トンニャンピーのようだ。ミンシュイが耳にささやく。

「こっちの舟に、ほら、鉄砲らしいのが見える」

「うん、たしかに……」

――コメを敵に渡さなければ勝てるんだ。ようし、舟ごと取り返してやる。

「たのむ。ミンシュイ、報《しら》せにいってくれ」

ミンシュイは、そっと後ずさりするや風のようにとんでいった。

のっぽは書き付けをもらうと、ひげメガネにからになった舟をこがせて姿を消した。

残ったトンニャンピーが、舟から飯盒《はんごう》をもってくると、袋から出したコメを入れた（飯盒は、メシも炊けるし、鍋にも、弁当箱にもなる）。ひとりは石をはこび竈《かまど》をしつらえ、ふたりは薪《たきぎ》をさがしにいったようだ。

――しめた、メシを炊くぞ。時間がかせげる。

あとに残ったクマのように太めのトンヤン兵は、心細そうにきょときょとして、舟から銃をとりだしたり、足ぶみしたりおちつかない。やがて、銃をもったまま草山のすぐ下にやってきた。

ツァオシンは、思わずはっと首をひっこめた。心臓がとくんと鳴った。

クマのトンヤン兵は、銃をわきに立てかけると、立ち小便をはじめた。

「やっちまおう。いまだ！」

目でホワンホワに合図すると、彼女は口をぎゅっとむすんでうなずいた。

そこらへんに、赤ん坊の頭ぐらいの石ならごろごろしている。いまなら相手は動けない。眼をつむった。

人間じゃない、クマかブタだと思えばいいんだ。

「やあっ！」

声は出さない。ツァオシンは、トンヤンクマの頭をねらって、石を投げ落とした。

「ぎゃあーっ！」

瞬間、そむけようとした顔に石はあたった。倒れたトンニャンピーは、顔を血でそめて動かない。

その上に、もうひとつ、ホワンホワの石……。

――やっちまった。大変なことをした。いいさ、もうやっちまったんだ。

小山をとびおり、立てかけてあった鉄砲をかかえると、ふたりで舟に走った。半分岸にのり上げた舟を押し出す。櫓《ろ》の舟だった。櫓は苦手だ、が、ツァオシンはこいだ。

急がないと、あとのふたりが戻ってくる。全力でこいだ。それなのに、舟は前に進まず、右へ左へと、くらくらゆれるばかりでないか。

ホワンホワが、舟にあった長い竹ざおでつっぱると、やっと舟は進みだした。

「へっへっへっ……、うまくいったな。まぬけなトンニャンピーめ」

「敵をひとりやっつけて、コメと舟と鉄砲三丁、ありがとさんだね」

だが、舟はすなおに動いてくれない。仕方なく、二〇〇メートルぐらい行った舟小屋に舟をかくした。だれの舟小屋かわからない。ツァオシンが舟の番、ホワンホワに報せにいってもらった。

「わあい！　大成功。少年隊もたいしたもんだい」

ツァオシンはうれしくて、じっとしていられない。通報できた村の人に舟とコメを渡すと、待ちきれないように、連絡先へとんでいった。

3

はこばれた重傷のトンヤン兵は、メイ先生の指示で傷の手当てを受けていた。気を失ったままの、死ぬかどうかのひどい重傷である。

トンヤン兵のあとのふたりは、報せで出動した新四軍の兵士に、抵抗したので倒されたという。

「先生！　ごほうびに、いいでしょ？　鉄砲を一丁、おねがい、おねがいです」

ところが意外にも、さんざん油をしぼられた。

「手柄は手柄だ。だがな、ほめるわけにいかん」

先生はきびしい眼を、ツァオシンに向けた。

「報せるだけでええ、おめえらは敵をたおさんでもええ、と言ってあった。な、そうだな。打ち合わせたことは、きちんと守らにゃいかん。勝手に動くと失敗を生む」

先生の言う意味がわからない。

「敵はな、部落にはいった兵隊がやられると、その部落にゲリラがいると決めて仕返しにくる。それで、部落ぜんぶを焼いて、皆殺しにされた例はいくらもあるんだ」

「だって、戦いだから、敵はやっつけなくちゃ……」

ミンシュイが不服そうに言った。

「三人やった代わりに、部落が全滅したら、こっちの損害が大きすぎると思わんか。それ村を守れと、わしらが軍を動かせば、向こうはもっとでっけえ軍隊で攻めてくる。まともに戦えば、こちらの犠牲が増えるばかりだ。うっかり三人殺したじゃすまんことになるんだ」

「だって、敵がつよければ、何もできねえなんて」

「いや、つよい敵によわいものが勝つ方法はある。わしらはそれでやっておるんだ。それにはな、うんと慎重に、注意ぶかくやらにゃいかん」

「よわいものが、つよいものに勝てるって、どうすれば勝てるんですか」

ホワンホワがきいた。ツァオシンも知りたい。

「つよい敵に、まともにぶつかっていくのは、もっともへまな戦法よ。大損害をだして、戦うたびに味方は小さくなる。それじゃ希望がもてねえわな」

メイ先生は説明してくれた。
① 敵の攻撃はやんわりと避け、隠れるとかして、味方の犠牲を出さない工夫をする。
② 敵にスキとか弱点が見えたら、すばやく攻撃し、必ず敵に損害を与えて、食糧や武器をうばう。
戦うごとに戦える力を大きくつよくしていく。
③ 村では、コメを守りたいみんなの気持ちを大事にして、信じあえる仲間を増やしておく。
「おめえらは、敵のスキをねらって成功した。だがな、次にくる敵の仕返しを考えておらん。わしらはもっと大きな立場で考える。ゲリラだって、仕返しさせぬよう工夫して動いておるんじゃ」

「じゃ、いまにも敵の仕返しがくるのかな」

「いやいや、三人のトンニャンピーの持ち物を、敵陣の近くにすてて、仕返しの相手がわからんように、そらすことにしておいたから大丈夫だ」

ツァオシンは、先生の考え深さにおどろいた。

「わしらは、武器も少なくまだよわい。しかしな、頭をつかえば、戦うたびに武器や食糧を増やして、だんだん強く大きくなれる。そうすりゃ、いつかは勝利の日がくる。そのために戦うごとに、しっかり戦える力を養っておるのだよ」

先生は自信ありげに、やっと笑った。そういえば、いつかヤン先生は、新四軍のことを、

「軍隊といってもね、労働者や農民が集まってできたので、武器といったって、それこそ笑っちゃうほどお

粗末だったらしいの。はじめは、鳥撃ち銃とか、ご先祖の使ったさびた槍《やり》や刀でも持ってきた人はよいほうで、たいていは草刈りカマや、マサカリなんかかついできたんだって。それでもねえ、戦うたびに敵の武器をうばって、だんだん軍隊らしくなってきたのよ」

と話してくれた。しかし日本軍と、どうどう地上で戦ったらまだ勝ち目がない。だから新四軍の陣地は、隊員だけしかわからないとも聞いている。

『よわいものが、つよいものに勝てる戦法がある』ツァオシンは何度も口ずさんだ。まだ明けきらぬ雲のすきまから、未来の光が射してきたように感じた。

「さて、おめえら無鉄砲の三人組よ。危なっかしくて、銃をわたすわけにはいかん。だがな、これからは銃の使い方をおぼえろ。ええか、けいこしにこい」

ツァオシンは跳びあがった。

「わあ、しめた！　銃が使えるようになるんだ」

「ねえ、先生、いじっていいでしょ」

ホワンホワは、ことばより先に銃を手にしていた。

日本の小銃は、使い方はやさしいが、けっこう重いから、腕でささえてねらうのはむずかしい。

倒したトンヤン兵の手当てを衛生兵がやっていた。顔の傷がすごい。まるでお化けだ。お化けの敵に薬を使い、傷をぬい、包帯をまき、頭を水で冷やし、口に水と薬をふくませてやる。

敵兵に、なんでこんなに親切にしてやるのだろう。

「こいつはな、右腿《みぎもも》のつけ根にも鉄砲傷で手術したあとがあってな、兵站《へいたん》病院で治してまた軍隊にもどされたんだ。ほれ、この、ごつごつの手を見ろ。もしかすっと鍛冶屋《かじや》で、とんてん、とんてん、百姓の鋤《すき》なんぞ作っておったかもな。根っからの兵隊じゃねえ。傷が治ったら、だれのための戦争か勉強してもらい、わしらの活動を手伝ってもらうぞ」

メイ先生の考えることは、ツァオシンたちの想像をはるかにこえていた。

さて、その年の秋の穫り入れがすむと、三人組はメイ先生に呼ばれた。

「少年隊に新しい任務をやってもらいたい。たいせつな役割だから、こいつを持ってな。十分気をつけてもらわにゃならんが」

なんと、渡されたのは、ずしんと重いトンニャンピーの小銃と、弾入り小箱ではないか。

2 行け！ 河関所へ

1

「わあーい！ それじゃあおれたち、これで撃っていいんだ。やったあっ！」

あこがれていた銃だ。ミンシュイにホワンホワも、ハチが飛びたつように興奮した。

「おいおい、やたらに撃たれちゃこまる。一発でも撃たずにすめば、そのほうがええ。ええか、たのみてえのは河関所《かわせきしょ》だ。兵士が四人行くが、おめえら少年隊に応援してほしいんじゃ。まずは三人組でやってみてくれんかな」

「河関所って、あの、通行税をとりたてる、あれのこと？」

「そうだ。トンニャンピーと戦うわしらの軍に、河関所でカンパしてもらう。しかしな、もっと大事なことがある。それは農村から流れていくコメ、ムギ、マメなどをとりもどすことよ」

おどろきだった。河関所といえば、むかしから暴力団ごろつきが、通行自由なはずの河川や運河の途中につくって、通る舟から勝手に通行税をとりあげて稼《かせ》いでいたものだ。

コメの流れを止めるためとはいえ、少年隊の三人組に、それをやらせるとは?

「見つけたとして、引き渡してくれるかな」

「考えてみよ。いかなる大樹も根を切られりゃもろい。地中からの水や栄養が絶たれりゃ倒れるじゃろ。トンニャンピーがいかにつよく見えても、そこが断たれりゃ倒れるしかねえ。それはなんじゃい?」

「わかった、コメだ。食糧だ。それを断ち切るのが河だ。それが関所だ!」

「そうよ、コメを渡してくれるかどうかじゃねえ。一粒も通さず取りあげる。だから銃なんだ。撃つためじゃねえ。有無をいわせぬためよ。運送屋の舟なら、銃を見ただけでコメを渡す。漢奸の舟なら、おどかしても取りあげちまえ」

先生は、三人の目をのぞきこみながらつづけた。

「ただな、トンニャンピーの舟は、知らん顔して通せ。向こうからドンパチはじめることはねえ。撃ち合いになったら舟のほうが不利だからな。関所では戦わずに、関所のうらで煙をあげて合図しろ。待ちかまえている味方が、河の途中で舟ごといただく手はずになっておるでな」

「わかった。コメもムギもマメも、一粒だって通させねえ」

「それから日本製のやつだが手投げ弾ももっていけ。中国のとは使い方がちがうがわかっとるな。任務が終わったら、すぐ銃と弾を返しにこい」

鉄かぶとを頭に、銃をかかえ、弾入れをつけたベルト、それに手投げ弾を下げた。生まれてはじめて武装した。これだけで、すっかり勇士の気分になった三人組は、新四軍の兵士といっしょに舟で河を下って河関所にいった。もともと川幅がせまくなったところに、杭を打ちこんで柵をつくり、こちらの岸に寄らないと、舟は通行できないようにしてある。

舟の横づけに便利な足場もできていて、その傍にレンガ壁のかわいい小屋も建っていた。こちら側は草木がしげっているが、河むこうはひろい田で見わたしがきいてよい。

さあ、いよいよ任務の開始だ。早朝から、舟がくるたびに声をはりあげた。

「止まってください！　お忙しいところすみません」

「こちら新四軍と抗日少年隊です。トンヤンクイと戦うカンパとして通行税をいただきたい。おねがいします」

はじめの舟は上りで積荷はレンガだった。顔までレンガ色したごっつい舟主は、むっつりとゼニを出して通りすぎた。

野菜と竹ざおを積んだ下り舟では、船頭が、河水でふやけたような顔をしかめて、

「勝手なことしやがって」と文句たらたら、しぶしぶカンパした。

舟もいろいろ、人もいろいろ。八頭の豚を積んだ舟では、丸顔のおじさんが、

「ああいいとも。しっかりがんばれよ」と、はげましてくれた。

税は、舟が大きければ一元はもらう。

税の受け取りはホワンホワ、受け取り証明書を書くのがミンシュイだ。声をあげて呼びかけたり、舟の流れを見はるのはツァオシンがやる。午前午後の交代もあった。

銃をもった三人の兵士もにらみをきかす。背後の小屋にも見守る兵士がいた。

「どちらから、どちらへ？」

「荷物を調べます。コメ、ムギは載せていませんね。あ、これ小麦粉だ」

「あ、それは……」

あわてた者にこう言いわたす。

「農村から穀物を勝手に持ち出すのは禁止ですよ。農民が飢えたらこの国はおしまいです。これは村へ返します。ただ、あなたの立場もあるから没収した証明を書きます」

2

長江《チャンチャン》流域のこの大平野では、物をはこぶのは必ず舟だ。次から次とくる舟をとめて検問し、税やコメなどを徴収するのはけっこう忙しい。

村里を不幸のどん底に落としたあげく、漢奸を使って、部落を焼くぞとおどかし、銃剣で食料をとりあげるトンニャンピーに、中国人の恨みがたかまっている。だから、協力してくれる舟だって少なくはない。こうして、とり返したコメは村むらの農民にもどった。トンニャンピーが先に危険を感じて、関所の手前で逃げてしまい、コメやムギをのせてただよう舟すらあった。

櫓《ろ》でこぐ舟が多い。漢奸の舟はたいてい帆かけ舟で、発動機で走るのはトンニャンピーだ。

ある日、ツァオシンが見はりをしていたときに事件は起きた。

つづけざまにきた四隻めの櫓の舟だが、百姓姿にごまかされて、声をかけたら、銃剣を手にしたやつが五人も立ち上がった。

「……しまった」

どっきんとツァオシンの心臓が大きくはねて、足ががくがくした。それでも、すばやく小屋の壁にさけて、手投げ弾の安全弁を引きぬいた。食事中だったふたりの兵士は、あわてて窓から小銃を撃ったが当たらない。その銃撃に、岸にとび上がろうとした敵兵は、積み荷のかげに伏せた。

ホワンホワとミンシュイは、すばしっこく小屋のうらの草むらに姿を消した。

ツァオシンは、手投げ弾の撃発部を壁にたたきつけ、大きくひと呼吸して思いっきり投げた。

弾は敵の舟で轟音とともに爆発、トンニャンピーの血潮があがって、同時に袋のコメが、花火のようにとび散り、小銃まで二丁とんだのが見えた。

あわてふためいたトンヤン兵らは、当たらぬ銃をやたらに撃ちながら舟を走らせていく。

決まりどおり合図の煙をあげた。途中でゲリラが、コメを舟ごととりもどしただろう。

この事件で、ツァオシンの働きはみとめられたが、またもメイ先生からお説教されてしまった。

「関所は、ほかの舟が安心して通れるようにせにゃいかん。見はりは、もっと注意してやれ」

お説教でもうれしかった。この活動にははりあいがある。

ほとんどの舟に、『日本軍と戦う農民の軍隊ここにあり』と知らせられたからだ。

ところがその日、家に帰るとナマズ叔父さんが、こわい顔をして、どなりつけた。

「おまえみてえに、田畑もほっぽって出歩いてばかりしとったら、もうめしを食わさんぞ。貧乏もんは働かなきゃ食えやしねえ。ミンホワの面倒もちっともやらんし……」

叔父さんが言うのも当然だ。ツァオシンは一四歳、この年になっても働かないやつは、よほどのぐうたらだ。ミンホワをカラスおばさんにおしつけ、田畑の仕事もさぼっていた。

「何度言わせるか。あぶねえ活動はやめろ。おまえはねらわれとるんだ。やつらにつかまるのが、明日かも知れんのに」

それもそうだ。少年隊の活動が、漢奸に気づかれないはずがない。

この村では、トンニャンピーの力がつよまると、漢奸がすぐ頭をもたげてくる。村は、新四軍と日本軍とがつばぜりあいをしている地帯だ。よくも悪くも情勢はめまぐるしく変わる。

それでもツァオシンは、叔父さんの心配を聞き流していた。

するとそれが、意外な形で、早々に現実になってしまったのだ。

一九四一年、年明けの正月六日夜明け前、「死神の使い」が三人、家にふみこんできた。

一二、戦闘状態に入れり

ツァオシンが少年隊で活動していたころ、ヨーロッパでは第二次世界大戦がはじまった。ドイツ軍はフランスを降伏させ、一九四一（昭和一六）年にはソ連に攻めこんでいる。世界が大きく動いたこの年に武二は中学に進学した。この年は、日本がこれからの進路を決定していく年になったのであった。

1 「爆弾」と「神さま」

1

「ようし、がんばってみせる」と、はりきった武二を迎えた中学は、予想とかなりちがっていた。

「勉強はほどほどでよし。ガリ勉は必要なし。いのちを惜しまず戦う少年を育てよ」

と、学校教育の方針を政府や軍が決めていて、中学校では、何もかも軍隊のまねだった。

道で上級生に会うたび、歩きながら右手をさっと顔の右にあげ、相手の顔を見て挙手のあいさつをする。先生には立ち止まって挙手の礼をする。

中学校以上の学校には、軍からの配属将校がきて、軍隊教育をやらせた。週二時間の軍事教練は、第一の重要学科で、怒鳴られ叱られ、体罰におびえる、もっとも嫌われる学科だった。

この時間、武二のクラスで一番の被害者は、おちびのキンさん（金山）だった。

不動の姿勢は、体を一本棒のように直立、胸を反らせ、両手中指をズボン外側の縫いめに当てる。左右一〇本の指が、「ぴんと伸びておらん」「目玉が動いとる」それだけで頬をビンタされた。

たて、よこの並び方、行進、話を聞く姿勢、口のきき方まで、軍隊式に一つの型にはめこまれていた。自分の考えで行動してはいけないのだ。ほんの一センチでもはみだしを認めない。

声はバカでかいほどよしとされた。職員室にはいるときは、はっきりと、

「一年二組宮下武二、〇〇先生に用があってまいりました」と、言わないといけない。

キンさんは、「声が小さい。言いなおしろ」とどなられ、五回もやりなおしさせられた。

――軍隊って、かっこういいと思ってたけど、つまんねえ。規律だけで賢い人間になるのかよ。

そんな学校生活でも、惹《ひ》きつけられた教科もある。

苦手だった算術（算数）が、代数と幾何になって、「今度こそ苦手にしないぞ」と意気ごんでみたら、けっこうおもしろい。新しい世界に入っていくような気がした。

修身を担当する丸刈り頭の谷岡先生は、叱り方も、ほめ方も中途半端でない。

忘れ物、宿題忘れ、校規違反などで、生徒が、「あっ、しまった」と気づいたときはもうおそい。バクダン級の鉄拳が脳天におちる。被害者は生徒全員だから、先輩たちは要注意Aクラスに指定していた。ただし、投下バクダンは、各回一個だけで二個はない。さっぱり先生でもあった。

このバクダン先生、よいと認めると本気でほめる。ペン習字の担当も「バクダン」だった。

一年の一学期、ペン軸にペン先をはめ、インク壺《つぼ》のインクをつけて、練習帳に書いていたとき、机の間を

まわっていたバクダン先生は、武二のわきで立ち止まり、しばらく見下ろしていたが、

「うーむ、いい字だな」と、つぶやいた。そして、急に大声で、

「みんな、ペンをおけ」と指示すると、武二のペンをみんなに見せながら、力をこめて言った。

「いいか、このペン軸は、おまえたちが使っているなかで、一番の安物だ。しかしだ、書いている字は最高にいい。りっぱなペンならいい字が書けるんじゃない。人間は、本気で取り組んでいるか、どうかだ」

武二はうつむいた。ほめられてもうれしくない。

――「一番の安物だ」とは、貧乏を公表したようなもの。そこまで言わなくてもいいじゃないか。

中学に入ると、制服、制帽、教科書、運動靴とか出費がかさむ。家計簿をあつかう昭子のため息を感じるから、ペン軸を買うとき、使えればいいんだと、一番安いのをえらんだ。

「いい字」なのかは、じいちゃんに少し習字をみてもらったことがあったせいかもしれない。

しかし、バクダン先生は、たいへんな熱情家で、感激すると声に迫力が加わり、生徒の前で涙することすらあった。その誠実さがわかってくると、そんな恨みは消え、罰を受けるときには、いさぎよく鉄拳の下に頭をさし出す気持ちになった。

2

一年のはじめての英語は、先生にほれた。ロンドンにいたことがあるというが、発音がきれいで、英語のスピーチを聞いていると、詩の朗読のようなリズムにうっとりしてしまう。

英語もすきになると、「がんばれば、おれだって」という自信がわいてくる。

この滝川先生の別名「モーニング　ゴッド」は武二が献上した。それには事情がある。

武二は朝が苦手で、いつも、ぎりぎりに登校する。電車が一分でも遅れたり、乗り遅れたりすると、もうあぶない。学校の昇降口には当番の上級生が、遅刻する獲物を待ちかまえていた。

そういう非運から救ってくれるのが、英語の滝川先生なのである。

同じ方向からの電車だから、たびたび停留所でいっしょに降りるのは自然なのだが、この先生は、いつも間に合うかどうか、すれすれセーフという意味で、武二との相性がよかった。

きょうも遅刻か、と観念にせまられたときは、必ず滝川先生に会える。ほっとして挙手の礼をすると、先生は「やあ」と、ちょっと片手をあげて、神さまらしい実にいい顔をする。遅刻の連れができて、まことにうれしそうなのだ。それから、しゃべりながら学校へ向かい、ゆうゆうと昇降口に入っていく。獲物を捕らえようとする当番に、武二はいう。

「滝川先生に、教えていただくことがあって、いっしょにまいりました」

そのとき先生は、「神さまの顔」を見せて、救いのことばをかけてくれる。

「いや、こいつは勉強熱心で感心したよ。歩きながら授業してきたんでな」

武二が英語を好きになったのには、こういうウラ事情もあったのである。モーニング　ゴッドがいてくれた反面、困った先生もいた。

「おれ、漢文は嫌いじゃないけどよ。先生は、さっさと通り一遍の説明で、あれっ、という間にどんどん進めちゃう。おれなんか、おいてきぼりさ」

「自分の教え方がわるいのに、指名して、すらすら読めないと叱られる。あれ、先生失格だぞ」

化学だってそうだった。せっかくの生徒のやる気に応えない、無気力な授業に、「先生を替えてもらいてえよ」とこぼしあう。それでも学校に要求などできないでいた。

しかし、二年のときには、暴力教師に対する武二たちの怒りが爆発して、校内事件を起こすのだが、それより世界的な一大事が起こってしまったのが先だった。一年二学期末にちかい一二月八日、日本はアメリカ・イギリスなどに宣戦して、アジア・太平洋戦争へと、大きく戦域をひろげたのである。

2　米英と戦闘状態に入れり

1

一二月八日の朝六時、ラジオの臨時ニュースで、日本じゅうの人が眠りをさまされた。

《大本営発表　帝国陸海軍は本八日未明、西太平洋において、アメリカ、イギリス軍と戦闘状態に入れり》

掃除のあと、歯みがきをしていた武二は、背すじがふるえた。

――とうとうやったか。シナ事変だって、四年半たっても終わらないのに、こんな大戦争やってどうなんだ。アメリカとイギリス相手じゃ、今までとちがう。母さん、いつまでも帰れなかったらたいへんだぞ。

八日午前三時一五分、海軍がハワイ真珠湾攻撃をおこなったとき、陸軍は午前二時、マレー半島の奇襲上陸に成功していた。一〇時間後の正午に、天皇の「宣戦の詔書」が放送された。

戦争をはじめるには、事前に相手国に通告する約束がある。不意打ちはルール違反だから、日本はまた世界に信頼を失った。しかし国民はそのルールを知らないから、この日の夜、真珠湾攻撃の戦果が次つぎに発表されると熱狂した。

「アメリカの戦艦を八隻、撃沈または大破、その他の艦船一六隻に損害を与え、地上の航空機を約三〇〇機も撃破した」と。

一〇日にはマレー沖で、海軍航空隊がイギリス東洋艦隊の主力である戦艦二隻を撃沈する。

「すげえ、ほんとかよ」

戦争がますます長引くのに不満だった武二も、みごとな大戦果には、不満がどこかに飛んでいってしまった。その点は、昭子も同じだった。

「やっぱり、つよいんだ、日本は」

「ああ、おっぱじまると思っとったが、とうとうやったか」

じいちゃんは、朝から新聞に顔をつっこんで、ラジオニュースを、新聞でも読み返していた。

連日のようにラジオから軍艦マーチが流れ、連戦連勝の輝かしいニュースが伝えられると、国民は生活の苦しさ、犠牲者の悲しみをわきにおいて、戦争熱にうかされた。

学校でもすっかり「バンザイ」気分だ。生徒たちはやたらと「戦闘状態に入れり」を連発していた。玄関正面の壁に、アジア、太平洋の大地図がはられ、係が決まって日本軍が占領した地域に、次つぎと日の丸をはりつけて、生徒たちをよろこばせた。

2

「戦争が早く終わってほしい」のは、武二たちきょうだいだけでない。国民多数の願いだったのに、終わるどころでなかった。中国との戦争がゆきづまって、どうにも動きがとれなくなっていたのに、アジア・太平洋戦争へと拡大したのはなぜか。いきさつを記しておこう。

日本は、このままでは中国に勝つ見通しがない。やめることもできない。戦争をつづけるためには、どうしても資源が要る。東南アジアには石油をはじめ欲しい資源が豊富にある。東南アジアに領土を拡張して支配できれば資源は思いのままだ。その切実な野心にチャンスがやってきた。

一九三九（昭和一四）年九月、ドイツのポーランド侵攻で、ヨーロッパでは第二次世界大戦が勃発、ドイツは、翌四〇年五月にはオランダ、ベルギーを、六月にはフランスを降伏させた。

この機をのがさず、日本がそれらの国がもつ東南アジアの植民地を奪ったのである。

九月、日本はヨーロッパで優勢だったドイツと同盟をむすぶ（日・独・伊三国同盟）。武二が六年生の年である。軍事同盟だから、日本もドイツと戦う国々やアメリカと敵対することになる。

南方進出の手始めに、四〇年九月、日本軍は仏印（フランス領インドシナ）北部に武力進駐して、アメリカなどの中国への援助ルートを断ち、南方へ進出するための軍事基地を設けた。

翌一九四一（昭和一六）年、ドイツ軍はウクライナ地方に侵入して、独ソ戦争が開始された。

同年四月、日本は日ソ中立条約を締結していたが、七月二日、天皇も出席した御前会議で、日中戦争は継続し、ソ連に対してもひそかに戦争準備をととのえることを決定している。中国から軍隊を退《ひ》くよう日本に要求してきたアメリカは、三国同盟や東南アジア進出につよく反発、日本への軍需関係の物資を輸出禁止にした。とくに石油の輸出禁止が日本に大きな痛手だった。

日本は、アメリカと戦争して勝てる自信はない。だから戦争でなく話し合いで解決したいという意見もつよかった。それで日・米交渉が一九四一（昭和一六）年四月からはじまった。しかし、アメリカと和解するには、三国同盟を無視することと、中国、仏印から兵を退く約束が必要だ。

中国との戦争はゆきづまっていたから、軍も政府もそれを考えて、いったんはアメリカとの話し合いが決まりそうになった。しかし三国の軍事同盟がある以上、日本だけの都合は許されない。

日本は、戦争に必要な、石油、ゴム、スズなどの資源を、オランダ領インドシナから買い付ける交渉も、三国同盟があるため売ってくれない。しかし軍は、ラジオや新聞をとおして、

「悪いのは、Aアメリカ、Bイギリス、C中国、Dオランダだ。このA・B・C・D包囲陣が日本の首をしめる。日本が生き残るためには戦うもやむなし」

と、さかんに憎しみをあおり、敵愾心《てきがいしん》をもたせる宣伝をした。武二が中学一年の年である。

アメリカと戦争して勝てるとは、政府も軍の指導者のだれも自信がなかった。しかし、陸軍も海軍も大変な国家予算をもらい、強さを誇りにしてきたから、「勝てない」とは言えなかった。

陸軍は「海軍が決めてくれ。海軍がやるならやる」。海軍は「総理大臣が決めてくれ」。総理の近衛文磨は「皇族が総理大臣になれば国民は反対しない」と逃げ、天皇は、「皇族の総理が開戦を決めたら、天皇家に国民の恨みがきても困る」と責任を避けた。勝てない戦争はやりたくないのに、国の最高指導者は「開戦に反対」と言えず、責任をなすりあって国と国民の運命を決めた。

ところで、「戦争をやるぞ」とだけ決めて、何のために戦争するのか、説明できない。そこで、開戦まぎわになって、大本営と政府の連絡会議で、何回も名目をさがす相談をして、「自存自衛」を目的にした。「A・B・C・D包囲陣から生き残るために戦うもやむなし」である。

「大東亜共栄圏の建設」にはふれない。それを目的に入れると、諸外国から、アジアでの領土的野心があると解釈されては困るから、表向きは出さないことにした。

戦争したいホンネは、東南アジアに日本の植民地をひろげ、そこの資源がほしかったにつきる。日本とアメリカを戦わせることは、中国側のねらいでもあり、中国が有利になった。

こうして国民のいのちや暮らしは、ますます顧みられなくなっていったのだった。

日本の侵略的な野心　「日本のやった戦争には、領土的な野心はなかった」と、ごまかす者がいる。しかし、アジア・太平洋戦争中であった一九四三（昭和一八）年五月三一日の御前会議で決定した「大東亜政略指導大綱」の中に、次の項目がある。

六、ソノ他ノ占領地域ニ対スル方策ヲ左ノ通リ定ム。

（イ）「マライ」「スマトラ」「ジャワ」「ボルネオ」「セレベス」ハ、帝国領土ト決定シ重要資源ノ供給地トシテ極力コレカ開発並ヒニ民心把握ニツトム。

現在のマレーシア、シンガポール、インドネシアを日本領土にすると、天皇も承知で決めていた。

3　棒たおし事件

1

この当時、教練、体操、武道（柔道か剣道）を三つあわせて「体錬」という教科になっていた。

この学校では、体操を「体錬」とした。二年の体錬は、ぎすぎすした渋川という陸軍伍長が担当した。彼は「精神注入棒」と名づけた六角棒をもち、生徒にすぐそれをふるった。

名つけの天才をもって生きがいを感じている武二は、この先生を「ごん棒」と命名した。やせて毛ぶかい手足からイメージする「ゴボウ」では失礼かな、と、これでも配慮したのだ。

この体錬では、準備運動を少し、がむしゃら駆け足、そのあと問題の団体競技だが、「棒倒し」しかやらない。紅白の二チームで、それぞれの陣に立てた相手の丸太を倒す。先に倒れた方が負け、幼児でもわかるもっとも単純な競技である。

チームでは守りと攻めに分かれる。武二は赤チーム、すぐ燃える。もちろん攻撃組だ。

ピィーっ！　と、ホイッスルが鳴ると、「戦闘状態に入れり、だあ！」「わあーっ！」と、両手をあげてとびついていく。

弱そうな方向に攻撃組の力を集め、棒に突進する。白の防御組の、腕といわず肩といわず、蹴る殴るしてでも頭に跳びのり、なんとか棒にぶら下がったら、足で防御組の頭でも、胸でもかまわずに踏んだり蹴ったりでゆらす。防御組だって、したたかに敵の足を引っ張り、腹をなぐって、腕を棒からもぎとり、引き離し、放り出す。素手であれば、どんな暴力もみとめあう。

武二は、いったん握った丸太ははなさない。三メートルもある丸太は、長すぎて上が重いから、ぶらさがってゆすると、すぐななめになる。攻守とも戦闘的だが、ケガしないのがふしぎだ。ぐぐーっとななめになると、支える組も必死だが、ふたり、三人ととびつけば丸太は倒れる。

「やあーい！」と武二が歓声を上げた。ところが、一瞬はやく赤チームの丸太が倒され、ホイッスルが鳴り、

白旗が上がった。問題はそれからだ。ごん棒は整列させると、負けチームに、

「きさまら、たるんどる。そんなことで戦争に勝てるかっ！」

と、一人ひとりの頬を、片っぱしからビンタした。力まかせに、倒れそうなほどひどくだった。

それから、両手を膝につけ尻を向けさせると、精神注入棒で、思いっきり尻をたたいていく。

「戦争は負けたらいのちがねえんだ。わかっとるかっ！」

武二にとって、体操とか競技はいままで、もっとも生きがいを感じる時間だった。それなのに、技をみがくことなく、技を競いあい、認めあうこともなく、暴力をふるい、やられるだけの最悪な場となった。負け組のだれだって怒りがおさまらない。

「どっちかが負けるの、あったりめえだい」

「いくらがんばったって、片方勝てば、片方は負けるに決まってる。生徒いじめじゃないかよ」

「畜生！　たるんでるのはあいつだ。体操の技術は何にも教えねえで、整列がおそい、列がまがっとるとか、すぐビンタだ。競技も棒倒しっきりでさ。こんなのねえよ」

「そうだ。月給どろぼうだ。先生の仕事してねえぞ」

勝ったチームもいい気分になれない。つぎに負ければ、自分たちが叩かれる。同じことのくりかえしで、学ぶこともなければ進歩もない。暴力も三か月たつと、もうがまんならない。

だれのはらわたもにえくりかえってきたとき、武二は、教室にもどると呼びかけた。

「おい、みんな、もうれつ真剣にやってるのによう、こんなこと、いつまでもやらせていいかよ。今度から、どっちも倒さねえ、どっちも負けねえようにやってみないか」

「おっ、それ、おれも考えてたんだ」

「いいぞ。さんせいだ。ごん棒の顔が見ものだ」という声もあったが、慎重派もいる。

「だけどよ、それじゃ、両チームとも叩かれるぞ。まちがいねえよ。余計に怒らせるだけ損だよ」

「両チームとも叩いてください、なんていやだぞ」

武二は、かっとなるとつっ走る、イノシシ武者だった。

「あいつ、体操のなにに教えたかってんだ。許せねえよ。みんなであの野郎、殴っちまいてえ。そう思わねえかよ」

わいわい議論するうち一決した。武二の提案どおり決まった。

「おい、みんな、覚悟を決めたか。いざとなったら、おれひとりで責任もつ。ようし、やっちまおう。『戦闘状態に入れり』だあ」

次の体錬も棒倒しだ。クラス全員、攻防の闘いはするが倒さなかった。

「よう、もっと威勢よくやれっ」

「けっとばしていいぞ」

いつまでも勝負がつかない。ごん棒の顔は朱にそまり、歯をむきだした。その怒りは尋常でない。両チームとも並ばせ、ビンタ、棒叩き、品性なくどなりちらしたのも、予想どおりだ。

「だれだあ！　こんなけしからんことを言い出したやつは」

みんな緊張して、咳ひとつ出ない。

その、しんとした校庭の空気が、ややあって、ほんの一歩ゆれた。武二だった。

2

一歩出るにも勇気だ。足が大地におちつかない。

「自分であります。自分が言い出したんであります」

「なんだとお。ひとりじゃあるまい。他におるだろう」

──覚悟してる。まちがってねえ。ひるむものか。

「自分ひとりの提案です。わけがあります」

「わけなんぞ要るかあ。闘わんで戦争に勝てるかっ」

ごん棒の顔がみにくくひきつった。

「許せんぞ、きさまっ！」

身体をよじって狂った。ふんばった武二は、なんど殴り倒されたか。

──どうにでもなれ。殴られたって、正義はおれだ。負けはしねえ。

戦争ごっこでは木刀があった。いまは、やられっぱなしだ。

歯をくいしばるしかない。口から鼻から血が流れた。倒れて起き上がれなくなった。

それでもごん棒は、「きさまっ、こいつめっ！」と蹴りつづけた。

──これが戦闘状態かよう、あやまるもんか。

肉が裂ける、痛い、全身がうずく。校庭がかたむいた。級友も、校舎も、樹木もかすんだ。

意識が、もうろうとなった。そのとき、近づいてくる人の気配がした。

「渋川先生、何があったか話はあとで聞くとして、学校ではだいじな生徒だ。衛生室（保健室）へ行かせなくてはいけませんな。もしものことになったら大事件ですぞ」

バクダンの声だ。上履きのままの足が見えた。昇降口から目撃したのだろう。

暴力は止まった。ごん棒の、荒い息づかいがする。

バクダンの指図で、三人の級友が武二を衛生室にかかえこむと、保健の先生は、あまりのいたましい傷におどろいて、すぐ手当てをしてくれた。そっと脱脂綿で消毒し、傷を洗われるだけでも、すごく沁《し》みて痛む。身体の向きをかえるたび、叫びたくなる。バクダンがようすを見にきて、うなった。

「これはひどすぎる。宮下はいいやつなのに。うーん、わしが調べよう」

包帯だらけの武二は、友だちに支えられ、やっと家に帰れたが、三日休んで四日めに登校した。

職員会でごん棒は、「宮下武二を退学させろ」と息まいたらしい。

全校の生活指導の主任は、バクダンだった。

「退学とは生徒の一生に関わること、よほどの場合です。その件はわたしが調べています。ほかの生徒からも聞いたうえで、冷静に判断しましょう」と主張したので、校長が調査をまかせたという。

バクダンは、武二のほかにも十数人の生徒から、体錬の授業、事件が起こるまでのいきさつ、生徒の意見と、そしてごん棒の言い分も聞き報告した。そのあと校長が結論を出した。

「生徒は未完成な人間で、まちがいもする。しかし、これからの日本を背負って立つ人材に育てるため、学校が預かっただいじな少年たちです。きびしさも必要だが、教育の場では温かい情けもあってこそ、ゆがまない人間ができると思う。このたびの件は、谷岡先生の調査によって判断させてもらいます。わたしからも宮下武二に話しておくが、退学はさせない。彼は彼なりに、家庭の困難に立ち向かい、せいいっぱいの努力をしておる見どころある生徒です」

ごん棒は、自分から学校を去った。

「わーい！　ごん棒に勝ったぞう」

クラスは喜びにわいて、みな武二をリーダー扱いにした。

しかし、武二は、戦争ごっこで勝ったように、うれしくなれない。

「集団で先生に反抗するとはあるまじきこと」と説教する先生がいたからだ。

日本の軍隊では、兵士が人間の心を持っていては人が殺せないと、人殺しができる鬼の兵隊にしようとした。それで不当な暴力といじめで人間の心を叩き出そうともした。ごん棒は、それを学校にもちこんだ。武二たちは、ここでも戦争の被害を受けたのであった。

4　腹ぺこ勤労隊

1

一九四二（昭和一七）年は、勝利、勝利で幕開けしたが、中学生は、いつまでも有頂天でいられない。二年生になると、ちょくちょく勤労動員があった。

授業を五日間停止して、道路工事に行く。学校教育に勤労作業の時間が課せられていた。

武二は朝が早いので悲鳴をあげた。それでも、七時半の現場集合にセーフ、奇跡的だった。

現場は、小さな丘や林を片付けたのか、からんと開けたところ。幅三〇メートルありそうな道路は、立体交差で、周辺より高い。武二は口走った。

「すげえ、舗装したら、飛行機が発着できるぞ」

飛行場にもなり、大型戦車でも巨大砲でも、速く移動できる軍用道路が必要だったのだろう。

中学生の仕事は土砂の運搬である。リヤカーで砂利をはこぶのだが、リヤカーに積むために、わたされたスコップは大きすぎて腰がひけた。砂利をすくっても、重くて持ち上がらない。

「おれ、腹ペコだもんな。そんな力出ねえよ」

「おれもだ。朝飯だって、大根と菜っ葉まぜたお粥《かゆ》だぜ。食ってねえも同然さ」

力仕事をする人は、一日に八合（1・44リットル）から一〇合（1・8リットル）のめしを食べるらしい。けれどコメの配給はその四分の一だ。野菜や魚肉だってろくに買えないから、食べ終わったときが、もう空腹のはじまりだった。

武二が中学一年の年四月からコメは配給制で、おとな一日分ひとり二合三勺《しやく》しか買えない。翌年からはムギやイモ、やがては家畜の餌だったダイズの油をしぼったかすや、ドングリ粉までも米の代わりとされた。

砂利をつんではリヤカーで運び、いくど往復したか。ふらふらになる。夕方の五時、作業終了。足も腰もまるでおからのようにたよりなく、ほろほろくずれそうな疲れで家に帰るのだ。

翌朝は、きしきしと身体じゅうが痛い。しかし、ミッドウェー大勝利のニュースにだまされて、「よう、ミッドウェーでもやったよなあ」「アメリカなんか、日本には敵《かな》いっこねえんだよ」と、元気を出して現場に行く。友だちも同じだった。

楽しみにしていた中学二年の修学旅行はとりやめだ。その代わり、二泊三日で、富士山麓の練兵場へ野外教練にいく。広大な山野に散って戦闘する訓練で、ここでも銃をかかえ、走りまわってしごかれる。宿舎は兵営で二四時間も軍隊どおりの生活、規律にしばられた三日間だった。

勤労動員は、大型電機モーター専門の工場にも、一週間ずつ二回行った。一週間では、機械にさわらせてもらえず、つまらない運搬の力仕事ばかりだ。それでも、工場の騒音のなかで働く人たちは、武二には見たこともない大型モーターの仕組みがわかっていて、専門的な生産に取り組んでいるんだと、妙なことに感動した。

ときには戦争に疑問をもった武二だが、日本がアジアを導く使命をもって、赫赫《かっかく》たる勝利をあげていることに、いまは夢中になって喜びはしゃぐ軍国少年のひとりになっていた。

勤労動員では、敵機の来襲で火災が起きたとき、燃え広がらないよう住宅などを壊して空き地をつくっておく建物疎開の作業もやった。作業手袋は一日で穴があき、運動量は体錬をしのいだ。

建具を片付け、壁を壊し、柱にかけた綱を外からみんなで引く。屋根、天井が落ちたときは、もうもうとした埃で逃げ出すくらいだ。土台や柱、梁《はり》などの木材をばらすのは、かなりの力だが、おかげで、家の材木の組み方がわかった。仕事は楽しいが、住める家なのにもったいない。どこからか赤いボールが出てきたとき、この家の子どもをちらっと見た気がする。

二日めは、二階建ての大きな店舗と住宅で、いい木材でしっかりした造りだったから、倒すのにはえらく骨が折れた。この現場で、作業中に呼ばれて、急いで行こうと板をふんだとき、立った釘が運動靴のゴム底を突きぬけ、右足の土踏まずに刺さってしまった。

しかし、この日は空腹隊には最高の待遇だった。焼きイモが一本ずつ配られたのだ。どうせタダ働きでも、焼きイモ支給なら、いくら働いてもいいいと思ったぐらいだ。

住人は、家が建物疎開と決まると、通知されて五日以内に引っ越す。もしそうなったら、武二とじいちゃんのふたりで、六人分の荷物をはこぶのだ。考えただけでも気が狂いそうになる。

――工場や道路で運搬ばかり、建物こわしより、激戦のさなかだ。おれ、飛行兵になりてえ。

はじめて三八式歩兵銃を持たされて訓練した日には、射撃したいのにやらせてくれなかった。

――少年飛行兵になったら、もっとすかっと飛んで、空中戦で射撃だ、歩兵銃より一〇〇倍もいいぞ。

いつまでも戦争ごっこじゃねえやい。おれだって敵をやっつけてえよ。

そんな想いでじりじりしていた二年の三学期、教練が終わって教室にもどる途中で、配属将校の金原少尉に声をかけられた。

「おい、宮下武二、教官室にきてくれ」

武二は、「はいっ」と応えたが、内心はっとした。陸軍少年飛行兵の募集のことだろう。ポスターが廊下に貼ってあった。中学二年が終われば志願できるのだ。

「日本はいま重大な時期だ。おまえのような、しっかりした少年に入隊してほしい。戦争に負けるわけにはいかんのだ」

アメリカが勢いをとりもどすと、日本軍は南太平洋で圧されてきた。武二だっていらいら、じりじりしている。しかし、断るしかなかった。

「自分も、航空兵になりたいです。いのちがけで国のお役にたてたら最高だと思います。

ですが教官どの、うちは、父は死んでおりません。母は従軍看護婦で戦地にいます。兄はことし徴兵で入隊です。姉は四月から赤十字看護婦養成所の寮に入ります。自分が志願すると、あとに残るのは、祖父がひとりです。足のわるい八〇歳の年寄りひとりでは暮らせません。残念です。無念ですが、おれは……」

――ほんとうは志願したい。でも、そういかない。断るおれは、ひきょう者に見られるだろうか。

情けない気持ちがこみあげてきて、ぽとぽと、涙が床にしたたった。

教練や勤労奉仕で、学習に集中どころでない中学生活だった。

少年兵　航空兵のほか、さまざまな兵種がある。延べ四二万人、そのうち一七万人が戦場に散った。

ミッドウェー海戦の真相　敵の主力をつぶしてしまえと、日本の連合艦隊の主力、最新鋭の航空母艦四隻を中心に、圧倒的に優勢な兵力で決戦をいどんだ。その大本営発表は大勝利だと、国民はだまされた。

日本の空母四隻は飛行機もろとも全滅し、搭乗員の多数が戦死、みじめな大敗だった。アメリカ側の損害は空母一隻だけ。これを機に、太平洋の空も海もアメリカに制圧されるようになってしまった。

2

ミッドウェー海戦の失敗と、八月から翌年二月に戦われたガダルカナル島争奪戦でも、日本軍は航空機、艦艇、兵員多数を失い、ますます劣勢となる。アメリカ軍の反攻に対して、ソロモン群島、ニューギニア方面に大兵力を投入した日本軍は、そこでもいちじるしい戦力を失った。戦争に勝てる見込みは全くなくなった。それでも、大本営はウソの発表で国民をだましつづけた。

「生活はぎりぎり苦しくても、戦場で勝っているなら、苦労の甲斐がある。勝利までの辛抱だ」

国民はそう思ってがまんしていた。武二の中学時代、国民の生活は窮地に落ちこみ、とくに、食糧不足はみじめな状態になってしまった。

母さんがいたときは、食べ物の不自由など考えたこともなかった。それがこの頃は、朝から晩まで食べ物の心配が頭からはなれない。食べなくては生きられないから、だれもがそうだった。

配給だけではとても足りない。野菜も肉も買えない。じいちゃんだって、どうしたら育ちざかりの武二に食べさせてやれるか。自分のタバコもお酒も買えない、つらい日々だった。

「よう、元気かい。そのうち品不足で買えなくなると思ってな」

中山の叔父さんは、ごくたまにしか来られないが、来たときは、石鹸《せっけん》とか、じいちゃんにタバコとか、きょうだい三人には運動靴などをもってきてくれた。叔父さんの家の戸棚には、マッチ、ちり紙ほか、必要な物がいっぱい買いだめしてあるらしい。そのおこぼれでずいぶん助かった。

去年の夏、下村さんが、農村に野菜を買いに行って、「おすそわけでござんす」と、トマト、ナス、キュウリを届けてくれた。うちじゅうが、そこに集まってきて大よろこび。

「わあっ、うれしい！　新鮮でおいしそう」

昭子がいたときで、とびあがらんばかりだ。

「八百やで二時間も並んで、キュウリ二本も買えればいいほうなの。時間もないし、行列についていても、何にも買えないことだってあるし、助かります」

「おカネ出しても買えないご時世でござんしょ。電車んなかでも、途中の駅でも、コメ・野菜の買い出しの人でいっぱいでして。そうそう、子どもに背負わせた袋から、玉ネギがころころころがり落ちてるの、教えてあげるまで親子で気がつかない、そんな人もござんしたよ」

江戸ことばがぬけない下村さんは、首すじの汗を拭きながら笑った。

「学校から帰ってくると、もう暗くて、どこのお店も売り切れ、何もないの。こんど休みの日に、リュック背負って行こうかな。武二もこんな用でもないと役に立たないから」

悪くいわれた武二も、食料買い出しには異議なしだ。

「勉強はしないでも死なないよ。食料のほうが大事だもの。でも、どこ行けば売ってくれるかな」

「あてがなけりゃ、ご案内させてくだせえ。売ってもらうにもコツってもんが大事でござんして」

こうして、次の次の日曜日に、下村さんをたよりにして買い出しに行った。

農家に行っても、下村さんと一緒でなかったら、コメも野菜も売ってくれなかっただろう。武二も昭子も、そのコツを学んだ。

「先日は、ありがとござんした。こないだのお宅のナスもキュウリも、トマトもおいしかったですなあ。色よし味よし風味よし、こんなに鮮度がいいのは、東京ではぜったいないねえですわ」

と、まずはさんざんほめて、五十年配のおやじさんの顔を見る。

「お宅の息子さんは、戦地でご苦労なこって、お国のためにありがてえでござんす。それでも、お父さん、お母さん、お淋しいのに、ようくがんばっておられますなあ」と、家族への理解を示しておく。

「きょうは、先日お話ししといた地下足袋が手に入りましたのでお持ちしました」

前回に欲しいものを聞いておき、ヤミでも何とかそれを入手して用意してきたのだった。

下村さんは、屋根の下をさっきからながめていた。別にハチの巣があるわけでない。

「おや、あそこの樋《とい》がゆがんどりますな。はずれたら建物がすぐ傷みますわ。梯子《はしご》ちょいとお借りして、直して進ぜましょ」

そういうと、さっと立ち上がって、物置の外にあった梯子をかけて、すっすっ、とんとん屋根に上がった。そして、身につけた袋から、金具や金槌《かなづち》を出して、屋根の庇《ひさし》からゆるんだ雨樋をあっというまに手入れして降りてきた。この前に来たときに気づいて、準備してきたらしい。

「こりゃ、すまんことです。ありがたいことです」

おやじさんの腰がひくくなる。

「いえいえ、あっしの仕事がら、つい手が出てしまい失礼しました。そうそう、こちらのお子さん方は、あっしの娘のいのちの恩人のきょうだいでござんして、いかがでござんしょ。こちらさんとあっしども、おコメ五升ずつ、ジャガイモ、玉ネギ、旬の野菜をどうか」

という調子で、買い出しのお手本は、とても簡単にマネできるものでない。

「コメを供出しないと非国民にされますでな。うちで食べる分をとっとくのもむずかしくて」

おやじさんは、それでも三升（一升＝一・八リットル）と、下村さんに五升袋に入れてくれた。

ばんばんざいだ。久しぶりにゆたかな気持ちだ。すべて下村さんのおかげだ。

農家ならコメがあって、売ってくれるわけでない。農家は、国からコメの供出を割り当てられて、自分で作ったコメでも、ほかの穀物やイモでも自由にならない。供出以外の余裕がある農家で、しかも、よほど人間関係がうまくないと、売ってはくれない。そのうち、タンスの中の大事な衣類も、次つぎに食糧に換える運命となっていくのだった。

日曜の買い出し電車はこむ。背中のリュックは肩にめり込む。運がわるいときは、駅で警察官に見つかって取り上げられるのだが、買えたときは、はりあいがある日帰りの旅だった。

しかし、食料の確保とか、勉強しているどころでなくなった。学校での授業は停止、校門は閉ざされ、武二らの学年は、そっくり決められた軍需工場に、フルに動員されることになる。

戦争は、しだいにすべての国民の生きる権利も、生徒の学ぶ権利もとりあげた。戦争は、自国の国民をますます苦しめ、苛酷《かこく》な運命へ、破局へと向かわせていく。

日本の食糧難、物不足　農村では働き手の男たちが戦場に送られたうえ、農耕の馬までが戦地に召集されてしまい、必要な農具さえ買えなくなって、農産物はへった。とくにコメの減産がこたえた。軍需のために生活必需品の生産がへり、物不足もひどかった。衣料やマッチ、ちり紙、作業用の地下足袋などの必需品は切符配給制になった。買えるときに買いだめした人、売る品があっても高く売れるまで売らない商店があったから、物価は上がる一方だった。庶民が困っているのにつけこみ、暴利をむさぼる商人が、ヤミで仕入れ、値段をつりあげて売る。

国民は飢える一方、軍と結びついた会社とヤミ商人だけが、戦争によってもうれつな利益を上げた。

世の中は、星〈陸軍〉に錨《いかり》〈海軍〉に闇に顔、ばか者のみが行列に立つ　〈清沢洌〉

一三、星火をまもる

ツァオシンの中国に移る。少年隊で目立ったツァオシンが「死神の使い」に狙われていたのに、縄をかけられ捕らわれたのは、こともあろうに「活動をやめろ」と注意していたナマズ叔父さんだった。

1 「死神」とナマズ

1

ツァオシンは動転した。

——おれが捕まるならわかる。何でナマズ叔父さんなんだ。

夜明けをまって、近所の人に知らせたら、部落じゅうがさわがしくなった。ミンシュイの父さんが、村長にとりなしをたのんだが、まったく受け付けてくれない。

居ても立ってもおられず、トンニャンピーの陣地へ、ひとりでも暴れこんでやりたいぐらいだ。

夜も寝られず、四日たった夕ぐれ、夕食の支度をはじめたとき、のっそり戸口に暗い影が立った。この世の人間とは思えぬ恐ろしい形相に見えた。

「叔父さん！」

ツァオシンが走りよると、うしろにいた影が、どすのきいた声をだした。

「きさまは、帰れただけ運がいいやつだ。二度としょっぴかれねえようにしやがれ」

気味わるい余韻を残すと、うしろの影は消えた。

足をひきずり、壁に手をかけ、ゆらりとはいってきたナマズ叔父さんは、くずれるように寝台に体をゆだねた。

「叔父さん……」

青紫に腫れあがったのっぺり顔、無理して開けた赤くてほそい眼。見るさえつらい。髪は血のりでへばりつき、傷だらけで血がかたまっている。おびえたミンホワが、ツァオシンの足にしがみついてはなれない。

心配してきた近所の人も、ふるえがとまらないほどおどろいた。

「こりゃあひでえ。すぐ手当てをしなくちゃいかん。薬をさがしてこよう」

と、何人もが手分けして出ていった。

服をぬがせると、若くて健康だった肉体は、トンニャンピーの拷問でぼろ雑巾のよう。それに指が骨折していた。傷を洗い、薬をぬるあいだにも、叔父さんはうめいた。

傷の手当てを終え、腫れのひどいところを冷やし、粥《かゆ》を食べさせ、もらった薬を飲ませて休ませたり、こうして、二晩、三晩と過ごすうち、ナマズ叔父さんは少しずつ力がついてきた。

「ツァオシン、おまえはどこにも出るな」

ナマズは声までかすれ、別人になっていた。

「あいつら、おれを漢奸《かんかん》に引きずりこもうと、こんな目にあわせやがった」

トンニャンピーの四日間の仕打ちを、ぼそぼそ話すおじさんのくやしさを聞いていると、どうしようもない怒りが、ツァオシンの体内であばれだした。

——叔父さんを、こんな目にあわせて、利用しようとは、もう許さねえ。やってやる！

めざすはトンニャンピーの、憲兵隊《けんぺいたい》の陣地だ。前にブタノシッポから聞いて、近づけないが見にいったことがある。小さな丘のようなトーチカの、あの黒い小窓がちらちらする。銃口がならぶ窓。……その奥から、囚《とら》われの中国人の悲鳴、泣き声、うめきがする……、そういうところだ。

「もうがまんできねえ」

ツァオシンは、寝台の下にくくって隠してあった二個の手投げ弾を腰にぶらさげた。そこの銃眼に、こいつをぶちこむのだ。

「まてっ！　ツァオシン」

叔父さんは、とび出そうとしたツァオシンを追うつもりでころんだ。足もひどく弱っている。

「にいちゃーん！」ミンホワが外から、駆けこんできた。

2

とび出たツァオシンは、やってきたカラスおばさんに、ぶつかってはねとばしそうになった。

「なんだねえ。顔色変えてさ」

「とめてくれっ！　ツァオシンを」

おばさんは、とびついたミンホワをだいて、体でツァオシンを家に押しこんだ。

その腕を、ナマズはつかんで引いた。ツァオシンは簡単にころがった。ころげたのは、手投げ弾を落としちゃたいへんだと、腹にかかえたからである。

「バカ野郎めが！　おまえがすっとんでいって、だれが幸せになる？　え、おまえも、おれも、へたすっと、この部落みんなが殺される。そんなこともわからんかっ！」

ツァオシンは、力がぬけてすわりこんだ。

——くやしい。……泣くものか。

しかし、ほとほとと涙がしたたった。

叔父さんも、力なく腰を落とすと、痣《あざ》だらけの顔を涙でべとべとにした。

「おれだって、おれだって、こんな目にあって、はらわたまでずたずただ。くやしいさ。怒鳴りてえさ。……だがよ、たてついたからって、どうなるんだ」

叔父さんは、後ろを向いて言った。

「おれは決めたんだ。村の連中が、『漢奸』というなら言え。『死神の子分』というならいえ。日本軍にくっついてでも生きていく。それしかねえんだよ、おれは。え、え、よう……」

おばさんは、別人になってしんみりと言った。

「ツァオシン、短気を出すんじゃないよ。叔父さんが、そう考えるの無理ないよ。トンヤンクイを追い出すまでは、どんなことしてでも生きのびなくっちゃねえ」

「だって、そんなこと言ってたら、いつになったって追い出せるもんか。あいつら、やっつけなくちゃ、いつまでもこうじゃないか」

そうはいったが、自分ながら情けない力のない声になっていた。

心配そうにしゃがんだミンホワは、ゆがんだ顔の片目でちょっとだけ笑うとしがみついてきた。五歳になるのに、トンニャンピーにやられた片目が治らず、顔の傷あとも引きつれたままだ。

「おまえはりっぱだ。おれはだらしねえ裏切りもんよ。だがな、おれは決めた。もうおまえに、勝手なまねはさせせねえ」

「とうちゃんは、『日本軍を打ちたおす気概をもて』って言った。おれはやっぱり、にくったらしい親の仇《あだ》を討つ。それしかないんだ」

「ツァオシン、おまえの代わり、なぜおれがこんな目にあったか、教えてやる。トンヤンクイはな、おまえを自由にして、おれに告げ口させるんだ。どこに何しに行った、だれと会った、全部おれはしらべるんだ。おれを『死神の使い』にしようと、やつら、ほんのちょびっと残っていたおれのまともな心を、とことん叩き出しやがったんだ」

叔父さんは、カラスおばさんにタバコの火をつけてもらって吸った。

「『死神の使い』はいくらもいる。おれがやらなきゃだれかがやる。そして、やらねえおれは殺される。おまえが新四軍と連絡すりゃ、ぜんぶ日本軍にわかるんだ。おまえが動けば動くほど、迷惑うけるのはおまえの仲間だ。いいか、おれはおまえの『死神の使い、ナマズさま』だぞ」

「……」

ツァオシンはうなった。ふといクモの糸に、がんじがらめにされているのだ。

——いっそ、この手投げ弾を爆発させて、何もかも木っ端みじんにしちまいてえ。だがこいつで敵をやっつけるまでは、おれは死にきれねえ。

その後、叔父さんはしばらく仕事ができなかった。田畑のことも家のこともツァオシンがやらなくてはならない。以前に父ちゃん、母ちゃんがやっていた仕事はすべてだし、叔父さんの傷の手当てもする忙しさだ。いらいらしながら、夜明け前から田畑にはいつくばい、家のことにもしがみつくしかなかった。

——「歳寒《さいかん》ニシテ松柏《しょうはく》ヲ知ル」つらいときに思い出せと、メイ先生は言った。だが、こんなことをしていては、おれは値打ちのない人間になっちまうでねえか。

そんなにきびしいときに、新四軍が村から消えた。敵の支配がつよまると漢奸が息をふきかえしてくる。あとで知ったことだが、信じられない事件が起きたからである。

3

一九四一年一月、中国の最高指導者である蔣介石《チャンカイシエキ》は、新四軍に江北にうつれと命令した。日本軍と向かい合ってきびしく戦っているさなかに、いまの村や根拠地からしりぞいて、大軍を遠くの戦場にうつすとは、納得できない難題だった。

しかし、中国の軍隊どうしが仲間割れして争ってはまずい。中国の全国民がひとつになって日本軍と戦う方がだいじだと、新四軍は蔣の司令にしたがうことにした。

葉挺《イエーテイン》将軍は四万の兵をひきい、きびしい山越えの遠征に出た。ところが、その途中の山中に蔣の大軍が待ちぶせし、強行軍でつかれている新四軍におそいかかった。不案内の山中で不意を打たれてはかなわない。新四軍は必死に戦ったが、壊滅的な敗北をこうむってしまった（皖南事件）。

夜の学習会で、そのことをヤン先生から聞いた。

「ヤン先生、蒋は、中国人どうし、味方どうしなのに、なぜ新四軍をやっつけたの」

「そうだよ、敵はトンニャンピーなのに。敵が喜ぶことを、どうしてしたんだ」

「ゆるせない！」

みんなは口ぐちに、叫んだ。先生も、このときは怒りに顔を紅潮させ、まるで人が変わった。

「新四軍は中国の良心よ。新四軍は住民と一体になって戦って、つよく大きくなったわ。この調子ではまちがいなく中国が勝つ。勝ったあとの中国で、自分たちよりも新四軍のほうが国民の多くに支持される。蒋介石にはそれが見えてきて心配になったのよ。蒋は、いまのうちに日本軍の助っ人になっても新四軍をつぶしたかったのよ」

蒋介石は、国や国民を守ることよりも、自分の将来のために、だまし討ちをしたのだ。だからと怒っていても、いまはどうすることもできない。

こうして、きびしい冬の時代に入った。少年隊の指導者も替わりメイ先生にも会えなくなった。

村に新四軍がいなくては、河関所もできない。トンニャンピーは河辺を警戒して、中国人は河のほとりにいただけで撃たれた。

新四軍の撤退は、村の灯が消えたも同じだった。ヤン先生は、ツァオシンたちが卒業しても勉強会をもってくれたから、戦争の情報も少しは聞くことができたのだが。

ツァオシンは、メイ先生に相談したいことが山ほどあるのに、先生のゆくえは杳《よう》としてわからない。あと頼りになるのは、ヤン先生とホワンホワだ……。ところが情勢は、それすらゆるさないのだった。

2 「コメの四か条」

1

おさないムギの穂にも、かわいいノギがある。一日がだいぶ長くなった。風が、新しい緑をゆらしてわたっていく。ツァオシンは、ミンホワといっしょに、一輪車で肥料をはこんでいた。

「兄ちゃん、どうしたの。ほら、車はまっちゃうよ」

ミンホワは、もう、かなり生意気な口をきく。

近ごろは、ツァオシンの頭のなかで、たえずホワンホワの影がうごく。彼女も一五歳、いっしょに泳いだりしていた頃とはちがう乙女になっていた。子どものときには平気だったのに、彼女が近くにいると胸がたかまる。声をかけられるとどぎまぎして、すぐことばが出ないこともしばしばだった。

「おいおい、早くこっちの苗をうえろ」

ナマズ叔父さんは、指の傷もすっかり治って元気をとりもどし、はこんできたウリやイモの苗を植えはじめた。そこへヤン先生が、両手に荷物をさげてとおりかかった。

「ツァオシン、よくがんばってるじゃない」

「あ、ニーハオ。先生、きょうは?」

「あっちの青菜がほしいの。大根もあったら分けてもらえるかしら」

叔父さんは腰をのばし、ぽけっと先生を見つめた。

「ツァオシンの叔父さん、ご精がでますね」

叔父さんは、赤い顔をしておじぎをした。

「はあ、働かなきゃ食えねえで。あ、こいつがいつも……。野菜はおれが届けますよ。あとで」

「いま、ツァオシンに持ってきてもらえないかしら。忘れ物がいつまでも学校におきっぱなしなので」

「はあ、じゃ、ツァオシン、行ってこいよ」

ナマズ叔父さんは、残念そうな顔で、もう一度おじぎをして先生を見つめた。

こういうことで、ヤン先生について学校にはいると、草笛の音色が聞こえた。ホワンホワだ。

彼女は、髪を短くして、紺の男服を着ていた。

「ツァオシン、びっくりしないでね」

ホワンホワは笑った。しかし無理な笑いだった。黒いひとみがうるうるとしていた。

「えっ？　どっかに行ってしまうのかよ」

ホワンホワはだまってうなずき、ヤン先生の腕をかかえた。「ふたりで村を去る」しぐさだ。

ツァオシンは、まっ暗な穴にとり残された気がした。ヤン先生は、声をひそめて話しだした。

「学校も、若者の学習会もやめさせられたし、ここでは何もできない。それどころか、もういられなくなったの」

「わかった、それじゃゲリラ隊にはいるんだ」

「それは言えない。これから居場所もしょっちゅう変わるわ。聞かないほうが君のためよ」

トンニャンピーは、新四軍がいなくなると、漢奸をつかって日本に反対する分子を、根こそぎ逮捕しはじめた。敵につかまるぐらいなら、だれでもゲリラ隊で戦うほうをえらぶだろう。

「漢奸のなかには、閻魔《えんま》さんだってあきれるほど悪いやつがいるのよ。トンヤンクイにほうびをもらいたくて、ウソでもゲリラがいましたと知らせる。トンヤンクイは、ゲリラと聞けばふるえがとまらないほどこわいから、軍隊を出してその部落をおそうわけ。真夜中、部落はたちまち全戸が火につつまれ、おじいちゃんから赤ちゃんまで、ひとり残らず血まつりにあう。こんなこと許せないでしょ」

「先生、おれだって、ゲリラ隊に入りたい。連れてってください」

「それはだめ、君は村に残りなさい。そして、時機をまってちょうだい。村のみんなと、トンヤンクイをたたき出すときが、きっとくるわ。そのとき先頭に立ってもらいたいの。そのきっかけは、わたしたちがきっとつくる。ミンホワをたくましく育てながらまっていること」

「でもよう、おれ、ひとりになって、何ができるんだ？　メイ先生も、ヤン先生も、ホワンホワまでいなくなって。おれも、いっしょに行く。置いて行かないで、連れてってください」

いまは、はなれたくない。すがりついてでも、いっしょに行動したい。それしかない。

ヤン先生のうるんだ眼は、いつもとちがった。ツァオシンの眼を捉えてははなさない。

2

ホワンホワは、窓の外を警戒してまわっていた。

「あそこにメイ先生が書いた『星火燎原《せいかりょうげん》』ということばが貼ってあるわ。わたしたちがたいせつにしてることばよ。『星のような小さな火でも、やがては燃えさかり、広大な野を焼きつくす』。君には村にいて、日本と戦う火だねをずっと守っていてほしいの」

「そんなこと言ったたって、おれ、ひとりじゃ、火だねが消えちゃうよ」

「そんなことない。トンニャンピーと本気で戦いたい農民が村に半分以上います。その人たちは、君の火だねをしっかり見守ってくれるわ。そして、いざというとき、少年隊長だった君について立ち上がります。そのきっかけは、わたしたちが必ずつくるわ。それまで、そうね、二年、二年ぐらいまちなさい」

先生のことばはいつも温かい。けれどもきょうは、りんとしたきびしさも感じた。

「ね、たのむわ。君にしかたのめない。つらくても時機をまってちょうだい。持久戦だもの」

ツァオシンは、胸の底から、ふつふつ湧きあがってくる熱いものを感じて、拳をにぎった。

――こんなに信頼をよせてくれる先生を困らせてはならない。いまは先生を信頼するしかない。それに、おれは、弟やナマズを犠牲にして出て行くわけにはいかないのだ。いざというとき役にたつなら、おれは、言われたようにやるしかない。

先生は、ツァオシンの頭を両腕でかかえた。母のような、やわらかで温かい胸につつまれて、先生の鼓動をきいた。ツァオシンは、自分がだだっ子のようで恥ずかしく、頭をはなした。

「先生、待ってるから。きっと知らせをください。先生の知らせがあったら、おれ、がむしゃらにやってやる。がまんした分まで暴れてやるから」

「やたらに、暴れちゃだめよ」

先生は、ツァオシンの顔を見つめて明るく笑った。

「きっと約束するわ。その時がきたら、まちがいなく知らせるからね」

「先生は、いつから?」

「漢奸は、トンニャンピーが女をほしがっているの知ってるでしょ。やつらが喜ぶことならなんでもするわね。もう一日ものんきにしていられないの。眼をつけた娘や若い妻を反日分子だということにすれば、証拠なんかどうでもいいの。ねらわれた女は縄で死神の憲兵隊に連れていかれる。その女はもうその檻《おり》から出られない」

椅子席にもどっていたホワンホワが、つけ加えた。

「いい女は、とくにあぶないから……」

――こいつ、自分をいい女だと思っているんだ。

それから先生は、折りたたんだ小さな紙をひろげて、見せてくれた。

「これは、メイ先生からの連絡よ。頭に入れて、なるべく多くの人に協力してもらいなさい。みんなで心を合わせると効き目があるはずよ」

ツァオシンは、手にして「おっ……」と声をたてた。


【農村のコメを守る四か条】
＊　日本軍が食糧を集めにきたら、逃げかくれして会うのをさける。
＊　かくれきれなくなって、出せといわれても、粘りづよく、一日一日延ばしつづけ、出さないようにする。
＊　いよいよ、コメを出さなければならなくなったら、水にひたしてふやかしておく。
＊　コメを出す場合でも、袋のなかにニセモノを入れるなど工夫する(砂とか入れ、うわべだけコメで)。

「さあ、この四つ、頭に入れたらこの紙は燃やします。ほかの人にも、証拠を残さないよう、口で伝えなさい」

うれしい贈り物だ。四か条はみんなの気持ちをそろえる武器になる。おもしろくなりそうだ。

「ありがてえ。これでやってみる。できるだけたくさんの人に話しかけてみるよ」

別れのホワンホワの、両の手のひらが熱かった。外に出て眼をとじると、涙があふれてきた。それをぬぐいもせず、夕風の流れにまかせて、さびしくあるいた。

うす闇がただよい、宵の星がきらめきはじめた。

3

新四軍が退いたあとの村は、それはひどい変わりようだった。トンニャンピーが「清郷《せいごう》運動」という妙なスローガンをとなえだした。「村を清らかにする」といういい方だが、それは、彼らの思いどおりに協力する村にすることだった。まず、日本軍に反感をもつ者は獄につながれ、何人も殺された。

トンニャンピーに協力するものを「良民」として、「良民証」を一軒ずつ戸口の上に貼らせた。それは「家族氏名、年齢、職業、戸籍、出身地」などを書いたもので、「良民証」を貼れば、「日本軍の味方になります」と誓うことと同じだ。たいていの家では、しぶしぶながら貼った。

ツァオシンは反対していたが、ナマズ叔父さんは、

「わざわざ眼をつけられることをするやつはバカだ」と、貼ってしまった。

それからも、トンニャンピーは、次つぎに村長のところに要求してきた。

＊一〇戸あたり三人ずつクーリー（人夫）を出すこと。
＊コメなどの食糧や、綿花の供出に、進んで協力すること。
＊「道路・鉄道愛護村」として、道路をつくる工事や鉄道を守るため積極的に奉仕すること。
＊一〇人ずつ当番をきめ、毎日、道路と鉄道の見まわりをすること。破壊されてないか、地雷が埋まってないか、決められた範囲をしらべること。

きびしい暗い冬の時代に入った。そんなある日、ミンホワは、友だちと町に食用油を買いに行った。無錫《ウーシー》市街の入り口は、日の丸の旗をかかげた城門で、トンニャンピーの番兵がいる。帰りに城門を出たとき、油のビンをかかえたミンホワが、友だちとふざけながら歩いていると、

「やい、そのチビ。なんでおれさまにあいさつせんかっ！」

どなるやいなやなぐられた。まだ六歳にしかならないミンホワと、その友だちは、トンニャンピーにけられ、踏みつけられた。ビンは投げられて割れ、買ってきた食用油は流れた。

「へっ、気味のわるいガキだな。なんだ、その顔は」とも言われ、またけられた。

ツァオシンはそれを聞くと、かあーっと怒りが突き上げた。

――ミンホワの顔が醜いのはだれのせいだ。おれがその場にいたら、もうがまんできねえ。おまけに、トンニャンピーの番兵に、いちいちおじぎしなくては通れねえなんて、はらわたも脳みそも煮えくりかえる。

ミンホワもよほど口惜《くや》しかったらしい。泣かないでにらんできたというが、その顔は泥と、涙と鼻汁でよごれていた。それからのミンホワは、ぐんとツァオシンの活動を手伝うようになった。

さてトンニャンピーは、自分たちがやりたいことを、カイライ政府の軍隊にどしどしやらせた。

日本軍は、降参した汪兆銘《ワンチャオミン》を親玉にして、一九四〇（昭和一五）年三月、カイライ政府をつくった。日本との和平をとなえ、自分たちが中国の中央政府だと宣言した南京国民政府である。しかし、じっさいは日本軍の代わりをやらせるためだった。

「コメを二〇〇トン集めて蘇州《スウチヨウ》の倉庫にはこべ」と、日本軍から命令されれば、カイライの兵たちが村むらに入って、剣や銃でおどしてコメを集めるようになっていた。

「これ以上、コメをもっていかれたら、おれたちが飢えちまう……」

村のすみずみまで、農民たちのうめき声がたえない。そこで『四か条』なのだ。ツァオシンは監視されている。それでもナマズ叔父さんの眼をかすめて、だれかに来てもらったり、会いに行ったり、ミンホワの連絡で少しはできた。まずは、ブタノシッポやミンシュイに、あの「四か条」を伝えて相談し、少年隊員だった同志から話してみた。その仲間は、信頼できる人に四か条をうちあけた。

「銃剣を相手にけんかするなら、これですよ」

「そいつはいい考えだ。でも、みんなまとまるかなあ。みんながやるなら、おれもやりてえさ」

そんな人が多かったが、自分のいのちをつなぐ食糧を必死に守りたいのは、だれも同じだ。だからその人も、また、ほかの人に四か条をひろげていった。四人が八人になり、八人が一六人になり、「農村のコメを守る四か条」は、しだいに村人の約束ごとになっていった。

「この四ついいね、これでやろうじゃない。村じゅうそろってだよ。つべこべいうやつ、あたしゃ承知しないよ」

カラスおばさんは、大きな口でわめいて、注意されたぐらいだ。

4

そこで村に四か所、わからないように大樹の上に見はり台をもうけた。見わたすかぎりの大平原だ。遠くからの敵を発見すると、見はりの少年隊員が紐《ひも》をひっぱって大鈴を鳴らす。「おーい、やってくるぞ」との知らせである。すると、それぞれの部落に知らせがとんで、すぐさま部落では、合図のドラが鳴りだす。ミンホワもドラ鳴らしをやった。

ガァォーン、ガァォーン、ガァォーン………、

ドラはお祭りに使う楽器で、すごく辺りにひびく。

カイライ兵ご一行さまがやってきたときは、どこの家もからっぽだ。漢奸の「死神の使い」は、これには手出ししようとしない。トンニャンピーは、カイライにすべてを任せてしまって、「死神の使い」は出番がない。だから、彼らまで面白がって仲間になった。

だれもいないから、カイライ兵は、家のなかを天井の上とか、物置のワラの下、寝台の下、ありそうな場所すべてをさがしまわる。が、ついにムギ一粒だって見つけられずに日が暮れる。

だからといってカイライは、役たたずだと日本軍に捨てられたらおしまいだ。何日でもねばる。こちら側も、そう何日も雲がくれしていられない。彼らがさんざん疲れた頃あいをみて姿を現わす。そして、つくり

笑顔で「何の用かね」と聞いてあげる。

それから今度はひらきなおり、農民の迫力をみせてやるのだ。

「なんだ、コメだと？　ムギだと？　どこにあるんだい。働き手は戦争で殺されたり、連れていかれたりだ。おまけに長雨に洪水で去年は全然だめ、そうだよな。知らねえとはいわせねえ」

「おれらはな、牛みてえにそこらの草を食ってるんだ。そんなに、コメ、コメいうなら、草をコメに変えるまじないでも教えてくれい」

ねばりにねばって、五日、六日と引きのばしたすえ、相談して、部落が焼きはらわれないですむ程度のものをくれてやる。カイライどもは手ぶらでは帰れない。目標の八分の一でも集められそうだと、ほっとした顔を見せる。しかし、村人の勝負はそれからである。

出し分を減らすために、コメを水や酢にひたして、かさをふやして重くする。彼らを安心させて袋に砂を入れ、うわべだけコメかムギでお化粧して、彼らの舟に積みこんでやる。

こうして、あの四か条を守った。それによって、農民たちの被害が少なくすんだだけではない。いままでになく、村民が一つ気持ちにそろったのが、みんなにとってうれしいことだった。

こうなると、道路工事に狩りだされても、村民の気分は通じあう。

「なにも固めるこたあねえわい。ふんわりの土がわしらは好きだもんな」

「百姓はな、畑のように、やわらか地面がいい」

「雨がふりゃ、やつらの自動車を泥んこでしっかり包んでやろうぜ。やわらか道が最高だい」

こんな会話を交わしての道路工事となった。トンニャンピーは、コメをはこぶのにトラック輸送にきりかえたい。軍隊の移動、大砲や戦車を送るにも道路が必要だった。それで「道路・鉄道愛護村」と勝手に名づけて中国人を働かせた。それは工事だけではない。

毎朝、夜明けとともに道路沿いのトンニャンピーの番小屋に、順番できめた当番を一〇人集めさせ、道路の見まわりをやらせた。もしも、地雷が埋めてあったのに気づかなかったら、それこそ責任をとらせて、当番の一〇人、全員が殺されることにだってなりかねない。

――こんな悔しいことばかりやらされて、それでも時機を待たなきゃならないのか。いったい時機っていつなんだ。

悶々《もんもん》としていたツァオシンの目の前に、一九四三年春、危険をおかして突如現れた人がいた。

「あっ、メイ先生！　どうしてここに」

一四、新兵幸一は見た

一九四二（昭和一七）年の夏には、アメリカ軍の反攻がつよまり、次つぎに日本の占領地はとり返された。戦局のきびしさで徴兵年齢は一年早まる。幸一は一九歳で入営、すぐ中国に出征となった。

1　蘇州《スウチヨウ》　死の町

「いよいよおれの番がきたんだ」

わずか三か月の訓練で幸一は、家族のことが心残りのまま中国に送られ、陸軍二等兵として蘇州《スウチヨウ》の補給部隊に入隊した。

この年の四月、昭子が高等女学校を卒業し、赤十字看護婦養成所に志願、いまは寄宿舎の生活に入っていた。五人家族は、とうとうじいちゃんと武二のふたりだけとなってしまった。

幸一の部隊は、中国にいる日本軍のために、食糧などを集めるのが主な任務だった。

――ありがたい。おれは敵に銃を向けないですみそうだ。人間どうし、殺さないですめば幸運だ。

蘇州は水の都、美しい歴史的な都市だった。それが戦争で荒れはてた瓦礫《がれき》の町になっている。いまは前線から遠い日本の占領地で、銃砲の音も聞こえない安全地帯だ。

幸一たち兵隊は朝げいこで、毎日のように河ぞいの道を駆けぬけていく。

「エイオウ、エイオウ！　エイオウ、エイオウ、エイオウ！」

白い息をはき、寒さをかけ声でふきとばす。

蘇州の朝は、すべて乳色のもやのなかだった。河岸のここかしこで、女たちがかがんで、菜の葉を洗い、衣類を洗い、桶のようなドーモン（女性の便器）を洗う。それらが、うっすら霧景色にかすんで見えた。河では、かまぼこ屋根の舟がびっしり並んで夜明けを迎えていた。舟ではよわい煙をあげて、クーリー（人夫）たちが朝メシの麺を鉄板で焼いている。

河といってもここでは運河のこと、舟は河ではたらく彼らの住み家だった。

「エイオウ、エイオウ！　エイオウ、エイオウ！」

道を駆けていく幸一たちには、舟の上が気になってしょうがない。朝もやが、そのものの正体を見せてくれないのだ。駆けながら、分隊長に聞かれた。

「おい、あれは何だ」

「はい、うずくまった人間のようでありますが、そんなはずはないし、さて、何でありましょう」

——人間だとすると、さらってきて転がしてある？　ひょっとして殺した死体か？　いや、そうなら、そんな身近におくはずがない。するとなんだ？

「エイオウ、エイオウ！　エイオウ、エイオウ、エイオウ！」

寒さがもっときびしくなると、それがわかった。寒気のつよまりと共に、街の道路わきに、たおれている人、うずくまっている人をよく見かけた。舟でも同じ、飢えて死の寸前にある中国人だった。まだ息があっても、温かい部屋にはこんで手当てする者はいない。戦争はそんな余裕をなくしていた。

「見てはいかん。口にしてもいかんぞ。命令されたことだけやればいいのだ」

上官からこう言われて、兵隊たちは見て見ぬふりをして通り過ぎた。

「エイオウ、エイオウ！　エイオウ、エイオウ！」

大陸の気候は日本とはちがい、冬の朝の寒さは、骨の髄まで凍りそうだ。きしきしとこたえる。

それなのに多くの中国人は、食料にも燃料にも困って、飢えと寒さに泣いていた。

中国を支配するためやってきた日本の軍隊、軍属、民間人、四〇〇万人の腹をみたすための犠牲になって、飢え、凍死していく民衆を、幸一はたしかに見た。

銃砲の音が絶えて久しい蘇州でさえ、中国民衆にとっては、死の町、戦場であった。

2　初の相手はチビッコ隊

1

幸一が、この隊に勤務して一〇日め。

「宮下、きさまは今から、コメの荷あげを監視せよ」

分隊長にいきなり命令されたが、どうしたらよいか、さっぱりわからない。

「じ、じぶん、ひとりで、で、ありますか」

兵隊にされても、ろくに訓練を受けていない。隊の仕事だって何も教えられていないのだ。

「当たりめえよ。ただ眺めておりゃあいいんだ。半人分としても多いぐれえさ。一日のんきに遊ばせてやる。さあ、行ってこい」

遊びならありがたい、軍隊ことばで答えた。

「ハイッ、宮下二等兵、コメの荷あげ作業の監視に出かけるであります」

荷あげ場所へいくと、茶色によどんで草っ葉が浮いた河岸に、五そうの舟がついていた。道をへだてて、二〇メートルほど奥に、体育館のような建物、それがコメ倉庫だった。

幸一は、鉄かぶとをかぶり、小銃をかかえて監視に立った。銃の先にはするどい短剣もつけ、倉庫の前を行ったり来たり、見ているだけの任務だ。することがないから、家族のことを考えていた。

――おふくろの出征のときは、おおぜいで見送ってくれたが、おれのこんどは家族三人だけ。まるで秘密だ。それも軍の命令でだ。よっぽど戦況が悪くなったんだな。

――おふくろは、どこの野戦病院かわからんが、ひょっとすると近いかもな。会いたいなあ。

――昭子は頼りになるだけに、寄宿舎に入ったのには困った。武二とじいちゃんだけで、何とかやってはいるだろうが。

――じいちゃんも、おれが帰るまで元気でいてくれ。おれも、いのちあるうち早く帰りてえ。

でもこの戦争は、いつ終わるんだろう。

そんなことを考えていると、荷あげのクーリー（人夫）が集まってきた。見上げるような大男たちだ。どのクーリーも半長ズボンに足ははだしだ。陽やけした赤黒い顔に光る眼。にこりともしない。

彼らは一一人、舟から倉庫へコメ袋をはこぶ間、眺めるだけだから、幸一は空想にふけった。

――いま中国兵が攻めてきたら、おれはどうする。

敵の一隊が約三〇名、コメを奪いにきた。おれも帝国軍人だ。すばやく倉庫にこもり、窓から銃を撃ちまくり、七、八人の敵をなぎたおす。敵はこの倉庫に攻めこもうと手投げ弾をなげる。おれは一瞬、小銃をさかさに思いきりふりまわす。

カーン！　弾ははね返る。おおっ、ヒット、ヒットだ！　弾は敵兵の中に飛びこんで爆発した。

悲鳴があがる。敵はひるむ。おれはすかさず銃剣であばれまわる。

しかし、想いにふけってばかりいられなくなった。

――む、む、これは、なんだ？

いつのまに現れたのか、敵兵ではない、小さい子どもたちだった。どこからきたのか、五人、一〇人、そのうち二〇人ぐらいにもなって、荷あげの男たちにつきまとっている。

「ブシン！（こらっ）あっちへ行け」

「ブシン！（こらっ）じゃまだぞ」

追いたてても、まるで効きめがない。

――なんだ、ちびども、まるでハエのようにすぐもどってきやる。

ふしぎとクーリーたちは、子どもたちを邪魔にしないどころか、むしろ子どもらに、ぶつからないよう気をくばってコメ袋をはこんでいる。子どもたちは、風呂にもめったにはいれないのだろう。垢《あか》でぬりかためたような膚《はだ》の色をしていた。着ている服の、つぎはぎさえろくにしてない。

そのなかに、背かっこうは小さいが、体つきも顔だちも、武二に似た子がいた。その子が仲間に合図すると、子どもらはしゃがんで何かはじめた。気がつくと、クーリーのかつぐコメ袋から、ぞろり、ぞろり、コメがこぼれている。しかも、どのコメ袋からもなのだ。

「ええっ！」思わず、幸一の眼が大きくひらいた。

子どもたちは、手に手に袋をもって、こぼれたコメをかき集めては袋に入れている。

クーリーどもは、わざと麻袋に穴をあけ、歩きながらぽろぽろコメを落としていく。

「ブシン、ブシン！（こら、こらっ！）」

「ブシン、ブシン！（こら、こらっ！）」

監視は幸一ひとりだ。どなりちらして走りまわっても、さっぱり効きめがない。

「ええい！　どうしたらいいんだ」

こんなことで銃を撃つわけにいかない。たかが子ども相手だ。へたなことをしたら、あの腕っぷしのすごいクーリーたちが、どんな騒ぎを起こすか、かえって危険というもの。

——連中め、明らかに計画的だ。だが、どうしたらいいだろう。

幸一は迷った。それどころか、声もたてない彼らの、連係プレーの小気味よさに見とれた。

2

子どもの数がますますふえてきた。

「こいつはいかん」

クーリーがはこびながら開けるコメ袋の穴も、たしかに大きくなっている。

ぼろぼろろ、ぞろ、ぞろ、ろ、ろ、ろ……、
コメの道すじが、白く太く倉庫までつづいた。

子どもたちは、一二歳ぐらいののっぽもいるが、四、五歳ぐらいのチビッコが多かった。

小さい子は、ひとりが袋の口をあけてもち、ひとりが両手のひらでコメをかき寄せて入れる。ちょっと大きい子は、片手で袋をおさえ、片手はお椀ですくう手ぎわよさだ。

たちまち手に手に袋がふくれあがる。

——こりゃまずい。これ以上ガキだからと甘くみていたら、おれは任務がはたせない。

そう思いなおすと、幸一は、銃剣をさかさにもって、子どもらの尻を、片っぱしからたたいて追いたてようとした。

「ブシン、ブシン！　行ってしまえっ！」

本気でぶっ叩いたわけではないが、とつぜん、「ウォーッ！」おそろしい吠《ほ》え声がして、思わず身をひいた。クーリーのひとりが、キバをむいたトラのように、かみつきそうな口で吠えたてたのだ。

しかし、銃をもっているのはおれさまだと、気をとりなおすと負けん気になった。

「ブシン、ブシン！　行っちまえっ！」

また、子どもらを追いたてはじめると、

「ワオーッ！」こんどは左から、コメ袋をかついだクーリーに吠えられ、そして右からも噛みつかれそうで、幸一の首はひっこんだ。彼らは、怒りくるう猛獣のように、首をのばして吠えつづける。

「ワオーッ！」

「ガオーッ！」

「ウオーッ！」

前からも、後ろからも、どのクーリーも、目玉をむき、今にもおそいかからんばかり。

——帝国軍人ならば、たったひとりでもコメを守って戦うのでなかったか。しっかりしろ。

自分を叱ってみたが、いまはどうしようもない。幸一は銃をおろした。

——だが、やつらを怒らせたら、おれは噛み殺され、コメ袋をかついで行ってしまうぞ。

——敵兵だったらなあ、この三八式の歩兵銃がだまってないが、コメをひろうのは、たかが子どもだ。穴のこぼれ米なんか問題じゃない。そうさ、英雄になるには心を広くもたなくちゃ。

そう考えることにして、心を落ちつかせた。

——袋の数を減らしては困るが、うまくやってくれ。

……だが、そういえば、このコメは、買ったものかな。ひょっとして、銃剣をつきつけてとりあげてきたかもな。まあいい。おれのような新兵さんの知ったことじゃない。

見れば、クーリーも子どもも、ますます大胆不敵。コメは前より太い筋をひいている。

ぼろぼろ、ぼろぼろ、ぞ、ぞ、ぞ……、
子どもたちは、はしゃぎあって袋をふくらませていた。はこび役の女の子もいた。口のきわまでコメを入れた袋をうけとると、から袋をわたし、コメを胸にかかえてさっそうと走っていく。

一〇歳ぐらいの武二に似ている少年は、仲間の間をいききしては、たしかに指図している。

——武二が、やつらの立場だったら、ああやるだろうな。それにしても、何という手ぎわのよさだ。まあ、手柄はこいつらにくれてやろう。

いつしか、草笛の音が流れていた。河のほとりで、こちらに背を向けた女が草笛を吹いている。髪のみじかい乙女である。

――いいなあ、草笛なんてなつかしい。

そう思ったとき、たくさんの靴音が聞こえた。

「いかん、日本兵がやってくる」

二〇人ほどの兵隊がならんで駆けてきた。

「こんなところを見られたら、えらいめにあう」

草笛がやんだ。乙女がふりかえり、ちらっと武二のような子に目をむけたのも、幸一は気づかず、あわてて、また子どもを追いたてはじめた。

「ブシン、ブシン！　行ってしまえっ！」

と、同時に、ピューィ！　するどい指笛が、その少年から聞こえた。

コメをたっぷり入れた袋をかかえた子どもらは、さあっと、クモの子のように散った。

武二に似たあの子も駆けていく。が、立ちどまると、手をあげて何やら叫んだ。

「わあい！　やったぞう！　腹いっぱいメシが食えるぞう」

とでも言ったのか。きらきら輝いた顔は、まるで勝利した兵士の、ほこりに満ちた顔だった。

一五、コメと銃剣

幸一のいる日本の補給隊は、二〇隻ほどの船団を組み、農村にコメを集めに行く。カイライ軍など当てにしていては、もう間にあわないのだ。

1　手ごわい農民たち

1

幸一は、ゆきかう舟や岸辺に、カエルのように警戒の眼をくばっていた。幸一が乗った鉄板の組立ての舟は、エンジン付きで船足はのろくない。しかし、このコメ集め船団ときたら、ごった舟のよせ集めで、親船にロープですがりついていく情けないのもある。

水の上では、銃撃を受けたら一発でおしまいだ。かくれようがない。幸一は緊張にふるえて、銃をにぎりしめる手に自然と力がはいった。暑くもないのに、手のひらにじっとり汗がたまった。

「なんだ宮下、きさまときたらコチコチのコッチンじゃねえか」

高笑いがおこった。からかいのタネにされた。

「こわいか。陸にあがってからが本番だ。昼寝でもしてろい」

「からっぽの船をねらうバカがいるか。ほら、ほら、分隊長を見習え。宮下二等兵」

コケにされた幸一は、やっと銃から手をはなして、分隊長をふりむいた。

この船には一二人の分隊が乗り組んでいる。そのうち分隊長だけがあどけない顔で、「かくし袋」といっている袋の上に、大の字になり、ごうごうと鼾《いびき》をかいていた。

「分隊長どのは、ゆうべ外出先で飲んだ酒が、まだぬけておらないいんです。それにしても……」

言いかけたことばを、田山上等兵が横どりした。

「そうよ、それにしても男は肝っ玉よ」

ハラがすわってくると景色もたのしめるし、食欲もでる。炊事係が、網を投げてとったピチピチはねる川エビを油で揚げた。これがうまい。幸一はたちまちたいらげた。

青空にうかぶ雲が水面を流れていく。きのうは、中隊長の熱弁をきかされた。

「わが隊の任務は、敵と戦火を交えているわが軍が、必要としておる物資、食糧を確保することにある。もしもだ。いのちを的に戦っている友軍を飢えさせてしもうては、戦に勝てん」

中隊長は細目をするどく光らせ、大きな頭をふりふり叫んだ。

幸一は、隊長の帽子が落ちそうで、はらはらした。

「今回のコメ収集作戦で、目標のコメが集められなんだら、きさまら、おめおめコメは食えぬと覚悟しとるだろうが、そんな甘いことではすまんぞ。たかがコメ相手の作戦に失敗したとあっては、どのツラさげて生きておれるかっ！」

昨年は不作だったが、ことしのコメのできは悪くない。それなのに、さっぱり入荷してこない。そこでいらだって、軍隊が直接村にのりこむことにしたのだった。だが中隊長は、その結果が心配なので兵どもをおどかしたのだ。

「今回のコメ作戦は、決戦を前にして、おそれおおくも……」

次のことばのために、中隊長は足をひきつけ全身を棒のように突っ張らせた。兵たちも次のことばが分かるから、全員それにならった。

「天皇陛下のみ心にこたえ奉らねばいかん。まさに戦いの勝敗にかかわるんであるんであーる！」

舟の兵たちは、うかない顔を並べていた。幸一にしても、敵兵と戦わず、銃剣をかかえてコメの買いつけに行くとは、日本では考えたこともない。

目をうつすと、子ども時代の大浜にも、このぐらいの川があった。つい思い出す。

――小さいとき川で遊んでおぼれかけ、知らないおじさんに助けてもらった。それがもとで、いつしか、水難のお助け役になりたいと志していた。中学のプールで、小さい女の子を救ったことも、いまはなつかしい。

そんなことを思い出すと、つい川水に手をのばした。手がとどけばすくってみただろう。

大柳が水に影をうつしていた広い河から、舟は葦《あし》が生い茂ったせまい流れにはいった。

目的地の無錫《ウーシー》郊外に近づいたか、船団は、一そう、また一そうと、村むらに分かれていく。常熟《チヤンシユウ》方面に向かうのもある。幸一らの分隊は、一そうだけで支流をさかのぼった。

身の丈ほどの草が茂る岸辺に上陸すると、ひとまず神を祀《まつ》る廟《びよう》にはいり分隊の宿舎にした。

分隊は班に分かれ、それぞれめざす農家へ向かう。

コメ買いつけの交渉役には、中国での商売になれている軍属の三田さんが当たる。幸一らは後ろで、銃を手にニコニコ顔を見せていればよいらしい。

共に行動するのは、分隊長と三田さん、長身やせ型の細川一等兵に、宮下幸一の四人だった。

村はがらんとして、赤ん坊の泣き声どころか、まったく人の気配すらない。

「ばかに静かだ。人っ子ひとりおらん」

「いいえ、人どころか、牛も馬も豚もアヒルも、一匹もいないようであります」

風もない、音もない。あまり静かで、うすきみわるい。

「うーん、チャンコロども、『日本兵がくるぞ』と知らせあって、雲か霞と姿をくらましおったな」

「イヌの吠え声もしません。ネコも、スズメもカラスもおらないであります。分隊長どの」

「バカモン！　そんなことまで報告するアホがおるかっ！」

叱りとばされたが、幸一はすぐほめられた。

「うんにゃ、まてよ。宮下、きさまはえらい勘をもっとる。この村は、スズメやカラスにも愛想をつかされたんや」

分隊長は、注意ぶかく田畑を見つめた。

「田に落穂ひとつねえほど貧乏で、スズメにすら見捨てられた村よ。ここからコメを出させるのは容易じゃねえってことだ」

やっとのこと、一軒の農家で、日向《ひなた》ぼっこしていたばあさんを見つけた。

2

「ニーハオ（こんにちは）」これぐらいの中国語なら、幸一ももうおぼえている。

「ウオガオゴビャル（ちょっと失礼するよ）」

軍属の三田さんが、カニのようないかつい顔に無理なあいそ笑いで、中国語で話しかけた。

「うちの者はどこに行ったのかい」

「………」

「大事な用があってきたんだが」

「………」

「おれらがわざわざ来たわけは、わかっとるよな」

ばあさんは、右手をくにゃりとふって、うす眼をあけたが何も言わない。

「だめだ、耳が聞こえねえんだ。チェッ」

三田さんは顔をゆがめて舌を鳴らした。

道らしい道はない。一輪の手押し車がやっとで、横に並んでは歩けない。曲がりくねり、入り組んでいて方角がわからなくなる。おまけに草にうずもれて、あたりの見通しがきかない。

「いかん、こりゃあ、クモの巣にひっかかったぞ」

細川一等兵が悲鳴のような声をあげた。

「これじゃ、おれらは村人に、どのようにも料理されてしまうじゃねえか」

「何じゃい、細いの、おじけづいたか」

分隊長は笑いとばした。

「これも、やつらの村を守るしくみよ。おれたちは今、肝だめしをされとるんだ。いいか、チャンコロになめられるな。やつらが、おれらを殺すことは絶対にねえ。そんなことをしたら、本隊がやって来てこの村はひとり残らず血まつりのうえ火の海よ。やつらはそんな血なまぐさいことは恐れとるわ。着け剣するな」

さすが肝っ玉分隊長だ。分隊長は、中国に来て五年にもなるからくわしい。

しかし、恐ろしい道だ。こちらから相手は見えないが、向こうからはこちらが見えるはずだ。

「迷路にしとるのはな、昔から、たびたび盗賊団におそわれてきたからよ」

大きな農家につきあたった。そりのある青瓦の屋根、めぐらされた白っぽい漆喰《しっくい》の塀《へい》。

「どうだい。予定していた地主の家じゃねえか。おう貼り紙があるな。漢字だから読めるだろう」

書き初めの紙よりずっと大きい。盗賊よけのお札だったとは後で知った。

「はい、『閻魔《えんま》大王休息中』と書いてあります」

幸一が読むと、分隊長は顔をくずして笑いこけた。

「うん、うん、やりおるなあ。人間も家畜もすっかりかくしやがって、これがあいさつかい。こっちもふんどしを締めてかからにゃいかんな」

「それでは閻魔大王さまのお顔を、おがましてもらうとしましょうや」

声をかけて戸をあけた。カギもかかっていない。

三田さんがまず足をふみ入れたが、奥へいける扉も廊下もない。もたもたと、さんざん調べて、やっと見つけた扉は、戸棚の横の壁である。開けると体を横にすれば、どうにか通れる廊下がある。そこを通るとき

「う、殺される……」と悲鳴をあげかけた。生きた心地がしない。背中も胸も壁にくっつけて横歩きでは、壁の向こうから、槍でぶすっとやられたらおしまいだ。それでも奥の部屋にはいれたとたん、老婆の泣きわめきが、よどんだ空気をかきみだした。暗さに目がなれると、床に身を投げだしたばあさんがいて、ひきつった顔も浮かんできた。

「おれたちは物盗りじゃねえ。話もしねえうちから泣くでねえ」

そう言われても、ばあさんは髪をふりみだして、いっそう泣き声をはりあげた。

これでは居づらくてかなわない。早々に引きあげた。この大地主の家だって、あるものといえば、りっぱなベッド一台だけ。ふとんも台所用品も、もろもろ一切きれいに、運び出されていた。

この日は、軍の要求を村人に知らせるだけの予定なのに、それさえできず、足を棒に歩きまわってとにかく疲れた。収穫といえば、武器を持たぬ相手の手ごわさを思い知らされただけである。

3

こういう村では、夜はわるい夢でうなされる。翌朝はまた、農民からコメを出させるために、わが隊は班に分かれて村に入っていく。居残り当番は、幸一と三田さんのふたりだけだ。

この廟は、ちょっと前までは仏をまつった寺であったらしい。いまは孔子をまつる廟になっている。門をはいると正面に本堂があり、右の小さな建物を事務所にして、分隊の宿舎も兼ねた。そこは、テーブルしかない。夜はわらをしき、それぞれ持ち物の毛布三枚にくるまって寝た。

事務所の門の向かいに茶館がある。朝早くから、村人がお茶を飲みにたくさん集まっていた。いなかにしては大きな建物で、三〇人ぐらいは腰かけてお茶が飲めそうだ。

その茶館での話し声が、えらくにぎやかだ。

「あの連中は、アリンコのように集まってきて、なんで、ああもしゃべりつづけるんですか」

幸一の疑問に、三田さんはこう言った。

「やつらは、日本軍がやって来たとなりゃ、おちおち家におれませんよ。新聞なし、ラジオなし、電話なしで情報が伝わらない。だから集まる場所で、わずかな情報でも聞きたいのですよ」

陽が高くなると、彼らはひきあげていった。

茶館が静かになったと思ったとき、とつぜん、門からどやどやっと男どもが十数人、わめきながら駆けこんできた。幸一の心臓が、驚きで一瞬ぴたっと止まった。

「プヨドウ！（そこを動くな）」

先頭のひげづらが、ピストルをこちらに向けているではないか。

距離、一〇メートル……。血走った眼だ。にくしみの光だ。銃口がふるえている。

とっさにテーブルをけりたおし、銃にとびついた。

と、同時に、発射音……。

敵弾はレンガ壁にはじけた。つづけて、部屋のあちこちに弾が当たった。

幸一は、入り口に一発発射、銃に着剣した。空想ではない、まさに、いのちをかけた実戦だ。

外から見えない壁にぴたっと身をよせると、敵の侵入にたたかえる構えができた。ところが、たったひとりの戦友三田さんが、ハツカネズミのように、せまい部屋をぐるぐる逃げ回っている。

「腰だ、腰だっ！　拳銃はあんたの右腰だっ！」

幸一の叫びに、ハツカネズミは動きを止め、壁ぎわで拳銃をかまえた。

敵は事務所にふみこんでこない。二発めを外へ威嚇《いかく》発射し、耳をたて外をうかがった。

どうしたのだ？　時間が止まったような静けさだ。虫の羽音だけがかすかに伝わってくる。

うかつに出れば弾がとんでくる。向こうも用心している。

幸一は壁のかげで立ち上がり、窓から銃を空に向け、再び引きがねをひいた。

一発……、二発……、三発……。

轟音が五回、大気に吸い込まれていく。敵の気勢をそぎ、味方に異常を知らせたのだ。

そっと外をのぞくと、人かげはない。ふうっと大きく息をついてふりかえると、三田さんは奥から塩の袋を運んで積んでいた。陣地づくりのつもりだ。

敵は二度と現れなかったが、長い時間だった。分隊がもどってきたときは陽がしずんでいた。幸一は、胸をたたかんばかりにはりきった。

「午前一一時一〇分、事務所は二十数名の敵の襲撃にあい、宮下二等兵は三田軍属どのの協力を得て応戦し、敵を敗走せしめました。当方被害なし。敵の負傷者は不明であります。おわりっ！」

敵の数は倍にしたが、三倍にすればよかったと思った。ハツカネズミの報告はしない。

4

コメ集め隊としては、念願のコメを出させるまで、引きあげるわけにいかない。

村人たちは、やっと家に戻ってきても、日本軍との話し合いに応じるそぶりすら示さない。はるかよその方で、煙が立ちのぼった。おどしてもコメを出さないので、あせって農家を焼いたのだろう。

わが分隊も、本性むきだしの作戦を開始した。

「村長と張《チャン》一家全員ふんじばってくる。息の根を止めてはいかんぞ。ていねいに扱え。夜明け前の寝こみを襲い、しばりあげて連れてくればよいのだ」

六日めの未明、はく息も凍る寒さだった。一二人の兵と通訳は、ひそかに月明かりをたよりに張の屋敷を囲み、中に踏みこんだ。五十年配のヘチマづらが、眼をとじて寝台にすわっていた。

「わしを、どうしようというのだ」

顔は怒りをおさえていた。

「日本軍は、ぜひあんたの協力がほしい。しずかに来てくれ。相談にのってくれればよい」

「何の相談だ」

「来ればわかる」

「わしらの村から、コメをとりあげるつもりか」

「来ればわかると言っておる」

この家には村長の三人の妻がいた。幸一らは、第一夫人に泣きつかれ、第二夫人におがまれ、第三夫人には物を投げつけられ、棒をふりまわされた。一家全員に服を着けさせ、事務所に縄で引き立てていき、温かい部屋に入れた。夫人や子どもには朝食を食べさせ、それから分隊長は言った。

「日本軍に協力すれば、温かいメシに困らないようにしてやる。だが、反抗したらこうなるぞ」

村長の眼の前で、夫人と子どもたちを裸にして、太い竹の棒で背中を叩きつけた。女、子どもたちは、大声で泣き叫び、たいへんな騒ぎとなった。

村長は、頭を床に叩かんばかりにあやまりだしたので、村長と息子ひとりを人質に残し、ほかの家族は家に帰したが、この人質作戦で、村じゅうがてんやわんやとなった。

分隊は、またまた村の有力者を、次つぎにしばりあげてきた。これでは、彼らも話しあいに応じないわけにいかない。部落から代表が、入れかわり、立ちかわり、日の丸はためく門をくぐってやってきた。もちろん、コメの供出完了まで、張村長と息子は帰さない。

コメを買いつけるのは、商人の三田さんだ。

「日本軍にご協力いただけませんと、あなたの一族の皆さんも、村長のように、ここに来てもらいます。よろしいかな。本当は、そんなことはしたくないですよ。ですから……」

この話し合いに、兵隊は口を出さない決まりだ。

「日本軍に協力してコメを供出《きょうしゅつ》すれば、代金のほかにごほうびとして、木綿の布地や塩を、ほれ、この通り用意してあります。タダでとは言いません。売ってくれとたのんでるんですよ」

中国語の達者な商人でさすがだ。ねこなで声で甘いことも言ったり、農民を追いつめていく。

コメ代の払いは「軍票」でする。日本軍がカイライ銀行に印刷させてつくった占領地の紙幣だから信用がない。ろくな買い物ができないし、日本が負ければ、ただの紙くずになる。

「えーい、これだけ言ってもわからんかあ！　日本軍にさからったらな、てめえら、ひとり残らず地獄へ送ることだってできる。村じゅう焼き払うなんて、メシを食うより簡単だ。そこまでやらんのは、隊長さんのお慈悲だ。ありがてえと思って、さっさとコメを出しやがれっ！」

いらだつと、おどし文句だ。しかし、言いなりにコメを出せば農民は飢える。

ねばりにねばる掛け合いがつづく。髪も歯もほとんどないじいさんが、若者に連れられて、昼前から夜通し、朝まで泣きの涙で訴えていた。

「こいつの父親も母親も、兄貴も、爺さんも、はたらき手のおとなはみな日本兵に殺されたんじゃ。子どもふたり残してな。あーああ、ふびんじゃったい。なあ、ツァオシン、そんとき、おめえ、一〇ぐれえのガキだったもんなあ。田んぼがあっても、はたらく人間が殺されちゃコメはできねえ。そんなひでえことして、そんでもコメをとりあげるんですかい」

「コメをつくるわしらが、食うものがねえ。何度もおめえらに持っていかれてだな……」

兵たちは、見ているだけでも先にへたばった。夜を徹してねばられたら、寝る時間がない。

「どうでもええわい。早くあいつら帰して寝かせてくれよ」

こんな夜が一〇日、一五日とつづき、兵たちがくたばってしまった朝である。

コメをはこぶ農民たちの列がきた。やっとコメと対面できるまで、三週間以上もたっていた。

コメは、てんびん棒の前後にかけた、おとなが座れるほどの大きな竹篭に入れられ、農民の肩ではこばれてきた。篭が大きくゆれないよう調子をとりつつ、重い足どりで河へおりていく。

彼らは口をきつくむすび、眼をかっと光らせて、かたい表情だった。

船着場につくと彼らは、篭からバラのまま、ざ、ざあーっとコメを船にあけた。

「や、や、や、なんだ、袋に詰めないのか。いったいこれじゃ……」

幸一は、思わず銃を手にしたまま言ってしまった。

しかし、袋づめにすると、中身に砂をまぜたり、何を入れられるかわからない。そんな例があったから注文をつけて、バラにさせたのだった。

舟へコメをあけると、農民は、文句がましく口ばしった幸一の前に立った。口をかたくむすんだまま、赤い眼をぎらつかせている。あの夜のじいさんはいない。そのときの若者だった。

ほかの若者と目を合わせると、次つぎに農民たちは、そこにいた兵たちをとり囲んだ。そして、底ふかく赤光りの眼でにらんだまま、天びん棒を、どん！　と突き立てた。兵たちはあわてた。

「おれは、ただびっくりしてよう……。悪く言ったんじゃねえ。日本とちがうんでさあ」

まばたきひとつしないでにらむ。無言の抗議だ。幸一は、全身から血の気が抜けていくように感じた。通訳がとんで来て、彼らをなだめなかったら、どうなっていたかわからない。

2　弾雨のなかを舟はいく

1

河をわたる風は首筋に冷たい。

コメを載せた日本軍の船は、蘇州《スウチヨウ》へ向かった。兵隊たちは、百姓の服に百姓笠をつけていた。

帰りの船出まで、まったく予想外のことがあった。

「きさまらの中には、日ごろの行いが悪くて、神、仏からも見はなされたやつがおるな。そいつのまきぞえで、もし万一だが、河の上で敵の襲撃を受けて、せっかくのコメを横取りされてはつまらん。われわれも、やたらいのちを落としたくない。そこでだ」

「往きはよいよい、帰りはこわい、ですね」

小さい声でだれかがいった。

「いやいや、わが軍の占領地域を通るのだ、何事もないとは思うが」

ひとりが口を出した。蘇州から用意してきた『かくし袋』が、変装用のそれだった。

「やはり変装するのでありますか」

「だがな、かっこうだけ百姓に見せようと、何かあればすぐ化けの皮がはがれる。それに、きさまらときたら、どこのどいつも芝居のできる顔じゃねえわ」

「それでは……」

「うん、調達しておいた三そうの小舟がくる。コメはそれに分散して運ぶ。舟ごとの変装じゃい」

そんなことで、まわってきた小舟での出発準備はけっこう忙しかった。

来たときの舟よりずっと小さい。舟底に藁《わら》をしき、綿布をひろげてコメを積みかえ、上にまた綿布をかけ、その上に岸辺にしげるヨシを刈って山と積んだ。

往きの舟は、ほかの隊の親舟になった。出発前に、飯盒《はんごう》でメシを炊いておく。

「味方にさとられるようじゃ、敵にも見つかる。あ、笠は鉄かぶとの上にかぶれ」

兵たちは、みなけっこう百姓姿の仮装を楽しんでいた。

さて、コメを積んだ小舟はたよりなく、なれない手で竹ざおをあやつっている。それでもしばらくすると、なんとか舟を進められるようになった。幸一の乗った舟はやや大きめで櫓《ろ》を使う。

ところが櫓というやつは、どうしても幸一にすなおでない。いくら力んで漕いでも舟がぐらぐら揺れるだけで、なかなか前へ進まないのだ。幸一はまた分隊長といっしょだった。

「はっはっはっはっ、へっぴり腰はすかんと舟が言っとる。どれ、おれにやらせろ」

分隊長が櫓をにぎると、舟は待ってましたとばかり、水おもてをすべりだした。

「おどろきました。分隊長どのが、こんなに舟こぎの名手だったとは」

「当たりめえよ。『櫂《かい》は三月で、櫓は三年』といってな。一人前に漕げるまでには三年かかるんだ。初めてのきさまがすいすい漕げたら、お天とう様が腰ぬかすわい。戦争がなけりゃおれは、浜の漁師で終わった人間だからな」

櫂は水をかいて進むが、櫓は水を押して進む。分隊長に櫓をまかせるしかなかった。

小さい舟だから手をのばせば指が水面にとどく。幸一は、また大浜の海と川を想いだしていた。

——ここで泳いでみたい。シナにきたカッパの思い出にしたいなあ。

舟はせまい流れから、ひろい運河に出た。そこで、ほかの村にはいった分隊と出会った。

中国人親子の乗った筏《いかだ》もいく。ついと追い越した舟がある。そのかまぼこ屋根の下からとび出してきた男の子を、小さな女の子が追ってきた。ふたりは舟の上でじゃれて遊んでいた。

——おっ、コメ集めのチビッコ隊をさしずしていた子だ。武二に似たあの子がいる。

いきなり、前方で銃声が起こった。

「やっ、や、や、友軍の舟が……」

三〇〇メートルは前方だろう。敵の待ち伏せでないか。舟からも撃ち返しているようだ。

つづいて、また銃声が鳴る。

「こいつは、えらいことになった」

幸一は、荷の中に手をつっこんで銃をにぎった。

「友船が攻撃されても、ほかの舟から応戦してはならん。応戦すれば被害を大きくする。本隊の任務は敵を倒すことでない。覆面のまま、何としてもコメを運ぶことに徹せよ」

こう命令されていた。自分の舟が攻撃された場合しか、銃は撃てない。幸一は歯がみした。

右手の小さな丘の繁みから敵は銃を向けている。こちらから見上げる敵は、ひくい太陽を背にして、まぶしくてよく見えない。おまけに舟はゆれるから銃のねらいが定まらず、不利になる。

「見るでない。こっちはこっちだ」

船尾で櫓をあやつる分隊長は、何ごともないように、ゆうゆうこぎつづけた。

その姿に幸一のハラがすわり、銃声も収まったので、平常心にもどろうと辺りを見まわした。

通行中だった中国人の舟は、銃撃戦にまきこまれるのをおそれたのだろう。Uターンした。

「ああっ、こりゃいかん」思わず、幸一は立ちあがった。

親は銃声に気をとられて、気がついていない。男の子が叫びをあげた。

2

さっき追いぬいた舟が、急旋回で向きを変えたその勢いでかたむき、舟べりにいた小さい女の子が、どぼっとふり落とされてしまったのだ。幸一は、反射的に河にとびこんでいた。

「何する！　宮下っ、きさまっ！」

考えたらできない。分隊長の制止も耳に入らず、幸一は水中ですぐ、子どもをとらえた。

だが、すごく水が冷たい。その子を舟にあげようとしても、どうも身体が思うにまかせない。

水につかった服の重み、頭の鉄かぶと、自由がきかない。

それでも何とか水面にあおむけにした子を、その舟に引きあげてもらった。

「おおっ……」

水を通して、どよめきのようなひびきを感じた。銃声はなかった。

舟に戻ったとき、頭の鉄かぶとに気がついた。百姓笠はとびこんだときはずれたのか、とにかくない。鉄かぶとの頭では、日本兵だと敵に知らせたようなもの。幸一は、自分のバカさ加減にうんざりした。

――もうだめだ。母さん、手柄どころか、ヘマをしておれは死ぬ。それに……。

こんなに申し訳ないと思ったことはない。おれのために、この舟もおしまいになる。

「宮下、きさま、地獄の閻魔さんに、子どもを助けたみやげ話ができたな」

ダーン、ダーン、ダーン……、
ふたたび銃声が重なって、分隊長の声を消した。

ぬれた服がへばりつく。身体が冷えて、がたがたふるえがとまらない。これでは銃も撃てない。

田川一等兵が、荷の下から軍服を出してよこした。たえられない寒さに、百姓服を脱ぎすてて、急いで身体をぬぐい、軍服を着た。

——ねらっている敵前で、着がえするまぬけな兵が、世界中のどこにいるだろう。

恥ずかしさに、幸一は顔をあげられなかった。

ヒューン、ヒューン……、
弾がとんでくる。音は近い。五〇メートル前の、小舟がやられた。うしろの小舟も攻撃を受けている。

「あ、あっ！」

前の友船で、ひとりの兵が血しぶきをあげて河に落ちた。別の兵がのけぞって、たおれた。

キューン、キューン……、

——こちらの番だ。いよいよ最後か。やられる前にひとりでも敵を倒してお詫《わ》びしよう。

幸一は銃をかまえて、許可を求めるように分隊長をふり向いた。分隊長は首をふった。仁王のようなおそろしい形相であった。しかし、依然として、ゆったり、ゆったり櫓をこいでいた。

ヒューン、ヒューン……。

銃弾にたじろがず、死線にあってこの度胸は……。

「分隊長どの！　伏せてください。櫓を自分にやらせてください」

そのことばは、強烈にはねかえされた。

「敵前突破だっ！　きさまにできるかあっ！」

3

やられた舟が、無人舟のようにただよっていた。無事なのは、この舟だけでないか。

銃声はやんでいる。とめどなくこみあげるもので、幸一は頬をぬらしていた。

――こんな惨めな、こんな悲しい戦いがどこにある。

戦友がやられても、ついに一発も撃てなかった。ほかの舟は、血を吸ったコメごと流れて、舟ごとゲリラ軍にとられてしまう。共に苦労した戦友は、次つぎにたおれた。

河には、赤い血の流れが幾すじもただよい、それがぼやけて見える。胸のふるえがとまらない。

舟はただ一そう、蘇州へ向かっていた。死線を突破した。だが、この戦いで何もできなかった。

田川一等兵も、こぶしを眼にあてていた。

「宮下よ」

分隊長は、櫓をこぎながら空を向いて、大粒の涙をこぼしていた。仁王さまでも泣くのだ。

「おめえのおかげよ。たくさんの戦友を失ったのは悔しい。だが、この舟だけでもコメを届けることができる。おれが死にそこなったのは、きさまが突拍子《とっぴょうし》もねえことをやりやがったおかげよ」

「ええっ？　それでは……」

「そうよ、ガキを助けたお礼に、敵はこの舟には一発の弾もよこさず、見のがしてくれよった」

――そうなのか、中国人の子どもを救ったから、敵は無事に通してくれたのか。

言いようのない感情がはげしく体内を走りぬけた。

――チビだったむかし、おぼれて助けてもらったおれは、お助け意識がすぎて軽はずみなことをしちまった。

……しかし敵は、戦場でも人の情けを知っていた。おれを見逃したやつと、こいつで、また撃ちあわなくちゃならないのか。

——手柄なんかどうでもいい。助けあうのが人間どうし、殺しあうなんてしたくないなあ。

じーんときたものが、いつまでもおさまらない。手のひらの銃が、いやに冷たかった。

3 風神、参上

1

幸一たちの分隊は、新しいコメ倉庫の近くで倉庫の守備を命じられていた。倉庫番とはのん気なもの。その小屋に、ふざけた手紙がまいこんだ。

【コメの件につき参上いたす　風神】

「何だ、こりゃ？　なにやつだ。おれらをからかいやがって」

「おもしれえ。風神とはどんな野郎か、とっくりお相手してみてえ。おいで願おうでねえか」

とぼけた手紙をめぐって、隊内でわいわいやっていると、半ハゲ半白髪の村長が、雨のなか篭を娘にもたせてやってきた。娘はすぐに帰ったが、幸一はどこかで見かけた気がした。

小肥りで、目を細くして語りかける村長は、分隊長とは気のあう仲だった。

「少々だが、食べてもらいたい」

雨でぬれた篭から、玉子がたくさん現われた。驚くことに、みんなまっ赤な色をしている。

「へえー、赤い玉子なんて初めてです。いったい何の鳥の玉子ですか」

この問いで、幸一はその場で、さかんに笑われた。分隊長が立って、村長に手をさしのべた。

「おめでとう。村長、それでは奥さんが三人におなりで」

五十年配の村長は、目を三日月にして「ほっほっ」と笑った。

「ありがとう隊長さん、昨夜、結婚式をすませましたのでな」

この地方では、お祝いの玉子は、赤く色づけする習わしがあったのだった。

「ところでこの間の話、今晩はご都合よろしいか。雨もようだが、話をつけてありますのでな」

この、やっかいな用件のとばっちりが、幸一にまわってくることになったのだが……。

昼ごろから雨がひどく、風も荒あらしくなった。台風が近づいているらしい。

分隊長は、本隊へ打ちあわせに行き、夕方もどってくると、兵たちを集めて言った。

「こんな嵐の晩はだな、銃の手入れをしたら、さっさと寝てしまえ。倉庫の見まわりなんぞ、さぼってよい。あ、宮下は、出かけるから支度せよ」

そして、こんないい方で命令した。

「ひどい雨だが、だいじな分隊長さまをぬらさずに無事に連れて行け。舟じゃ無理だな。トラックがいい。トラックに乗せていけ」

冗談にも程がありますと、幸一は言いたかった。

「自分には無理であります。運転は習いはじめたばかりであります」

つい六日ほど前のこと。隊に新しいトラックがきた。幸一は、選ばれて運転の特訓を受けはじめた。エンジンをかけること、ブレーキをふむことぐらいはできても、運転は無謀すぎる。

しかも、車といえば、自転車にさえ乗れないのだから、クルマオンチの仲間である。

「おまけに自分は、軍のトラックとは相性がわるく、大いに嫌われとるんであります」

「かまわん、へたっくそなことも、嫌われとることも分かっとる。動けばよい。運転しろ」

「は、……」

言い出したらきかない相手だから仕方ない。

ここでは運転免許証なしでよい。幸一はトラックを借りて小屋まで動かしてきた。

ちょうど雨がひと休み、風も少しは静かになった。

エンジンがかかった。エンジンが暖まっていないのに、分隊長がせかすからあせる。

クラッチから左足をはなそうとして、アクセルでなくブレーキをふみこんだ。ガックン、エンスト。次はアクセルをつよく踏みすぎ、いきなりガギュンととび出した。あわてて、ぎ、ぎゅっと急ブレーキをふんだら、……またエンスト。

どうやら道へ出たが、右に寄りすぎ、ハンドルを直そうとしたら反対に切りすぎた。

「あ、あーっ！」

あぶない！　という前に、ガッツン！　バリバリッ、衝突して止まった。相手は立木だったから、枝をへし折っても文句を言われないですんだ。

この辺りは、舟で往き来するから、道と名のつくものはないが、工事やりかけ道路ならある。

また、風をともなったはげしい雨がきた。降りしきるなか、ひどい道路予定地を、

「右だ、いや左だったかな。うん、そこを左へ行け」とか、指示されるままだ。

荒っぽい運転だし、ぬかるみはハンドルがふらつく。見通しがわるいから、急にくぼみに入ったり、大石

に乗りあげて車がとび上がったり、水たまりの水をはでに打ち上げたり……。

幸一は、手のひらまで汗びっしょりで、ただ懸命にハンドルにしがみついていた。

こんなことで怖い思いをするとは、まったく想定外の戦場だった。

「あっはっ、は、は。戦場には暴れ馬がいい。このくらい暴れる車でなきゃ、戦争には勝てんな」

この高笑いに、さすがのお人よしも言い返した。

「死んだら分隊長どのと道づれでありますぞ」

何とか、一〇キロほども走り、「止まれ」といわれたのは、町はずれの事務所のような家の前だった。

分隊長が玄関ドアを開けた。幸一は後ろにつづいたが、「おやっ」と声をたてた。

2

もわっと蒸気がたちこめる温かい部屋だ。うまそうな煮物と酒の匂いが入りまじっている。

六人の男が板テーブルを囲み、酒を飲んでいた。

テーブルの中央にある大きな鉄鍋がさかんに湯気を立てて、ぐつぐつと、鍋の中をごちそうが泳いでいる。

だれもが食べ物に苦労しているときに、ここには不思議な光景があった。

幸一は、すばやく人物に目をはしらせた。

すわったまま、ぎろっと鋭い目をむいた猫背の男。出迎えに立ち、愛想をふりまく老紳士。メガネの奥から、にたりと眼を向けたタコ頭。陽気にしゃべる、カマキリのような三角顔。

身なりからすれば、彼らは町の有力者で、商人だろう。

さて、この場の話は中国語ばかりなので、幸一にはさっぱりわからない。分隊長は、日本語まじりの半端な中国語でしゃべりまくって、けっこう相手にわからせているようだ。下っ端の幸一には、交渉の内容はわからなくてもよい。それでも、自分の食欲にすなおに応じながら、勝手な想像をめぐらしていた。どうも砂糖と小麦粉を買いつける交渉に、アヘンがからんでいるんでないか。

しだいに、はげしいやりとりとなって、まるでけんかごしの会話になった。それでも分隊長は、強引に言い分を通してしまったらしい。こういう取り引きは、将校たちがやるようだが、かなり危ない相手だから、押しがつよく、中国人に顔がきく分隊長に押しつけたのだろう。

幸一は、六人をつぶさに観察しているうちに、「はっ」と急に背筋が冷えこみ、食欲を失った。三人は拳銃持ちだ。ふたりは杖に刀を仕こんでいる、とみた。これは危険すぎる。

それに口論のあと、みなぷすっと黙ったままだ。しぶしぶ軍票での支払いを承知させられたのか。見返りの条件に満足できないのか。身の危険を感じないのか分隊長は、箸さえもたず、つづけざまに酒をあおっていた。来たときから杯の手をはなさず、どれほど飲んだかわからない。

「場所をわきまえて、ほどほどに」と、言おうとして向きをかえたら、さすがすきがない。右手は腰、左手に杯。いざとなれば、一瞬にして杯をなげ、腰のピストルが火をふく構えでないか。

酔ったいきおいで口論になると、撃ちあいになりかねない。幸一は分隊長の服をひっぱった。

そのとき供をつれた村長が戸をあけて、雨水のしたたるカッパをぬいだ。

村長は、その場の空気を察して、ぬれた顔をぬぐいながら、なだめたり、とりなしをした。

「村長、おかげで大事な用がすみました」

分隊長は中腰で礼をのべると、またすわって飲みだした。

「分隊長」

幸一はまた、彼の服を引いた。

「これ以上、飲んでいたらだめであります」と小声でにらむと、

「だから、お前を連れてきたんだ」という顔を向けた。

「隊長さん、ごゆっくり。今夜はここにお泊りなされたらよろしい。雨もひどいし」

人のよさそうな半白髪村長に、分隊長はこたえた。

「いや、今夜は、何か事件が起こりそうでしてな。これで失礼する」

すると、村長の顔がさっとこわばった。

「たいへんごちそうになった」

分隊長は立とうとしてよろめいた。幸一はその腕と脇の銃を同時ににぎった。

「シエ、シエ（ありがとう）」

「ツァイツェン（さようなら）」

声をかけて戸をあけると、連中が一斉に立ちあがった。背後に殺気を感じて、幸一は急いで戸をしめ、銃をかかえなおした。外は、ますますはげしい暴風雨になり、村長が乗ってきた人力車は横だおれだ。

トラックの助手席に分隊長をかつぎあげ、びしょぬれのまま、あばれ車を発進させるまで、幸一の心臓は早鐘をうちつづけていた。

「どんなもんでえ、おれは勝った、勝ったんだぞ」

分隊長は、酒くさい息と怪《あや》しいろれつで、

「あんなヘボ野郎どもに負けてたまるけえ。え、酒だって負けやせん。気迫だ、戦いは気迫よ」

大声でこう言うと、いびきをかきはじめた。

豪雨のどろんこ道を、再びあばれ車を運転して、どうにかこうにか隊にもどって、

「ほうっ……」と、息をついたときは、もう、トラックから降りる力さえ残ってないほどだった。

その晩は、荒れくるう風雨がトタン屋根を鳴らし、さっきのはりつめた空気がまつわりついて、いつまでも眠れないまま過ごしてしまった。

3

翌日は、ゆうべの嵐がうそだったように明るい朝になった。風はまだかなり強い。

外から、わめきながらもどってきた兵がいる。

「おうーい、たいへんだーあ！　たいへんだーあ！」

「どうしたんだ」

「ない、なくなったんだ、コメ倉庫が。夕べの風で吹っとんだぞ」

「何をねぼけとる。吹っとぶわけねえだろう。しっかりしろよ」

「ほんとのほんとだ。おれだって信じられん。とにかく見に行ってみろ」

みんなで行ってみると、でんとした倉庫が、かげもない。

「ええーっ、こんなことってあるか」

だれもが仰天《ぎょうてん》して、自分の眼をうたがった。ぜったい、夢のつづきなんかではない。二階建てコメ倉庫一棟がきれいに消えている。もちろん、積んであったコメもろとも。盗まれたのだ、倉庫ごと、みごとに。青く晴れた空が広くなった。残ったのは、土台石とレンガだけだ。

「やりやがったな、さっぱりと」

農民には強盗あつかいにされ、帰りの舟で多くの犠牲者を出し、苦労して集めたコメも消えた。

【コメの件につき参上いたす　風神】

やはりやってきた。夕べの嵐をともなって風神は現れたのだ。顔も見せずに。

燃料不足になやむ彼らは、建物の木材までばらして運びさった。

——うーん、……顔を見せたやつではないかな。

人のよさそうな村長の顔がうかんだ。コメをひろっていたチビッコ隊。銃剣の前でコメをこぼすクーリーども。無言で囲んで、にらみをきかせた農民たち。コメ船団をおそったゲリラ隊。そして風神……。

——したたかな連中だ。チビッコはじめ、だれもが生きるためにコメを守って戦っている。

小便をがまんしていた幸一は、仲間とはなれて、思いっきり駆けてから、運河に向かって立った。にがい笑いがこみあげてきた。

——ばかばかしい！　これが戦争か……。

家族を犠牲にし、無理やりいのちをすてに連れてこられたが、どちらの国民もひどい目にあっているんだ。お人よしの幸一でも、腹の底からふつふつわきあがってくるものがある。

——早く帰りてえ。母さん、昭子、武二、じいちゃんと、ふつうの暮らしがしてえよう。

一六、工場でのたたかい

日本では、村からも町からも数百万の働き手が出征して、生産の場はひどい人手不足になった。そこで政府は、一九四四（昭和一九）年、中学校以上の授業をやめさせ、学徒を工場や農村でフルに働かせた。学生、生徒が学ぶ権利も、生きる権利も次つぎにとりあげられていくのだった。

1　火炎発射器をつくる

1

路面を走る市電から、山手線に乗り換えて八つめ、駅を降りて六分ぐらい、中小工場がひしめきあう、騒音地帯を行くと、「水島精機」の門札があった。

モーターのうなり、鋼材が削られる悲鳴のような響き、一段とすさまじい騒音が、新入りの耳をおどろかす。三棟の工場は、各種の工作機械で埋まり、そのすき間で人が働いていた。

武二たちの一クラス全員がこの工場にきた。ここでは「学徒」と呼ばれたが、工員たちと作業は同じで、朝は七時半までに出勤だ。先生がときおり生徒の監督に顔を見せる。

この工場では、火炎発射器の製作と、大型ブルドーザーなどの発動機を製造していた。

クラスは九つの係に分かれた。ヤマちゃんは旋盤《せんばん》だが、フライス盤、研削盤、錐揉盤《きりもみばん》、三種のノコギリ盤に、ボイラー室などの係もある。武二は、敬三にガンモと三人で、検査の係となった。

検査の仕事場は二階で、南向きの大きな窓から日差しがはいって明るい。窓下もふくめて四方が棚に囲まれ、そのすき間に通路があって、組み立ての作業場ととなりあっている。

それら棚には、油のしみた木箱にさまざまな部品がぎっしり。それらが「どんなやつがきたか」と、にぶい光で武二らをみつめていた。

少々太り過ぎで髪の毛がすだれになりかけの武藤さんが主任で、にこにこ顔で迎えてくれた。係長の加藤さんは、しぶい顔をわざとこわく見せて話した。

「検査という仕事はな、いいかげんな仕事をやったら、戦地に送った兵器が敵を前にして使えない。それでどうなるか考えてみろ。いいか、部品にしても、検査のミスがあったら組み立てても使い物にならんのだぞ。全身全霊、心をこめてやってもらわんと困るんだ」

仕事を始めないうちから、叱られた感じだ。

検査の係には、ぶっきらぼうだが悪気のない一七歳のシンさん、ほかにふたりの工員がいたが、学徒が三人きたので、ふたりはほかの部署に異動した。

シンさんから、検査用具、機器の使い方をおそわった。未知の仕事をおぼえるのは、けっこう楽しい。ノギスやマイクロメーター、さまざまなゲージをはじめて使って、部品検査にはいる。

なれてくると、「こんなの軽い、かるい」と仕事にスピードがつく。すると加藤係長が、

「一個一個ちゃんとやれ。速いだけがいいんじゃないぞ」

メガネから上目づかいに、じろっと見て注意する。

武二は、いつも、文庫本をカバンに入れて、電車にのるたびに、芥川龍之介、夏目漱石、田山花袋などを読んでいた。昭子からもらったものだ。

工場に通いはじめて二か月ぐらいの、ある朝だった。いつものように、山手線の電車で、右手を吊革に、左手でひらいた本に読みふけっていると、つん、つん、とズック靴のつま先を軽くけられた。いたずらかと、かまわずにいると、また、つんつんとけられた。

「なんだよ」

声には出さないが、すぐ前の座席に目をうつすと、女学生が、笑いたいのを我慢した顔で、くりくりした眼で見上げていた。

「アカネ、ちゃん、アカネちゃんじゃないか」

おどろいた。三年生の、あのときの瞳だ。膝の上には手を休めた毛糸編みが見えた。

「ずいぶん、本にご熱心なのね」

アカネは、おかしくてたまらないように体で笑った。

「久しぶりだね」

なつかしさなのか、再会のよろこびなのか、顔がほてってった。

「いま、どこにいるの。おれ、動員で工場に通ってるんだ」

「あたしも、工場に行くところ。わたしのうち、建物疎開で三つめ通りのほうに越したけど、黄桜から停留所で二つめ、近いのよ」

アカネが、編み棒を操って、編みなおしの黄色い毛糸玉から編んでいるのは、セーターらしい。

「いまは、ちょっとの時間も、惜しいものね」

もう一度びっくりしたのは、アカネが通う工場は、水島精機の近くで、降りる駅も同じだった。

男女の中・女学生がいっしょにいるだけで問題にされた時代だ。電車内で話すだけでも、へんな目がまつわりつく。降りた駅で「じゃあな」手をちらっとだけあげた。

あのころの名残りが残っているアカネの、ほんのり赤いほおのつやが美しい。

――偶然だ、また同じ電車になるといいな。気をつけていよう。

そんなことを、仕事場で思い返していると、とつぜんのどなり声で、はっとした。

「だれだあっ！　これを検査したやつは」

組み立て係長のおっさんが、発射器の銃身をふりまわしながら、どなりこんできた。

2

「はいっ！　すみません……」

武二は首をひっこめたまま、お説教を聞くはめになった。

銃身の組み立てができたのに、さいごの噴射口のノズルがはまらないのだ。ノズルなら代わりもあって換えられる。でも、ノズルのせいではない。銃身の先のネジの検査ミスだった。

組み立て前なら、きついのは、そのネジが合うように旋盤で削ってもらえばいい。削りすぎのゆるゆるではオシャカだが、もう組み立ててしまうとアウトになる。

三〇〇だったか、四〇〇だったか、きのうのかんたんすぎる検査で、眠くなったのをがまんしてやっていた、それは武二の責任だ。ちぢまった武二といっしょに、主任の武藤さんが、ひらに謝ってくれたが、昼にはさっと、面白半分のニュースが流れた。

「検査の宮下が、組み立てにうんとしぼられたぞ」

その日の午後は、完成した火炎発射器の性能検査があった。検査場には発射する位置と、どれだけ噴射して飛ぶ力があったか、すぐわかるように二〇メートルから三五メートルまで、五メートルごとに線が引かれてある。これには軍の兵器廠《へいきしょう》から係官が来て、検査に立ち合う。

まずは背負い型の、左右二つの燃料タンクに水を入れ、もう一つの中のタンクに、コンプレッサーで圧縮空気をつめこみ高圧にし、発射器につなぐ。その準備と、水が飛んだ距離を測って記録するのは、武二ら検査の役目だ。必ず熟練工の水野さんが発射を担当する。

ターン！

激発する弾の音と同時に、ぴゅーっと水が飛び、コックのハンドルを戻すまでは、水が噴出しつづける。本番なら石油を使うから火炎が発射されるのだ。

「ようし、二九メートル、こんなもんかな」

「おっ、三四メートル、すげえ。いいぞ」

圧搾空気の力で水を飛ばすのだが、ノズルの噴射口がわるいと、水が前方にきれいに飛ばないでわきに散る。実際には、水より軽いガソリンの混合燃料を使うから飛ぶ距離はもう少し長い。

夏は炎天下の仕事だし、冬はもっときびしい。圧搾空気はタンクを冷やすし、飛沫をとばすから手が乾く間がない。たちまちあかぎれだらけになってしまう仕事だった。

このあと、一丁ずつ箱におさめる。付属品がそろっているか、箱のなかで固定されているかなど調べて箱を封じて納品する。軍の係官も立ち会うが、部品から納品まで検査が責任をもつのだ。

帰りがけにシンさんが、あたりに人がいないのをたしかめて、ぼそっと言った。

「この戦争はもうだめだな。飛行機も船もことごとんやられちゃって、勝てるはずないよ。うちの武器は地上戦で使うけど、ガソリンと圧縮空気を詰めなきゃ使えないものな。戦場でガソリンや高圧の圧縮空気が入れられるのはどこまでだか。とにかく肝心なのは飛行機だよ」

――そんなこと言っていいのかな。たしかに、戦況はますますわるいらしい。それでも、日本が敗けるなんて考えたくない。それに、火炎発射器はすごい兵器だ。タンクを背負い銃のようにかかえて、どんどん使ったらいい。でも、シンさんの言うとおり、ガソリンや圧縮空気、どこにもあるわけじゃないな。

ところでこの日、家に帰ると、コメが一粒もない。きのうから分かっていたのに。とりあえず夜食と朝食は、非常用の乾パンに、じいちゃんとみそ汁をつくってすましておく。

「わしは、コメをくれだの、貸してくださいなど、乞食みたいなこと、死んでも言えるか」

じいちゃんの気性はわかっている。配給は五日先だから、武二が、だれにコメの融通をたのむかだ。コメが無理ならイモでも、大根だってあれば助かる。

2　弁当事件のあと

1

ひと月もたたないうちにボイラー室でひとりの弁当が盗まれ、工場内に衝撃がはしった。

「かわいそうに、カメの弁当だとさ。何とかしてやりてえけど、カメのやつ、どうしてる」

「それよりぬすんだ野郎、だれなんだ」

ボイラー室には、弁当を温めておける棚がある。朝みんながそこに預けた。その日も学徒四八の弁当がおかれた。おじさんと学徒の山田がボイラー室にいつもいて、みんな安心していた。

たまたまおじさんが事務所に行ったるすに、山田が便所に行った、ほんのわずかなスキだ。

「おれのじゃなくて助かったが、メシ抜きじゃ死んじまう。朝も夜もろくなもん食ってねえもん」

「でも犯人は、弁当もって来られなかったやつじゃねえのか」

そんなことで、昼休みの話題は、もちきりだった。武二だって他人ごとでない。ついこの間は、恥をしのんで、安徳寺にコメを借りにいったばかりだ。

「これは返さないでいいわ。でも、うちも足りないのよ。これきりにしてね」

と言われてしまった。当たり前だ。もらった一升（一・八リットル）のコメで、四日間しのいだ。

どんな宝よりも、いまはいのちをつなぐコメが、最高の宝石になっていた。

情報屋のヤマちゃんが、昼休みが終わったのに検査室にやってきた。

「よかった。カメちゃんのメシは、工場長が食堂にかけあって、一食なんとかしたらしい。ところで犯人だがよ。捕まったらしいけどわからない」

犯人は、工場の裏でその弁当を食べていて発見されたが、学校の先生と工場側とで相談して知られないようにしたらしい。しかしこの事件がきっかけで、昼食問題が浮かびあがった。

二日後、休けい時間にヤマちゃんが情報をもってきた。

「よう、この工場は待遇わるいぞ」

「なんでだ」

検査の敬三にガンモもそこにきた。

待遇といえば、この工場での学徒の月給は二四円である。でも、そのことではない。

「おれがさ、よその工場へいった先輩と電車であったら、そっちでは昼めし出してくれるんだと。学徒の勤労動員にはコメの特配があるらしいぞ。それによう、働く者をだいじにする会社なら、何とでも食いものを仕入れて食わせるのが当たり前だって、バカにされちまったよ」

「うーん、おれだって弁当もって来られなかったら、かっぱらってでも食いてえよ。ちゃんと昼メシ食わせたら盗むやつなんかいねえだろ」

「うん、おれたち、お人よしなんだ。このごろ買い出しにも行けねえし、食うもんなしで働かせるだけじゃあな」

「宮下はどうする。おまえに相談しにきたんだ」

「わかった。会社にかけあってみよう。どうだい。昼休みに全員集合で相談しようぜ」

こうして昼休みにクラス集会をもち、ほかの工場の給食事情の情報を集めようと決めた。

そして工場にコメの特配があること、優良会社では給食のための食糧集めの係がいて、近郊の農家や軍の食品を集める会社ともかけあい、食材の確保に努力していることもつきとめた。

先生に話しておくか、どうかも出たが、学校の先生はあまり姿を見せないし、これは学校への要望じゃない。会社への要求だ。ごん棒事件以来、先生たちはあまり信用できないからやめた。

二度目のクラス集会のとき、代表三人をえらび、会社に要求する文書を渡して、交渉することを決めた。武二も代表のひとりになった。

要望書

われわれは祖国の勝利のため、学業をなげうって生産に励んでいます。その能率をあげるためにも、解決していただきたい要望があります。

昼食の給食をしてください。

この件については、実現している工場があります。家庭には配給のわずかな米すら配給されていません。われわれは、食糧の買い出しに行く余裕もありません。食べずには働けません。動員学徒の米増配分と会社の努力で、ぜひ給食をお願いします。

動員学徒一同

会社側は驚いたらしい。代表との話し合いには、翌々日、わりと誠実な回答をしてきた。

「給食については、会社でも検討していました。食堂の設備をひろげる工事もしています。資材が不足で予定通り進まないのです。コメの特配は毎日給食するほどはないので、食堂の工事が終わる来月から、とりあえず月に一五日は弁当をもたないでよいように給食を始めます。あとの日は、当分は弁当でおねがいします。このことは、学校側にも話しておきました」

一五日でも給食が始まるとは、すごくありがたい。こんなに、調子よく要望が通るなんて、だれも思わなかったから、報告の学年集会では、全員おどりあって喜んだ。情報が役立った。それに、自分たちのまとまった力だったたと思った。

ところで戦局だが、この一九四四（昭和一九）年七月七日、サイパン島の日本軍三万人が全滅した。サイパンを敵に奪われては、「戦争は敗けだ」と判断しなくてはならない。一八日に東条内閣が総辞職した。それほど深刻な戦況だとは知らされず、武二らは勝利のためにと働いていた。

九月までにグアム、テニアン島も敵に奪われた。これらの島にアメリカは大飛行場をつくり、長距離爆撃機Ｂ29を配置した。いよいよ日本本土が爆撃される危機がやってきた。

航空戦力の差　戦争では航空機の戦力が決めてになった。アメリカは、生産力の向上に力をそそぎ、一九四三年ごろは月産三〇〇〇機を超えた。同時期の日本は、月産三〇〇機にやっと達したばかり。

またアメリカは、性能を高める研究も進み、当初は優秀だった日本の航空機の性能をはるかに超えた。また日本の優秀な飛行兵はほとんど戦死し、あとの養成を急いでも間に合わず、技術レベルの低いままに前線に出したから、航空機、飛行兵ともに急速に失っていった。

大本営発表　一〇月一〇日、アメリカの機動部隊に沖縄が攻撃され、航空機や艦船に大打撃を受け、那覇は灰となった。一四日には台湾が攻撃された。大本営は、【日本海軍は全力あげて反撃し、空母一〇隻、戦艦二隻を撃沈した】と大勝利の発表をしたが、実はアメリカは一隻も損害を出していない。ここでも敗北だったのに国民をあざむいた。

2

この年の一一月一四日、グアム、テニアンから飛びたったB29七〇機が、東京空襲をおこなった。それからの本土空襲は、日増しにはげしくなっていく。

足のわるいじいちゃんを心配して、大浜のばあちゃんから、「東京はあぶない。大浜の家にきたら」とすすめられたが、じいちゃんはてこでも動こうとしない。

「いまさらよそで暮らすくらいなら、ここで死んでもいい。それに、武二をひとりだけにできん」

たしかにこの頃には、じいちゃんでさえ台所にきて、慣れない手つきで武二の家事を助けている。庭そうじもやりだして、少しは足腰もしっかりしてきたようだ。

そういうなかでも、暦はめぐって、一九四五（昭和二〇）年になった。暮れも正月もたび重なる空襲で、東京はすでに戦場であった。

四年生なのに武二たちは、五年生といっしょに卒業させられた。四年の勉強すらしていないのにだ。軍や政府は、勉強よりも志願して戦場に行け、それとも軍需工場で働くか、というわけだ。

幸一兄さんは、学費の面で進学をあきらめたが、武二は理科が好きで、生物、とくに人体に興味をもっていたし、進路の希望があった。

――父さんは医者だった。おれの小さいとき死んだ。おれ、ほんとうは医者になりてえ。

とすれば、この一、二月に医科大学の予科か、医学専門学校を受験することになるのだが、しかし第一の難問は学費で、第二の難問は学力である。一も二もぜんぜん見込みがない。

おまけにこの年は、中学五、四年が同時に卒業だから、受験の競争率は、単純に考えれば例年の二倍だ。ところが医学系に受験希望が殺到して、十数倍の競争率だと話題になった。新聞には、そのため裏口入学、不正受験の動きが目にあまるとまで書かれていた。

医学の大学を出れば、戦傷病兵の治療に当たる軍医になれる。出征しても戦死する率は低い。そのため息子を医学系に進ませたい親が、裏口工作に熱をあげていたらしい。

母さんがいれば、何とか学費を工面してくれただろう。いまはそれを考えるのも癪《しゃく》だった。

――昼は工場ではたらいても、夜の専門学校に通って、少しでも勉強しないと、頭がじり貧になる。だけど、いまは夜学に行けるほど甘くはない。一日の仕事が終わって家に帰りつくまで、疲労と空腹で、這《は》っていきたいほどだ。あきらめるしかない。

それに、あと三年で一九歳だから、軍隊にはいってどうせ死ぬ。

ところが、じいちゃんは、あきらめるなという。

「わしが手紙で会社にたのんでやる。働きながら勉強する者がこの国を支えるようになるんじゃから。とりあえずは医学でなく、必ず入れる科でもいいぞ」

それで、武二は、とりあえず理化学の専門学校に進学することに決めた。

敵の本土空襲が、連日連夜になってきた。B29長距離爆撃機が、サイパン、テニヤンなどの基地から日本本土に往復できるからだ。しかし、日本の戦闘機に落とされることもある。だからアメリカは、爆撃機を護衛する戦闘機の基地を日本に近い場所にほしい。サイパン、テニヤンは戦闘機には遠すぎて往復できない。

そこでアメリカ軍は、小笠原島のさらに南の硫黄島に目をつけ、二月に上陸作戦をはじめた。植物も水もない火山島だが、ここに飛行場基地をつくられたら、日本の敗戦はより確実になる。硫黄島では、二万六〇〇〇の日本守備隊が、約一か月の死闘のすえ、全滅した。アメリカ側の人的損害は日本軍を上まわったほど激しい戦闘だった。

こうして苦境におちた日本では、「本土決戦」「一億火の玉になれ」と絶叫がとぶばかりである。

武二の係は軍の立ち合いで、二月に火炎発射器の実演検査があった。武二には二回めだった。

工場のうらに幅五〇メートルぐらいの川がある。川に向かって火炎を発射する。武二ら係は、左右のタンクにガソリンを詰め、もう一つのに圧縮空気も詰めて準備した。

圧搾機でタンクに圧縮空気をつめると、タンクのまわりはすぐ凍りはじめる。すごい冷え方だ。そうでなくてもかじかんだ手が凍りそうになるので、この日は水を飛ばすのでなくて助かった。

ハスの実のような円筒形の弾倉に一〇発の実弾を入れた。一発撃つごとに、次の弾が自動的にノズルの下に移動する。実弾といっても、コックのハンドルを右に引くと撃発し、一瞬に火を吹くだけ、同時に噴出するガソリンに引火、すごい火炎にする。

ターン！

すごい熱だ。発射器のうしろにいてさえ、かーっと熱い。

水上にのびたまっ赤な炎、その美しさ。明るさ。すごい迫力だ。敵陣だって一瞬に焼きつくすだろう。

「おれらの造った兵器の、この威力を知れ！」と、叫びたくなった。

この日もシンさんが、武二にささやいた。

「これ作るの、もうすぐ終わりらしいぞ。日本はもうアメリカと戦う力なんてないんだよ」

ところで、陸軍中尉で武二のだいすきな誠叔父さんも、戦地に出征していたが、どこで、どうしているだろうか。安否を気づかっても、便りを交わせるどころでなかった。

誠叔父さんの属する陸軍三五師団は、中国から転戦して、ニューギニアのヘルビンク湾、ビアク島にいた。日本の軍司令部がニューギニアに送り込んだ兵力は約二〇万という大部隊であった。

一七、生と死のはざまで

日本軍の司令部は、各地の前線へたくさんの兵士を送っているが、それぞれの部隊へ、食糧も、武器、弾薬も補給しない無責任さで、将兵の飢え死に数知れず、戦死者の約六割が餓死という最悪の悲惨さであった。しかも国土は次つぎに焼土と化し、ますます暗黒の末路に向かっていた。

1　ニューギニアでの誠叔父さん

誠叔父さんは、部下の兵たちと、密林におおわれた洞窟を棲《す》み家《か》にしていた。まるで日陰者のようである。戦おうにも武器弾薬がない。食糧さえない。何とか食べられる物をさがし、敵に発見されないよう、それだけに神経をはりつめている戦場だった。

密林にも砲声が鳴りひびき、飛行機の爆音がとどろく。敵の動きを感知しないと、敵が近づいても分からない。しかし、音が途絶えた瞬間、誠叔父さんは外に出たくてたまらなくなる。

敵の目をかすめて、密林の繁みから、部下とともにほんのちょっと出てみた。

そこには風があった。洩《も》れていた太陽の光にあたった。それだけで、うるるっと涙がわいた。

「よう、おれたち、まだ生きておるんだなあ」

「そうですよ。中隊長どの。風にふかれたら、生きてる心地がしたであります」

うれしかったが、そんな時間はまたたくまに過ぎてしまった。

「おっ、飛行機がくる」見つかったら最後だ。

もどると山本少尉がやってきた。ポケットから大事そうに、一匹のトカゲを出して見せた。

「ごちそうですよ」

「ほう、よく見つけたな。ちっとでも塩があれば、なおいいがなあ」

塩がほしい。一握りの塩さえあれば、少しは元気が出るだろう。

ヘビ、トカゲ、カタツムリ、すべて貴重な栄養源だった。

ニューギニア本島でもこの島でも、日本軍は数では大軍だが、アメリカ軍の強力な攻撃のもとで、隠れ、逃げまどうだけの生活だった。それでも、敵機の爆音が聞こえなくなると、誠叔父さんの魂は、故国の家族へととんでいた。


「ヤマト魂で戦え。捕虜になる前に死ね」と強要されていた兵士たち、ニューギニアでは二〇万の日本軍のうち、その九割が、もっとも悲惨な餓死でいのちを失った。誠叔父さんもそのひとり、一九四四(昭和一九)年一二月、母親も妻も子も知らない遠いニューギニアの島で、亡くなった。

天皇の判断　近衛文麿は一九四五(昭和二〇)年二月、天皇に「勝利の見込みがない以上、早く降伏したほうが有利です」と上奏文をさし出した。しかし天皇は、「もう一度、敵をおびき寄せて叩き、損害を与えてからなら、降伏条件が少しはよいだろう」と判断してとりあげなかった。

2　火炎の下のいのち

1

三月八日、昭子が、ひょっこり一時帰宅してきた。

「ただいまあ、おじいちゃん、元気でやってる?」

「よう昭子、よう来た。メシはまだか。わしとてメシ炊きもしとるんだわ」

武二が帰るまで、いつもひとりぼっちのじいちゃんは、もう頬がゆるみっぱなしだ。

「わたし、もう修了なの。戦地では看護婦が足りなくて、三年まであるのに二年で卒業なの」

すぐにも戦地に派遣されるのに、船がなく、とりあえず内地の傷病兵の病院につとめることになった。それが地方の病院だからしばらく家に帰れない、二晩泊まりの予定で来たのだった。

「東京は毎晩のように、アメリカが危ないみやげを落としていくじゃろう。大浜からも中山からも、避難してこいと呼ばれとるが、わしはあたふたせんぞ。これでも日本男児じゃからな」

じいちゃんは八三歳、日本人の手本だといわんばかりに、昭子の前で胸をはった。

この晩は早めに、武二が八時前に帰ってきた。

「おっ、お姉ちゃん来てたの。かっこういいな。その服似合うね」

昭子は、きりっとした赤十字の学生服だが、下はもんぺ。それが一段とたのもしく見えた。

「お姉ちゃんのところにも、母さんの手紙きてないよね」

「うん、ぜんぜん。こっちにも？」

昭子はくびをかしげた。

「どうしちゃったかなあ。七年も過ぎたのに、母さんが手紙書かないはずないんだがなあ」

「ああ、わしが何度も赤十字に確かめとるが、いつも大丈夫だっていうだけでな」

「お兄ちゃんの手紙、お姉ちゃんも見た？　まだ一回しかきてないけどね」

「見てる。きっとたいへんなんだよ、新兵さんは……。それはそうと、小麦粉もらってきたよ」

「わっ、すげえ。どうしたの」

「それは、ヒミツ……。夕食まだでしょ。ちょっと待ってな。すぐすいとんつくるから」

わずかでも食料持参なら、自慢げな顔ができた。しかも主食になる小麦粉とあれば大歓迎だ。

「おやおや、野菜は、ダイコンの葉っぱのしなびたのしかないの。でもしょうがないよね。これでもあるだけましか。醤油《しょうゆ》に、あっ、煮干しがあるじゃない。すごいよ」

急ごしらえのすいとんで、湯気がたちこめると、温かい家庭が半分とりもどせたようだ。

空襲がなければ、姉と久しぶりにくつろげる。

「このごろ、空襲が毎日でしょ。勉強どころじゃないの。警報が鳴ると病院に走って、患者さんを防空壕に避難させる応援よ。どんなに急いでも、先輩より一歩でも遅れると叱られるわ」

昭子は、しゃべりたいことが、山ほどあるようだ。

「寝るときはもんぺのまんま、枕もとに防空頭巾に非常袋、靴までおいておくの。夜中でもとび起きて患者さんを避難させる、その用意をして寝るんだよ」

「ああ、おれだって、このごろはじいちゃんのとなりに寝てる。靴はいてゲートルしたままだよ。鉄かぶとや非常袋そばにおいてね」

じいちゃんは先に寝た。昭子はリュックから、ツルの浴衣をとりだしてたたみなおした。

「このごろ着るどころじゃないけど、空襲で焼かれないように、どこに行くにもはなさないよ」

「おれのも非常リュックに入れてある。おれの宝だもんな」

この翌日は三月九日、怖《おそ》ろしい運命がせまっていた。昼間は昭子が、こたつでじいちゃんの相手をしていたが、武二も帰ってきていた晩方の一〇時半ごろ、サイレンが鳴った。

アメリカのＢ29爆撃機が二機、東京の上空に襲来である。なじみの重々しい爆音がひびく。

昭子が武二にささやいた。

「やっぱりＢ29。四拍子の爆音だからすぐわかるよ」

「うん、四発（発動機四つ）だからな」

もう空襲に慣れてきたから怖くない。外へ出てみると、サーチライトが敵機を捉えようと、長い光を夜空に投げたまま動きまわる。高射砲陣地から、どすん、どすん、と発砲がはじまるが、高度が高いのか、まったく当たらない。高射砲弾の炸裂した煙が、夜空に白く浮いた。

「こんなときの戦闘機だよ、たったの二機も落とせないのかよ」

武二はいらついた。日本は飛行機をほとんど失っていたから迎撃できない。アメリカの二機は、爆弾も焼夷弾も落とさず、太平洋上にひきあげた。空襲警報が解除になって、ほっと緊張をゆるめて布団にもぐりこんだ。首都を守る司令部は、アメリカの作戦にはまって、完全に油断した。

寝こんだところに、B29の大編隊が東京を襲った。

「すごい、今夜はいつもとちがうぞ」

敵機の動きを見ていた武二が叫んだ。

「や、やあっ、こっちに来る。じいちゃーん、防空壕にはいれよ。早くはいらんと……」

たちまち夜空が赤く燃え、敵の飛行機から、ばらばらと降らせている黒いものが見えた。

下村さんがリヤカーで迎えに来た。避難のための荷物を昭子と積みこんだときだ。

ザァーッと、夕立のような、しかし不気味な音がした。とたんに、がらがら瓦屋根をつき破って、どすーんと、じいちゃんのいた部屋に一メートル近い筒が落ちてころがった。焼夷弾《しょういだん》だった。

東京大空襲① 三月一〇日午前〇時八分、第一弾で深川に火災が発生、その報告を受けてから、司令部は空襲を知り、「空襲警報」のサイレンを鳴らしたときは、あちこちで火の手があがっていた。
アメリカ空軍は、東京下町を住民もろとも焼き尽くす計画だった。それまでの空襲の多くは、主に軍事施設や軍需工場などを目標に、高空からレーダーで捉えて攻撃してきた。この日、敵機は、太平洋を海面すれすれの高度でやってきたので、大編隊なのにレーダーが捉えられなかったという。

2

じいちゃんの部屋の焼夷弾が不発でよかった。発火していれば、火のついた油脂があたりに飛び散り、じいちゃんは、たちまち火だるまになって、家も火の海になっていた。

覚悟していたじいちゃんも、たまげて外に出た。それと同時に、次の焼夷弾が台所を直撃し、一気に家が燃え上がった。バケツの水や火たたきで消せるような火ではない。

「防空壕じゃ危ない。逃げろ！」

夜の空気を裂いて、焼夷弾がザーッと夕立のような音を立てて、一面に降ってくる。近所の家いえにも炎が吹き上がった。安徳寺の本堂も庫裡《くり》も燃えだした。

「逃げろ！　急ぐんだ」

防空壕にいた近所の人たちも、急いでとび出て逃げ出した。

この焼夷弾は、一つの束が空中でばらばらに広がり、三六本が一斉に落ちて集団火災にした。

鉄かぶとの下からじいちゃんは、「すみませんな」と下村さんに声をかけて、リヤカーの荷のふとんの上に腰かけ、長年住んできた燃える我が家を、悔しそうにふりかえった。

家を見捨ててにげるとは……。だが、いのちが先だ。じいちゃんはいつもの国民服で、ふつうでは買えない将校のはく革の長靴をはいていた。中山の叔父さんの贈り物だ。

「武二、これはおまえが持っておれ」

リヤカーの上からじいちゃんが、投げてよこした肩掛けの非常袋を、武二は自分のカバンと十字にしてかけた。それに非常用食料などを入れたリュックは、背中からはなさない。襟につけた母さんの襟章に手をやった。

下村さんなら大丈夫だ。武二は、そのリヤカーの後ろを押しながら、燃える家を見あげて、

「かあさん、うちが燃えちゃう」とつぶやいた。

下村さんのおかみさんが、下村家の荷物を積んだリヤカーを引いて、その後につづく。娘の光代と昭子もいっしょにその後ろを、いそぎ足で押した。

「こりゃあ、すげえ。いのちがけだ」

まっ赤な炎が、あたり一面おどり狂っている。炎の下をつっきっていくしかない。昼間より何倍も明るい。広い道に出たところで、下村さんは呼び止められた。憲兵である。

「きさまっ、防火をせんで、逃げるとは何事だっ！」

下村さんは立ち止まり、敬礼して言った。

「逃げるんじゃござんせん。こちらのお方をお守りする任務でありやして。このお方、ご存知ねえですかい。おそれ多くも富沢海軍大将のお父上であらせられまする」

大ウソである。しかし、ウソでもどうどうと言えば通用する。相手の憲兵は革長靴を見て、

「はっ、お気をつけあそばして」

と、しゃちほこばって敬礼した。じいちゃんも、「ご苦労である」と胸をはって言った。

(町の警防団の団員が、消火活動をしないで避難したら、敵前で逃げるに同じと、犯罪行為にされ、五〇円の罰金をとられた。しかし、消火活動に残った男たちは、ほとんど焼け死んでいる)

熱い！　夢中で火炎の下を走った。火の粉がはげしくふりかかる。

服に大きな火の粉がついた人が、あっという間に炎になって、狂ったようにころげまわった。

それを目の前にした下村さんは、急いでいたリヤカーを止めて鍋を出すや、防火用水の水をその人にかけ

た。その火は消えたが、その人の後は分からない。

リヤカーにも何回も水を降りかけた。じいちゃんにも、自分にもざぶざぶ頭からぶっかけた。建物があれば、どこに行っても防火用水があった。ふたのないコンクリート箱に、水がためてあるだけだが、こういうときは、すぐ水が使えた。武二や昭子たちも、水があるたびに、水をかけ合い、防空頭巾を水にひたして行く。そうすれば、火の粉がついても、瞬間には燃え出さない。

熱い！　火の風が、吹き付けてくる。焼けたトタン板が飛ぶ。

火の粉が雨あられと襲う。それをくぐり、急ぎ走りに走る！

燃えながら飛んできた戸板が、頭をかすめた。大火は風を呼び、火の風が吹きあれた。道路にも焼夷弾が落ち、火を噴き上げた。

電柱が燃えながらたおれ、走ってきた自転車が、電線にからんでよろめき倒れた。

熱い！　煙にむせ、息も苦しい。口も鼻も喉も、からからで痛む。水筒はあっても飲むどころでない。火の粉をはらい、もみ消し、自分を守るのに精いっぱいだった。ただ夢中で駆けた。

下村さんは猿江公園に向かっている。同じ方向に逃げる人波で、道路はごった返している。あっという間もなく、大きな二階家が、目の前に燃えくずれてきた。下村さんはとっさに向きを変えてよけた。リヤカーにぶち当たった女がころんだ。

「いけねえっ！」

自分を守るにも必死だが、武二は走りよって抱えおこし、背中の火の粉をもみ消した。

女は半分力がぬけたようにぐらついた。

「あっ、アカネちゃんじゃねえか。がんばれよっ！」

アカネはうなずくと、小さな声で、「武ちゃんだね、大丈夫だよ……」とだけ言った。

腕をにぎるとアカネは、しっかり立ちあがって駆けた。武二はリヤカーのあとを追う。

「ぎゃーっ！」と、断末魔《だんまつま》の叫びがあがった。

「あ、あ、あっ！　あぶねえーっ」

前をいく子どもの手を引いた女の人に、焼夷弾がまともに当たったのだ。一瞬のうちに子どもとふたり、火だるまになってころがった。近くにいた人も、散った脂《あぶら》の火を浴びた。

悲痛な叫び声、地面にのたうちまわり、身体が痙攣《けいれん》して燃え上がった。

そこに用水があったか、あっても間にあわない。一帯は、さながら火炎地獄と化していた。

――ちくしょう！　やられてたまるか。

超低空を飛んでいく敵機の機影まで、炎を映して赤い。それが、まだ焼夷弾を落としつづける。

――あれっ、どこだ。じいちゃんのリヤカーは？

明るすぎて、熱くて、かわいて焦げそうな目を大きくひらいて、辺りを見まわした。

昭子がついていた下村さんのもう一台のリヤカーも見失った。どの方へ向かって行ったか。

――しまった、手をはなすんじゃなかった。

焼け死ぬとは思いたくない。しかし一面の火炎の下で、はぐれては不安でたまらない。

ここにいるのは、いまアカネだけだ。

広い道を、リヤカー、自転車、大八車もまじって、荷物をかつぐ人、赤ん坊をおぶい両手に子どもの手をひく母親、みな必死で逃げまどっている。手がはなれた子の親を呼ぶ声、子を呼ぶ叫び……。

防火用水を見つけると、武二は、アカネの防空頭巾に、ずぶずぶ水を吸わせ、したたる水を身体にかけた。アカネも武二の鉄かぶとで水をくんでは、背中のリュックごと武二に水を浴びせた。

——じいちゃんの乗ったリヤカーは大丈夫かな。下村さんだから安心、と思うしかない。

積み荷が燃え出したリヤカーに気づかず、引っぱっている人がいる。往きちがいに、荷物ごと燃えあがった無人のリヤカーが、つよい風で走っていった。

ひときわ強い風が吹き、火炎が道路をかけぬけた、と見た。

「ああっ、すげえ、炎が走る！」

その瞬間、前を走る三〇～四〇人が一斉に視界から消えた。

消防自動車まで炎をあげて燃える脇を通り、水路の橋をいく。水路は人でいっぱいだった。

——下りて水にはいるか？　でも、……おおっ、すげえ！　あれじゃ自由に逃げられねえ。

水から上に出ていたものは、荷物も人も燃えだしたのだ。

——アメリカは、東京を丸焼きにし、皆殺しにしてるんだ。ええい！　ちくしょう！

怒りが煮えかえる。だが息が苦しい。炎のなか、さまよいつづけ、走りつづけたが、どうしても、炎の下から抜け出せない。

——熱い！　息ができない、アカネちゃん！　もう逃げきれないかも！

——ああ、母さん、こんなところで、おれ……。

東京大空襲②　この夜、Ｂ29が落とした焼夷弾は一〇万発以上、二〇〇〇トンといわれる。一晩で、木造家屋が密集する東京の四〇％が焼かれた。Ｂ29は、下町のまわりに焼夷弾を落とし、ドーナッツ型に火災の囲みをつくり逃げ道をふさいでから、火に囲まれた地域に、二時間にわたって雨のように焼夷弾を降らせた。下町全体が、一つの巨大な炎となって燃え上がったのである。

これに先だち、アメリカは日本家屋の町の実物模型で、焼夷弾による延焼効果を実験し研究していた。

3

必死に逃げまどううちに、かなり広い道に出た。四つ目通りらしい。

建物疎開で道を広げた空き地で、燃える家からはなれた。

「しめた、水たまりがある」

そこに貯水池を作ろうとしたのだろうか、大きな窪地の水たまりがあった。三〇センチぐらいの浅い水だが、五〇人ぐらい浸かっている人たちがいた。

「ここで、火がおさまるのを待とうよ」

ふたりは、人と人のすき間に転がりこむようにはいって、腰をしずめた。水は下腹までしかないが、助かりそうな気がした。

「この近くが燃え尽きるまで、ここで、火の粉を消してればいい」

火の風、火の粉はようしゃなく襲う。浅い水だが、互いに身体や荷物に水をかけあった。

わずか目をあげると、家いえがめらめら燃えさかり、電柱が火を噴きながらたおれていく。

じいちゃんの非常袋も武二のも、そしてリュックも、焼け焦げはあったが、どうやら無事だ。襟に手をやると、母さんの襟章もある。「母さん無事だよ」思わずつぶやいた。

アカネは、ひたいに火傷《やけど》をおっていた。

「大丈夫？　もう少しで燃え終わる。がまんしてがんばろう、な」

アカネは目を開けて、武二の顔をじっと見た。

「あたしなら大丈夫だよ。武ちゃん、ここに来られてよかった」

非常袋には、昭子が入れてくれた医薬品がある。武二は慣れない手つきで、ガーゼに薬をつけ、アカネのひたいを包帯で鉢巻きにまいた。

それからも、どれだけの時間がたったか。火はほぼ燃え尽きたが、風がつよく灰が吹き荒れるなか、しらじらと夜明けの光が広がっていく。

水たまりから道路にはい上がったが、見わたすかぎり街が消えていた。信じられない情景だ。

残り火の炎が、小さくなってゆれている。

――じいちゃんと下村さんたち、それにお姉ちゃん、どうしたかなあ。どこにいるかなあ。

下村さんのことだから、まさか焼け死んだりしないだろうけど。

だけど、あの火の勢いでは、どうしても心配でならない。

「あたしのお母さんと昭も、無事に逃げたかなあ。あたしのうち、焼けちゃって。いっしょに逃げてきたけどはぐれちゃったの。夢中だったから、何が何だかわからない」

アカネの顔は、すすけてまだらに汚れ、唇の赤みすらない。近ごろは彼女も苦労してきたのか、以前よりしっかり者に見えた。でも、くりくり輝く瞳もかげり、白眼だけが異様に白かった。

「もう、住む家がなくなっちゃった。でも神楽坂にお母さんの実家があるの。そこに行けばお母さんも来る、そういう打ち合わせだったから」

彼女も、肩かけカバンとリュックを背負っていた。歩きだすと、地獄の朝であった。逃げきれず焼けた屍《しかばね》が、一面に、ときには、るいるいと折り重なり、道に横たわっている。よけながら行くが、ほとんどが真っ黒な炭のよう。人形のような黒い死体も眼に焼きついた。

衣服などは灰となって飛び散り、小さくちぢんだ黒い人体は、だれだか判別がつかない。焼かれた消防自動車や黒こげのバスの骸《むくろ》が、立ち往生している。風が灰をまきあげては飛ばす。

焼け落ちた家の残骸が、風で赤いおき火を見せ、ちろちろ小さな炎のいのちが動いた。火の粉の乱舞は終わったが、くすぶる煙、焼け跡の異様な臭いに、鼻をふさいで行く。

水筒がある。リュックに乾パンがある。でも食欲どころではなかった。

アカネは神楽坂へ歩いて行くつもりだ。焼けた市街には、乗り物どころか、目印もなくなった。

「大丈夫かな。ときどき休みながらなら行けるかもな。早く行ったほうがいいよ。お母さん安心するから。水筒に水はある?」

アカネは、肩かけカバンから、メモを探しだした。そのとき、カバンの中の黄色い本が見えた。

「これ英文法。おかしいでしょ。でも、戦争に勝っても負けても、英語が必要になるものね。英語ができないと、日本は何もできないから」

「えーっ、おれ、ずうっと英語の勉強どころじゃなかったのに、すげえなあ」

アカネはちょっと笑って、武二の顔をのぞきこみ、

「武ちゃん、ヒゲの隊長さんの黒い顔と、あたしも同じだね」と、煤《すす》だらけに笑いこけた。

「ありがとう。武ちゃんの行き先決まったら教えて。きっとだよ、約束だからね。ゆうべのこと一生忘れない。これ、神楽坂の住所。きっとだよ」

メモを武二にわたすと、手をにぎった。

「昭子姉ちゃん、無事だといいね。じいちゃんもね」

そう言いおいて北に向かった。でも、五、六回立ち止まっては、ふり向いて手をふった。

アカネが見えなくなると、さすがの武二も疲れて、焼け跡の石に腰をおろし思案にくれた。

——じいちゃんたち、探すにも、どこへいったらいいんだろう。はやく無事を知りたい。

風をよける建物がなく吹きさらしだ。水につかった身体が冷えると、心細さがつのった。

——どうしよう。母さん、ひとりきりじゃ、おれ、どうしたらいいか、分かんないよ。

4

その姿を、通りがかりのおばさんが目にとめた。

「どこで焼かれたの。どこへ行くの。あんた、うちの人は?」

「逃げる途中ではぐれちゃって……」

「それじゃ心配だね。お腹すいたろう。これ、一つしかないから、半分ずつ食べようよ」

にこっと、さしだしたおにぎりを見ると、武二は、ほろっと涙が出そうになった。

「おれ、少しは食べる物、持ってますから」

「いいからおあがり。おばさんにはあんたぐらいの息子と娘がいてね、他人ごとじゃないのさ」

たった一個の半分になったにぎりめしが、ここでは、どんな宝より光って見えた。

冷えたおにぎりの半分を、だいじに、だいじにかみしめた。

「どうしたんですか。息子さんや娘さん？」

「死んだ。防空壕の中で。『逃げずに火を消せっ！』ってどなられて、逃げ遅れたの。消せなくて防空壕に逃げこんだら、蒸し焼きにされちまったのさ」

おばさんは無理に笑顔をつくろうとしたが、その顔はくずれて、顔を手でかくして泣きだした。

「将来をたのしみに、一六の歳まで育ててきてさ……、かわいそうに……。わたしゃ、まさか、そうなると思わないから、『先に行ってるよ』って、荷物かついで、となり町の弟の家に行ったから、ひとりになっちまったの。その家も焼けちゃってた」

おばさんは、涙の顔をふると立ち上がって、武二とふたりで歩きはじめた。

「この近くには、兄弟、親せきが五軒もあるもんだから、無事を知りたくてかけずりまわっていたところさ。ひとりになって生きてて何になるの。死んだ方がよかったと思ったよ。……でもさ、あんたに会って、ちっとでも、こういう子に力を貸してあげられたら、生きててよかったと思えるかなって気がついたんだ。だからね、だから君も、どんなことあっても生きようよ、ね」

おばさんは、深い悲しみを、武二を元気づけて、少しでも埋めあわせたいようでもあった。

死体と瓦礫の道を、どうやって通ってきたのか、二台の軍用トラックがきて、道路の焼死体を始末する作業がはじまっていた。

黄桜町のほうへ歩きだして間もなく、おばさんは髪の毛も服も焦げた弟に出あった。

「わあーっ、よかったよう。生きててくれて……」

狂ったように叫び、ふたりは涙で抱きあった。

そこでおばさんと別れた。そのとき、おばさんは、母親のように、武二を抱きかかえてくれた。

「あんた、希望もって、がんばって生きるんだよ」

それから武二は、黄桜町の家をさがし当てた。焼け残ったのは、台所のタイルと、石のかまど、玄関のコンクリートぐらいだった。安徳寺も焼けおち、だれにも会えなかった。道で出会うのは、焦げたぼろぼろ服に、見分けつかないすすけた顔。よろよろと、はぐれた家族をさがす人だけだった。

骨まで凍えそうな北風が、人も物も焼きつくした異様な臭気をはこんで、吹きあれていた。眼が痛む。炎熱と煙でだれもが眼をやられていた。足を棒にしても、じいちゃんにも、昭子姉ちゃんにも、下村さん一家にも会えない。

その日の午後、猿江公園に行くと、生き残った人が、焦げた死体から、家族を探していた。広い公園なのに、ここに避難した人たちは、荷物とともに燃え、一面に折り重なって焼死していた。

すごい死臭の公園だ。炭のような黒い死体でも、ひとりずつ調べている人たちにまじった。衣服が少しでも焼け残っていれば分かるかもしれない。胸の名札がのこっていればなおいい。

けれど、しばらくしてあきらめた。あまりに多くて調べきれない。それに大部分は、顔どころか男女の別さえ分からない。骨がばらばらの遺体も少なくない。

――そうだ。死んだと思って探すんじゃない。生きてると思って探さなくちゃだめだ。

避難所になった鉄筋コンクリートの学校に行った。逃げこんで鮨づめになった人たちが、校舎と共にすべて焼かれ、学校によっては、人骨さえも残らず、すっかり灰になっていた。

さがし回るあてもなく、教えられて瑞江に行く。軍隊がトラックではこんできた遺体を、山積みにしていた。火葬場なのに、重油がないので焼くこともできないらしい。

体はくたくただし、もう夕暮れである。「川南国民学校は焼け残った」と聞いて、行ってみると、生死のさかいにある大火傷の人たちが、横たわっていた。けれども、手当てもしてもらえずである。そこにもいない。その学校で一泊した。

「じいちゃん、お姉ちゃん、どこだよう。……母さん、おれ、どうしたらいいんだよ」

あの火炎の下では、生きているほうが不思議かもしれない。でも、じいちゃん、どこかの病院で手当てしてもらっているといい、と祈る気持ちもあるが、病院だって焼けている。

翌日、翌々日と歩いても、聞いても、絶望するばかりだった。川に避難した人たちさえ焼かれて、死体が川を埋め、海に流れた遺体も数知れずという。黄桜町の焼け跡に何度行っても、連絡の立て札は、武二のしかない。無事なら、ここに来ないはずがない。いいようのない淋しさと無念が、胸をかきむしった。

口やかましく、ぶきっちょでも孫の武二のことも、真剣に考えてくれたじいちゃん。

母さんの代わりに、勉強にも、必死にがんばってきたお姉ちゃん、あまりにかわいそうだ。

――大浜に行きたい。ばあちゃんに会いてえ。泣かれて、抱きつかれても、どんなに救われるか。

――でも、おれ、工場のつとめがある。決戦の年なんだ。くじけちゃいけねえ。

じいちゃんから渡された非常袋には、貯金通帳や印鑑やだいじそうな書類があった。じいちゃんは、最期かもしれんと、武二に託したのだ。

るるると涙がとまらない。しかし、泣いたとて、どうにもならないのだ。

東京大空襲③　大空襲のさなか、三月一〇日の午前二時、「近いうちに天皇の被災地の視察があるから、その前に早く片付けよ」という軍の命令が出た。焼け跡の死体を、軍隊、警察、警防団に、刑務所の囚人まで動員し、公園、墓地、空き地に、片っぱしから埋めはじめた。遺体は目ざわりなゴミとして扱われた。

東京大空襲④　人類の歴史で、これだけ短時間で、これほど多くの犠牲者が出た戦争は、広島の原爆投下の前には他になかった。この大空襲の犠牲者は、一般に約一〇万人とされる。しかしその数は、実数よりはるかに少ないと思う。実数は不明だが、筆者は二十数万人と推測している。

3　死と向き合う日々

1

庭の防空壕も、燃えるものすべて焼かれて、上の覆いもくずれていた。武二は、焼けトタン二枚を見つけて屋根にしてかぶせ、しばらく穴倉生活をするしかないと思った。じいちゃんやお姉ちゃんが生きていれば、きっと来るはずだ。

しかし、待っていても、じいちゃんも、お姉ちゃんも現れなかった。

焼け跡から、使っていた茶わんや鍋が出てきた。家族そろって食事ができた頃が、すでに遠い過去となった。じいちゃんがたいせつにしていた硯石もあった。

二晩過ごすと非常食はつきた。雨風はしのげても、寒くて眠れない。

工場を休んだままでは心配をかける。おれはまだ生きているんだと、電車も通っていないから半日歩いて、一二日に工場へ行った。職場では、武二は空襲で被災したにちがいないと思っていたから、顔を出しただけでも無事を喜んでくれた。祖父と姉が行方不明だと聞くと、見舞金を集めてくれた。

工員や社員のなかに、被災者が数人いたらしい。検査の職場では、この空襲ではほかにいない。

「それで、寝るところあるのかよ」

ヤマちゃんに聞かれた。

「いや、ない。埼玉県に叔父さんがいるけど、ここに通うのは無理だし、友だちだって近くにいたけど、みな焼けて生きてるかもわかんねえ。おれ、防空壕の穴倉さ。寒くてかなわねえ」

「おれんとこ来いよ。狭いけど穴倉よりはましさ」

シンさんだ。工場の近くに、ひとりで四畳半の一部屋を借りている。食事は三食とも工場の食堂だ。

「助かるなあ。しばらく頼みます。部屋代を半割りでな」

すると係長の加藤さんが、応援してくれた。

「毛布を一枚やるよ。な、あした持ってくるから」

被災証明書とか、配給を受けるのに必要な手続きをして、工場の食堂で三食食べられたら、当面の食、住は解決する。

火曜日が電休日で、週一日の休みだった。大浜のばあちゃんに会って来ようと、駅で汽車の切符を買おうとしたら、「きょうの分は売り切れだ」で売ってくれない。

——ばあちゃんに会いたい。でも大浜に行けば、おれがくじける。ばあちゃんは、あぶない東京におれを帰さない。『学校も工場もやめて、大浜に来なさい。大浜でも働けるから』と引きとめる。でも、この職場が好きだ。それに、おれ、兵器をつくってアメリカに仇《あだ》を討つんだ。

五日ほどして、ばあちゃんに手紙で知らせると、びっくりして、誠叔父さんの服やら、荷物をしょって東京の工場にやってきた。ばあちゃんは、武二の顔色が病人のように青白くなって、やせてしまった身体を心配した。そして、やはり想像通りのことを言ってくれた。

「大浜でも、おコメは不自由だし、お魚も以前とちがうけど、野菜やほかのものは食べられるし」とも。

大浜では「敵が上陸するかもしれない海岸だ」と、大砲を備え、陣地を造ったらしいが、ばあちゃんといられたらいいと、どんなに思っただろう。それでも断りつづけた。

「頑固だね、武二は」ばあちゃんはそういって、二〇〇円のおカネをにぎらせて帰って行った。

中山の叔父さんにとって、じいちゃんは父親だ。叔父さんも焼け跡に行ったり、消息を調べたりしてくれたらしい。武二は、工場の電話を使わせてもらって、叔父さんに空襲のようすを知らせると、やはり「うちにこい」といわれた。

さてシンさんの部屋では、夜のノミの襲来には悩まされたが、東京では当たり前のことだった。

三月、武二は四年で中学を卒業した。空襲の炎のなか、逃げまどった服のままである。

五年まである中学なのに、二年しか勉強してない気がする。卒業式も形だけ、喜びも感慨もない。それに卒業を祝ってくれる家族がだれもいないのだ。卒業後も中学から派遣された工場通いで、進学した学校に学籍がうつっただけで、新しい勉強が始まるわけでもなかった。

四月一日にアメリカ軍は、沖縄本島に上陸、沖縄では血潮飛びかう凄惨《せいさん》な地上戦が始まった。三月末で火炎発射器の生産は終わり、工場では、飛行場建設用ブルドーザーの油圧シリンダー、ピストンなどの生産をしていたが、四月一五日の空襲で焼けたので、工場動員も解除になった。

シンさんのところも、この空襲で燃え、ふたりは焼け出された。

「しょうがねえな。ふたりとも、おれんとこに来い」

と係長がいう。怖いと思っていたけど、とても情のある人だった。

代々木に近い小さな住宅だが、家族も親切で、住み心地はまあまあよかった。

動員先の工場が替わった。こんどは、炭鉱など坑内の作業で頭につける電灯、ヘッドライトの制作である。これは兵器でない。なんでそれを今ごろ量産するのか。それが後で分かった。

本土決戦にそなえ、全国に地下壕をたくさん掘る。そのために緊急に必要だったのだ。

その工場も五月二四、二五日の夜半から明け方までの山の手方面の大空襲で被災した。武二がころがりこんだ元の係長の家もそのとき焼けた。かつて昭子がいた赤十字の「養心寮」も焼失した。武二の焼け出されも三度めになった。

日本でも数知れない国民が家を失い、生き残った者も、連日死と向かいあう日々だった。それでも軍は、国民に対して、『義勇軍となって本土決戦に立ち上がれ』と号令をかけていた。

2

焼かれたヘッドライト工場の片付け作業が終わると、中学からの動員は終わって、六月から進学先の専門学校からの動員に移った。進学した学校の校舎も戦災にあい、入学式もなかった。そしてすぐに次なる工場に移れという。そこは、中山の叔父さんの工場に近い。

それで、叔父さんの家に立ちよった、そのときだった。玄関に立ったどす黒い男の子が、

「なんかくれ！」

ぎょろっとにらんで命令するように言った。六年生ぐらいだろうか、汚れてすり切れた負ぶいひもで赤ん坊を背負い、鼻水をすすっている幼児の手をにぎっていた。

武二は、はっと見かえした。戦災で孤児になった子どもだと、一目でわかる。お手伝いのお姉さんが、なにか食べ物の包みをわたしていた。武二の心に、じんとくるものがあった。

――おれより小さい子が、赤ん坊や妹と生きているとはすごい。あのつよさがおれにも要るな。

（親に死なれた戦災孤児が、国の救いもなく、懸命に生きていた。その数一二万三〇〇〇人といわれる）

叔父さんは、武二を心配してくれた。

「前から言ってるが、うちに来いよ。うちの工場で働いたら、いい仕事やらせてやる。ここにおれば、食うに困らんぐらいの面倒はみてやれる。そうすれば、死んだじいちゃんも安心するだろう」

食べることに困らないのは、最高にありがたい。でも、武二は断った。

「頑固ですみません。ありがたすぎて嬉しいです。ですけど、おれ、進学したばかりの学校をやめたくないし、自分の力を、とことん試してみたいんです」

——ここで甘えたらよわい人間になる。おれは新規の友だちと、こんどの職場で自立していく。

こうして、武二は次の工場の寮に入った。三食の心配はない。だが何といっても、貧しい食事が数年間つづき、正常でない暮らしで体力が衰えていた。しかも下痢が度かさなった。おかずも粗末だが、ご飯はコメより、大豆の油をしぼった豆かすが多く、ブタの餌をまわしてもらったようなものだ。

ここの作業に入ったころから、しょっちゅう便所に駆けつける重症患者だった。それも武二ひとりでない。仲間のほとんどが下痢仲間だった。

こんどの工場の食事は、当時としては、豆かすや菜っ葉入りでも、会社は、配給外の食材を入手するのに、かなり努力している。しかし、少年たちの消化器、臓器は悲鳴をあげていた。おまけに空襲のたびに緊張するし、寝不足やストレスも、臓器から消化力を奪っていた。

今度の仕事は、鋼材の運搬がほとんどで、よわった肉体の重労働、気力だけの作業であった。

「この薬は軍で使うやつでな、ようく効くぞ。持ってるといい」

叔父さんからもらった胃腸薬は、一回飲むと、ひどい下痢もいったんはぴったり止まった。しかし、働くためには食事は欠かせない。悪食は休めないから、一日半で元のもくあみだ。

つらい毎日であった。腹が痛む。それはがまんできても、便所通いはがまんしようがない。

ところが、便所は建物のなか、履物をぬいで急いでかけこんでも、ふさがっている。仲間のほとんどが同じ状態なのだ。外作業なのに外便所がない。便所の数が足りない。

七月にはいると、仲間たちが次つぎに起き上がれなくなって、会社側があわてた。

欠勤者がふえても、仕事はへらせない。出勤者の負担が増える。学徒の側から悲鳴があがった。会社側でも放置できず、健康診断をはじめた。

勤めたばかりの工場だ。入学して一日も勉強せず、級友のつきあいもない。上級生に相談しても相手にされないので、健康調査にきた医師と会社の医務係に、武二は便所事情を訴えた。

「便所を外に、すぐ入れるように、たくさん造ってください。おおぜいが下痢しながら働いているんです。お願いします。それから、下痢止めの薬を、軍に交渉して配ってください」

武二の発言につづいて、その場にいた仲間は、口ぐちに、勢いづいて訴えはじめた。おどろいた医務係は、調べて会社に提案してくれたので、急ぎ屋外に仮便所がつくられた。

下痢仲間は減らないが、会社が配慮するようになっただけでも助かった。

四月から地上戦に入った沖縄では、六月、日本軍はほぼ全滅し、住民も十数万人が戦死して、アメリカに完全占領された。首都東京は、戦争が終わるまで約一〇〇回の空襲を受けた。名古屋も大阪も、神戸も、その他の都市も繰り返し大規模な焼夷弾攻撃で焼かれた。中小の地方都市も、つぎつぎに焼きはらわれた。七月中ごろ、中山の叔父さんの工場も住まいも空襲で焼けた。

八月六日、広島に原子爆弾が投下され、九日には、長崎にも、原爆の第二弾が落とされ、日本の戦争指導者は衝撃をうけたはずだ。そして八月九日、ソ連軍が満州に越境し攻撃をかけて関東軍は総くずれ、満州にいた日本人に無数の悲劇が生じていた。

――きょうまで死なずにすんだ。生きているのが不思議だ。でも、明日のいのちは分からない。

慢性的な下痢、それに南京虫の攻勢、寝不足で起床がつらい。歩くとふらつく。

――だけど、敗けるわけにいかねえ。逃げるような弱虫じゃねえ。

武二たち学徒は、国のためだと、重い鋼材とたたかった。がまんすることが愛国心だと信じ、がむしゃらを通しつづけた。

ポツダム宣言

七月二七日、日本に降伏をすすめる連合国側のポツダム宣言がとどいた。これで戦争をやめるきっかけができたが、日本の支配者は決断しなかった。うろうろしているうちに、原爆を落とされ、ソ連が参戦し、国民が未曽有の被害を受けてから、やっと八月一〇日未明、「天皇制を守る」という一条件付きで連合国に降伏することになった。国民のための決断ではなかった。勝てない戦争をつづけ、連日、ただ厖大《ぼうだい》な犠牲者を増やしただけであったのだ。

一八、悲しみを越えて

日本全土に、B29の空襲がはじまった一年近く前に遡《さかのぼ》る。中国では、新四軍が消えた冬の時代でも、「コメを守る四か条」で村は一つになりはじめた。それでも、日本軍にがんじがらめにされていたさなか、ふいにメイ先生が現れた。

1 ああ、メイ先生に、ミンシュイ

1

ツァオシンは、星明かりで家への帰りをいそいでいたが、ふと、現れたミンシュイが、服を引っぱって、とある農家の物置に連れて行った。そこには、しゃがみこんでいた黒い影があった。

「あっ！　メイ先生、どうしてここへ？」

「はっはっはっ……、おどろいたかや。用のついでだが、おめえらと久しぶりに話がしてえでな。おめえら『コメを守る四か条』、ようくやったでねえか」

夢のようだった。話したいこと、聞きたいことが山ほどある。

うれしかったのは、先生から新四軍の再建のいきおいを聞けたことだ。しかも敵から解放した地域では、持久戦に勝てるよう、食糧や生活品に困らないよう、大生産運動をやっているそうだ。

この村にいては、苦しいことばかりで気がつかないが、大きな動きは、勝利へ向かって、たしかに力づよくつき進んでいたのだ。ツァオシンの熱い血はとくんとくんと動きだした。

それから先生は、「敵兵といえどもやたらに殺したくない」と言った。それは理屈では半分わかるが、ツァオシンの気持ちには、まだなれない。

「ああ、あのときのトンヤン兵か。だいじな顔にりっぱな傷跡をのこしたが、元気になりおった。日本兵の捕虜《ほりょ》には、自分らの侵略戦争に反対する者がけっこうおってな、その仲間に加わって日本軍の陣地に『戦争やめろ』と、よう呼びかけとる」

暗くて顔は見えない。でも先生はにこやかに笑い、あの頃のように、唇をちろっとなめては、また声を落として話しだした。

「戦争で苦しみ、悲しみ、泣いておるのは中国人だけではねえのだ。トンニャンピーの兵隊どもも、もとをとは、ええ父ちゃん、ええ兄ちゃんばかりよ。それがなあ、むりやり戦場にひっぱってこられて、命令で人殺しさせられ、弾丸の雨の下で気が狂ってしまっておるのだ。だから、日本兵だって、本当のことがわかれば、わしらの同志になれる。そういうわけじゃよ」

先生の大きな眼がぎろりと光り、語りつづける。

「一番わるいのは戦争をおっぱじめて、人殺しを命令しておるやつらだ。そいつらはな、てめえは安全なところで、戦争で出世したり、ぼろもうけしていやがる。ええか、山がくずれようと、海が埋まろうと、そんなやつめら、絶対に許しちゃなんねえ」

先生の話が熱をおびてくると、ツァオシンの胸はどくどくとふるえた。

「人のいのちはただ一つ、人生もたった一つ。わしらは、それをたいせつにして、正義のために戦っておる。トンニャンピーの兵隊たちは、上のやつらの悪事のために、たった一つの人生を捨てさせられておるんじゃ。それを考えるとなあ、ツァオシンにミンシュイよ。おめえらも考えてくれ。農民には、銃弾にたよらず、侵略者を追っぱらう戦い方があるでねえかと」

そのときは、先生のすばらしさをすべて理解できなかった。先生はこうも言った。

「わしらは勝つ。あと三年ほどの辛抱じゃろ。戦争が終わったそのあとだ。隣りあう日本と中国が、互いに恨みを残すか、仲よく協力できるか。わしらの考えが広がれば必ず仲ようできる」

先生は、戦争に勝ったあとまでを考えていた。そこは、よくわからなかったが、ツァオシンは、先生と魂のかよった話ができ、久しぶりに心が満ち足りて、むしょうにうれしかった。

ところが、家に帰ったその晩のことだ。

「ミンシュイが帰ってこねえんだが、知んねえかい」

と、ミンシュイの父ちゃんがやってきた。そのすぐあとに、ブタノシッポがかけこんできた。

「たいへんだ、メイ先生とミンシュイがやられたぞ」

2

「ええーっ？　そんなことが、……あるわけ、ねえ」と言いかけたが、すぐ、そこへ用心しながら行ってみた。

月にうす雲がかかって、月明かりもおぼろの夜だった。

けれども、どうしたのだ。ふたりの遺体ははこばれてしまったらしく、そこにはない。

先生はあのあと、ブタノシッポと話しあい、ミンシュイの手引きでもどっていく途中だった。

ブタノシッポは、先生といったん別れたが、胸さわぎがして後を追った。すると、銃撃の音がひびき、はなれた場所から、河の橋の上で倒れたふたりを、たしかに目撃した。しかし近よったら危険だ。それで、知らせを先にと、とんできたのだと。

ツァオシンはショックで身体がちぎれる思いだ。悔しくて、悲しくて、どうしようもなかった。

先生は自らの危険を顧みず、少年隊の教え子に、必勝の信念をもたせたくて来てくれたのだ。

涙のなかで、先生のことばをかみしめた。

——おれは、先生の考えの深さがわからないまま、親の仇《あだ》を討ちたい、敵に銃をぶっ放したい、そんな小さな一念しかなかった。メイ先生、先生の心は、その千倍も万倍も大きかったんだ。

——小さいときからいつもいっしょで、兄弟より信頼しあった親友ミンシュイ。同志として頼りにしていたのに、かわいそうに、なんで撃たれたりしたんだよ。

——少年隊の仲間に集まってもらいたい。けれど、いまはそれも危ない。

ツァオシンは、ふけゆく夜空をながめながら、こみあげる悔し涙をのみこんでいた。

この夜、メイ先生とミンシュイが斃《たお》れた橋の下を、少し遅れて通りかかった舟があった。うすぼやけた月明かりでも、銃声が鳴ったとき、舟のふたりには、シルエットのように黒く浮いて見えた橋の上で、倒された人影を見た。そして、橋にあがってきた日本兵らしい四人が、倒れたひとりを河に放り投げ、ひとりをかついでいったのも、影絵芝居のように目撃した。

その舟は、橋に近づくととまった。注意ぶかくあたりの気配をたしかめつつ、ふたりは河に落とされた人を舟にあげ、しばらくすると、しずかな櫓音をたてて北に向かった。

だれもそのことを知らない。ツァオシンがかけつけたのは、そのあと間もなくだった。

新四軍が影さえ消えて二年になった。冬の時代で、メイ先生が亡くなった年の九月である。日本軍のコメ倉庫が襲撃されたニュースに、村はわいた。近くの村に、トンニャンピーのコメ倉庫ができたのはことしの春。敵はそこに大量のコメを貯めて、必要なところに運ぶことにしていたはずだ。

倉庫番のカイライ兵を三人、月見にさそい、酒で酔いつぶした、すごいじいさんがいたものだ。

そのすきに五人の兵士がきて、機関銃を備え、コメを運び出しにきたトンニャンピーとカイライの一隊を全滅させてしまった。しかも、倉庫にあったコメは、そっくり村むらに分けられたから、さあ、村人たちは喜んでおどりあがった。

「これができるのは、新四軍しかねえよ」

「よかった、よかった！　新四軍がもどってきたんでねえかい」

二年つづきのコメの不作で、どこの家も食料の蓄えが底をついていた。穫り入れまでの苦しい時期に、配られたコメで、どんなに救われたことか。ことしの実りはまずまずだし、新四軍がふたたびやってきたとなれば、田畑にうきうきした歌が流れる。そして、ナマズの監視の眼もゆるんでいた。

そんなある日の夕方、ミンホワが手紙をもたらした。叔父さんがいないのをたしかめ、ミンホワはシャツをぬいだ。シャツの内側に裏がえしに、ツァオシンへの手紙が貼りついていた。

2　闘士、ホワンホワ

1

ツァオシンは、とびあがらんばかりに叫んだ。

「おおっ、これ、ヤン先生の字だ。わーい！　ミンホワ、これくれたの、ヤン先生じゃないのか」

「ううん、知らないおばあさん」

とびはねたい、叫びたい気持ちをおさえて読んだ。

【わたしに、うれしい日が訪れようとしています。相手はすてきな青年です。よろしかったら、久しぶりに、いっしょにお茶をのみましょう】

胸のつかえがすうーっと通った。先生は、すばらしい報せをもってきてくれる。ホワンホワにも会えるだろう。いよいよ「そのとき」がきたのだ。

ヤン先生に会う場所は、暗号で「養豚の家」と書かれてある。場所と日時は、ミンホワがブタノシッポから聞くことになっているという。

――「うれしい日が訪れ……」戦争が有利に進んでいるにちがいない。少年隊も再びまとまってきた。ヤン先生は、あの日の約束を実行してくれる。きっと戦いに出る日が近いんだ。

「ミンホワ、いつもありがとうよ」

ミンホワは身体の成長がおくれ、六歳なのに四歳ぐらいにしか見られない。だから敵も見のがす。チビでも優秀な通信員になっていた。

「養豚の家」は、きままに繁った木々にかこまれ、曲がりくねった通路をいく。妖怪の棲《す》むような屋根のかたむいた家だ。そこに白髪のおばあさんがいた。トンニャンピーに家族六人も殺され、ひとり残った息子が、新四軍で活躍しているらしい。おばあさんは、ミンホワとうらの畑にいった。

部屋にはいると、紺の男の服をきたホワンホワが、両手をひらいて迎えた。

「ツァオシン！」

彼女は、走りよるや、どっと泣きだした。

「どうした、心配していたんだぞ」

「ツァオシン、ヤン先生が……、ここにくる途中で」

「え？　どうしたって」

「ここにくる途中で、トンニャンピーに……」

ホワンホワは、くずれるように床に伏し号泣した。

「おい！　はっきり言えよ。先生が、トンニャンピーに？」

一瞬、世界が暗闇になった。身体から力が消えていく。それでも言った。

「よう、しっかりしろよ」

泣き声のあいまに聞こえたのは、悲しい知らせだ。

「撃たれたのよう、トンニャンピーに……」

「ええーっ、ほんとかよう！」

「メイ先生も、ミンシュイも、そしてヤン先生も……」

ホワンホワのことばは、つづかない。

「かけがえない人が次つぎよ。戦争だからって、……なぜ、なぜ、こんな……」

ツァオシンは、うつ伏した彼女の肩をつかんで、起こしにかかろうとした。しかし、おそってくる悲しみに、涙がどうしようもなかった。ホワンホワは、やっと顔と半身だけ起こした。

「先生を守る人が五人いたけれど、出会った敵がおおかったの。はげしい撃ちあいで敵を何人もたおしたけど、銃弾にやられたの。……ヤン先生は、ツァオシンに会える日を、カレンダーを見ては、毎日、それは楽しみにしていたのに」

――信じられない。……会いたかった。ヤン先生のやさしさ、りんとした強さに……。

きらきら輝く黒いひとみにも……。ほとばしる正義のことばにも……。もう会えないとは。

身体から血がぬけたようで、ホワンホワのことばも宙にさまよって聞こえる。

――メイ先生につづいて、ヤン先生までが……。天はなぜ正義に味方しないのだ。

「ホワンホワ、しっかりしようよ」

それしか言えなかった。ツァオシンは、ホワンホワを背後からしっかり抱きしめた。

彼女を支えることは、いまはそれしかできなかった。

2

互いの体温がかよい、心臓がひびきあった。

ホワンホワはすでに少女ではない。一七歳の乙女になっている。彼女の耳にささやいた。

「よう、おれがいるじゃないか」

ホワンホワには、いのちある限り、立ち上がってもらわなくてはならない。

「そう、わたしはここにきた。わたしはまだ生きている。任務があってきたのに」

彼女は、乱れた服や髪をなおして、やっと椅子にすわって姿勢をただした。

「ヤン先生は、たいせつな情報と計画を伝えにきたの。それだけではありません。村や部落の人びとのようす、動きを知りたいのも目的のひとつです。ヤン先生に代わってわたしが話します」

その彼女は、泣きくずれていた乙女ではない。威厳をそなえた闘士に変わっていた。

「新四軍はふたたび着実に力をのばし、この近辺に根拠地をつくるのも、もう間もなくです。トンニャンピーは圧されて、道路の工事に夢中でしょ。新四軍と戦うため戦車を走らせ、大砲をはこぶ道路よ。軍隊もトラックで速く動かすためね。それに、コメなんかを舟でなくトラックで安全に速くはこぼうと。そのため、村むらの農民を働かせてきたの。そうよね」

「そのこと、仕方なくやらされてきたけど、みんなには分かってきたよ。おれたち、そんな話してきた。でもトンニャンピーは、新四軍にそこまで追いつめられて、それで道路つくりにむきになっていたとはな」

ツァオシンも改まった口調になっていた。

いつきたのか、ナマズ叔父さんが部屋にいた。でも、ホワンホワはびくともしない。それどころか、「死神の使い」を抑える、すごい迫力を示した。

「わたしたち、敵のこの目論見《もくろみ》をいまのうちにつぶしちゃいましょう。農民自身の手によってね。三万人の農民が、それも一夜にして道路をこわして使えなくする作戦をたてたの。それに根こそぎ参加してもらいたいのです」

「えーっ、三万人の農民だって？　三万人だと？　そんなにたくさんの……」

まったく想像もつかないことだった。

「ぶちこわすのは大賛成。だがよ、三万人の農民を、どうやったら動員できるんだ。おれたちの部落、根こそぎといったって、三〇人すら集まるはずがない」

「ちょうどイネ刈りを終えたコメを、トンニャンピーなんかに持っていかれたくないよね」

ツァオシンの心をのぞくように、ホワンホワは、じっと眼を見つめて言った。

「あったりまえさ。ひと粒だって、だれがお持ちなさいなんて言うもんか」

「農民たちにあの道は必要なの。役にたつの」

「とんでもねえや。一輪車が通れて水牛が歩けりゃいいのさ。あとは河で用がたりる」

舟ですむから、村には自動車など一台もない。

「それなら、みんな気持ちは同じ、どの村も同じ。だれだって参加するわ。勇気をつければ、ね」

「そりゃあ、理屈はそうだよ。飢え死にをえらぶやつなんかいるか。だけど、三万の農民が出てくるはずないよ。おれら少年隊が銃をもって立ち上がるんじゃないのかよ」

ホワンホワは姿勢を正してきぜんといった。

「いま必要なのは、コメを守り敵の動きを止めること。それに何万という農民が一つ目的で行動したら、何てすばらしいでしょう。お互い仲間を信頼しあい、自分たちの力に自信をもつ。これこそ勝利の道でしょ。できるかどうかじゃなく、やるしかないの」

「うーん、そうか。みんな、だれでも、道路をぶっこわしたい気があっても、ひとりじゃできなかった。トンニャンピーがこわくて、おれらの村だけでもできやしない。こんどは、たくさんの村がわあっと力を集めて、みんなで勝利の道をひらくのか」

ホワンホワの瞳に、笑みがうかんだ。

「さすがよ、ツァオシン。それでね、作戦では一夜で三〇キロの道を破壊します。その日は後で連絡するわ。月の出と同時に行動開始。新四軍の兵士が農民を守って、トンニャンピーの出動を許しません」

ナマズ叔父さんは、びっくりして眼をとろんとさせ、顎がさがって口もきけない。

「トンニャンピーは、ほっておくかなあ」

「これだけおおぜいの農民をもし殺したら、自分たちが困るでしょ。軍隊じゃないのよ。農民が三万も集まれば手も足も出ません。それに、たった一夜であっという間にやるの。もしもの場合、新四軍は本気で敵を近づけないわ」

ツァオシンの顔が赤くもえ、額に汗が流れた。

「おもしれえ！　やつら、翌朝になったら道路はずたずただ。眼をひんむいて腰ぬかすな。その神わざをやるんだ。もうじっとしていられねえや」

「ツァオシン、農村のエネルギーを燃えあがらせてね。あなたの守ってきた星のような小さな火が、広大な大地に燃えひろがる、そのときがきたのよ」

紅潮して真剣に訴えるホワンホワは輝いていた。

「ホワンホワ、すげえよ、おまえ。ヤン先生そっくりになった」

そのことばを横取りして、ナマズ叔父さんがやっと口をひらいた。

「ホワンホワ。えれえやっちゃなあ、おまえは……。おれはヤン先生に会えるかと、こいつのあとをつけてきたんだ。ヤン先生の代わりにおまえは、『死神の使い』の前で、どうどうと話しやがる。おれは完全に負けちまったよ」

叔父さんは、三歩近よってヒゲをゆらした。

「おれだって、トンニャンピーをやっつけてえ気が失せちゃいねえさ。このことでは、おれは告げ口しねえ。それしか協力できねえが、ツァオシン、おまえは自由にやりやがれ！　じゃ、気をつけてな。成功をいのる」

叔父さんは、肩を落とし背中を丸めて、さびしげな後ろ姿を見せて去った。

一九、武器なきたたかい

それからのツァオシンは、寝てもさめても三万人の道路破壊の大作戦を成功させるために、夢中だった。

1　お月さまが見てござる

1

「とっつぁんよう。ご飯食べたかい。おれさ、もう道路工事だって、見まわりだって出たくねえよ。しゃくにさわるだろ。あんな道ぶっこわしてやるんだ」

「そりゃ、むしゃくしゃする仕事なんかしたかねえ。でも、まだお天道さんとお別れしたかねえ」

「そこでだ、じつはな……」

ホワンホワに負けない迫力で話せば、わかってもらえる相手がいた。それも、敵に知られないよう、わずかな日数でやるのだから覚悟がいる。一も二もなく賛成する者、よろこんで踊りだす者さえいた。

「よっしゃ、わしも男だ。やるぞい」と、すぐにもとび出ていきそうな者さえいた。

少年隊は、手分けして、道路破壊の行動に参加するよう村を走りまわった。賛成しそうな人から訪ねたので、はじめは反応がよい。しかし、反対しそうな人を仲間にしないと、三万人はとても無理だ。

話しても、だまって手をふる者、聞いただけでふるえ出す者さえいた。むきになって、

「そんなうめえことができたらよ、ネズミがトラに噛みつくさあ。トンヤンクイがこわくて、みんなが一つ気持ちになれるはずねえ。できっこねえよ」「世の中、そうめでたくいくもんかね。トンニャンピーにたてついて、失敗したらおしまいだぜ」という調子で、約束をとりつけられないほうが多かった。

連絡がきた。「一〇月十五夜〈旧暦〉の晩、月の出と同時に行動開始」という。ところが、その前日になっても、参加する人は、目標のやっと四分の一ではないか。

ホワンホワが、危険をおかして連絡に現れた。

「おどろきよ、四分の一も参加とは。すごい成果よ。あと一日、説得隊は手分けしてあるいてね。当日、参加する人は、出がけに参加がはっきりしない家に立ち寄って、必ずさそいあって行くようにね。あなたの村の成功をいのるわ」

そこで、その連絡をとりながら、説得隊は当日の夕方まで歩きまわった。しかし、新たに約束してくれたのは、ごくわずか四人だった。

「うちの村でこれじゃ、とても三万になるはずねえ」

ツァオシンは、説得隊の仲間とため息をついた。

もう時間はない。月の出がまぢかい。ぞろぞろと、思い思いの道具をかついだ農民たちが、道路に向かいはじめた。その人たちが、ほかの家によって声をかけていた。

「おい、行くだろ。いい気味じゃねえか。思うぞんぶん、ぶっこわして暴れてやるだい。すかーっとするぜ」

このひと言で、ちゅうちょしていた者がいそいで仕事着になって出てきた。

「おれが行くからにゃ、あいつも道連れにしねえってことはねえな」

こうして、ためらっていた者にも声をかけると、出てきた、出てきた。ことわったつもりの人も、「おれだけ残るわけにいかねえや」ととびだした。

こういう農民たちは、ハラがすわると、出てこない家の戸をがんがんたたいた。

「おめえだけだぞ。早くこい。こないと部落からつまみだされるぞ」

「ええっ、そいじゃ、みんな行ったのかあ」

そこの家でも、驚きあわてて道具をもって出てきた。漢奸《かんかん》や病人を除けば村のほとんどになる。

気になっていた天候も晴れ、月が空にかかるときには、近くの村むらからきた農民たちの群れが、えんえんとどこまでも道路につづいた。さあ、いままでにない大事が起ころうとしているではないか。

2

さわやかな夜風だった。月は大地を、ま昼のごとく照らした。

いよいよはじまった。ぶち壊すだけだから、日ごろの怒り恨みを道にぶつければよい。

道は巨大なノコギリの歯になっていく。戦車も大砲ものみこむ大穴があいた。

「ヤアレーイ、ソウレーイ!」

「わあーい、わあーい、そうーれい!」

抑えぎみだったかけ声が、しだいに、わざと大きくなったとたん、電柱が、みしみし折られた。

ずたずたに切った電線はくるくる転がるようにのたうった。

「おれらよう、どえらいことをやってるんだ、なあ」

「ああ、いい気分でねえか。こんなゆかいな遊びなんて、久しぶりじゃあ」

トラックが走ってくれれば、田にのめりこんで腹をみせる、そんなふうに道をくずすもの。戦車がきたら、道がせまくなって水路にひきこんでしまうように、やりたいように道をつくり変える。もう楽しくてたまらない。壊すにつれ、農民たちの意気ごみは倍増した。

日本軍のトーチカ（陣地）は道路からひっこんで、となりの陣地まで三キロか五キロははなれている。トゲだらけの針金をクモの巣のようにめぐらせ、まわりに壕《ごう》もあって相手を近づけさせない。大砲の弾にも平気な顔をしていられる陣地だ。

そのトーチカに並ぶ小さな黒い窓、そこからは、銃口が農民たちをにらんでいる。

だが、「もうびくつきゃあしねえわい！」と、仲間たちが汗の匂いで伝えあうのだ。

「おれたち、農民の軍隊が守ってくれている。もうトンニャンピーなんか、こわくねえ」

だれの胸にも、噴き上がる想いが満ちてきた。思いっきり叫びたくなる。

東のほうから歌がわいてきた。

おれたちゃあ　どっこい
武器はなくても　心ははがね
ここはわしらの　コメどころ

殺し野郎に　とられはせぬぞ
やあ、やあ、どっこい、どっこい

ツァオシンも、出まかせの歌をうたった。

おれらの村から　トンニャンピー
お尻ふりふり　逃げ出した
泣きべそかきかき　逃げ出した
やーい、やーい！　あっはっはあ

道路破壊の大行動は、みんなの心を変えた。

みんなけらけら笑いあい、さざめき、でっかい声でツァオシンの歌をうたった。

「おい、あそこを見ろ。あれだ、あれだ」

指さしあってざわめいた。トーチカから、一〇人ほど黒い影が走り出した。

道路から一〇〇メートル以上もはなれているのに、大砲の弾にもびくともしない頑丈な陣地なのに、敵は、数万の農民の叫びに恐れをなして、町のほうに逃げていく。

だれも追わない。弾も撃たない。道の両側には、月の光をあびた田が、どこまでも見わたせた。

「ツァオシン、おめえすげえよ。歌のとおりだ。やつら、逃げ出しちまったでねえか」

ブタノシッポが、声をはりあげて言った。

「みんなでうたって、追っぱらっちまえーっ」

また「でまかせ歌」がわきおこった。

なにしにきたのさ　トンニャンピー
おれらがこわくて　逃げてった
お月さまも　見てござる
やーい、やーい、あっはっはあ

まるで農民のまつりだ。

3

ツァオシンの胸に、はげしい感情がつきあげる。

父ちゃん、母ちゃん、じいちゃん、それにきょうだいの顔がまぶたにうかんでくる。

——父ちゃん、これが中国人の真骨頂だね。おれ、父ちゃんのことば忘れてねえよ。

メイ先生やヤン先生の面影が現れた。

「ツァオシン、ようやった。武器を使わないで敵を追っぱらったでねえか。農民でもな、力を一つにすれば、こんなにすげえ勢いがつく。よわい者でもつよい敵に勝てる。知恵をつかえば勝つ道があるんじゃ。おめえはそれを証明したぞ」

ふいに後ろから、「わっ！」と両肩をたたかれた。

ホワンホワだった。ふりむくと、眼の前にひとみをきらきらさせて、熱い息をはずませていた。

「ツァオシン、大成功！　この調子でいこうよ。メイ先生がいなくても、あんたがいるから大丈夫だって、みんな言ってるよ」

「ホワンホワ！　おまえだって、ヤン先生の二代目やってるじゃないか」

熱い想いに胸が波だつ。ホワンホワとは、ナマズ捕りのときからの気のあう同志だ。

「数えきれないの、何万人集まったか。予想よりずっとずっと多くて。この道路は三〇キロ以上、みごとに壊れたわ。途中のトンニャンピーの陣地では、どこも兵隊が逃げちゃって、からっぽになったんだから」

ホワンホワは、汗で髪までしっとりさせて、走りまわっていたのだった。

「でも……」

彼女は、眼をふせて唇をかんだ。

「でも、そうだよ。おれたちが勝ったところで、殺された者は生き返ってこない。悲しみは消えない。だけど、どうしたって勝たなくちゃな。殺された者は浮かばれないんだ」

大活躍した連絡員ミンホワがきて、ホワンホワにだきついた。

ナマズおじさんも、じっとしていられなかったのだろう。とうとう姿をあらわした。

ナマズ髭をゆらし、赤い眼をして言った。

「おれはな、だらしねえから、おまえらの仲間にはなれねえが、心は同じだ」

信じあえる仲間が限りなくいた。勝利への道がはっきりと見えてきた。

この情景を見守っていた中空の月は、すんだ光で農民たちの作業を照らしつづけていた。そして、この広大で肥沃《ひよく》な平原を、万人のうた声はどこまでもひびいていく。


農民たちが引き上げはじめたとき、新四軍の兵士のひとりが、尋ねまわっていた。

「このナイフの持ち主、知っとりますかい」

「えーっ、どうして、それを?」

おどろいた。たしかに見覚えがある。手にすると、柄の明水《ミンシュイ》の名が消えていない。

もしや、ミンシュイは? ツァオシンの胸がさわいだ。

2　赤十字の旗の下で

1

「それ、ミンシュイのです。でも、なぜこれが? 撃たれたミンシュイの遺体、どこかにあったんですか。おれ、彼の一番の親友で、少年隊の同志なんだ」

その兵士は、大きめの額の下のくぼんだ眼を、せわしく瞬《まばた》きしながら、話してくれた。

「わしゃあ、この少年が、橋の上でトンヤンクイに撃たれて、河に投げ込まれたのを見ましたわい。そのあと、その橋下を通って、浮いていた少年を舟にあげましたで。そのとき、わしゃ死んどるわ、と思いました」

「死んでたんですか、ミンシュイは？」

兵士のまわりに、仲間たちが集まってきた。

「いやあ、意識はねえが生きとりました。銃弾は左の肩の下に当たって急所ははずれとった。わしゃあ舟をこぎながら、いっしょの仲間に、傷を診てもらいましたわ」

「それで？　どうなったの、ミンシュイは」

「その仲間が、日本軍の病院にかつぎこみましたわい。敵兵のわっしゃ、そこに行かれねえで」

「えーっ、日本軍の病院に？　なんでだ」

「いま生きてるの。その病院にいるの」

「それ、どこにあるんですか」

ミンシュイの父ちゃんも、そこにきていた。

「くわしい話を聞きてえ。むさくるしいが、ジャオコウのわしの家に来てくれねえかの」

ツァオシンとホワンホワ、それに少年隊の三人もミンシュイの家で、そのつづきの話を聞いた。

ミンシュイを、いっしょに舟にあげて救ってくれたのは、ミズタニ（水谷）という日本兵の捕虜だったと。

ミズタニは、捕虜になる前にも足を負傷して、日本軍の兵站《へいたん》病院で傷を治したことがあった。傷が治ると隊にもどって、また軍の任務についたが、こんどは、顔に瀕死《ひんし》の重傷を負い、気絶していたところ、新四軍に救われた。介抱の甲斐があって、傷跡は大きく残ったが、幸い健康は回復できた。

そういうことでミズタニは捕虜になったのだが、この戦争は日本の侵略戦争だと分かると、日本人の反戦兵士の仲間になった。日本軍の陣地に近づき、戦争に反対するようにビラを置いてきたり、マイクで呼びかけたり、いのちがけの活動をしていた。ときには、新四軍の兵士たちとも協力しあってやっていると。

そのミズタニが、以前に治療を受けた日本の兵站病院の場所を舟道でおぼえていた。

「もっとこの先です。舟でその病院の近くまで行けますよ。前に世話になった親切な婦長さんがいるので、おれが頼んでみますから」というので、夜通し急ぎ舟をこぎつづけた。

日本兵でないと、日本の病院にたのみこむのはむずかしい。ミズタニは、舟にある自分の荷物から、日本兵の軍服をとりだして着替え、翌朝早く、ムシの息だった少年を川岸から一キロほどかついで治療を頼んできたという。

彼らは、戦場の近くを往き来するので、軍服や医薬品、包帯などは、いつも荷物に入れてある。ところでミズタニの本名は水上だが、彼のいた隊では戦死したことになっている。捕虜になって生きていると知られたら、いのちを捨てにいくようなもの。そんな危険をおかしてである。

「日本兵のなかにも、おれたちの味方がいるんだ。正義の味方がいたんだ」

ツァオシンは、胸の奥に燃えるような喜びを感じて、メイ先生のことばを思い出した。そして、自分が石を落として、顔に大傷を負わせたあの太っちょダルマの記憶がよみがえってきた。

そのあと、ミズタニは病院に電話で問い合わせたり、連絡をしてくれたらしい。

さて気になるミンシュイの行方である。話は、ミンシュイが撃たれた一年前にさかのぼる。

戦場での負傷兵　戦友に助けられて、野戦病院で衛生兵の仮の手当てを受け、兵站病院にはこばれるのは、非常に幸運な傷兵だった。多くは敵前ではとても救助されず、手投げ弾で自爆している。日本軍は、捕虜になることを禁止し、そういうときは自爆せよと強要していた。倒れて失神した兵は、その意志がなくても中国軍の捕虜になって、傷の治療を受けた者もいた。

日本人反戦同盟　中国でも八路軍や新四軍のいた地域では、日本人が「日本人反戦同盟」をつくって最前線におもむき、日本軍に、戦争に反対して戦いをやめよ、と呼びかけていた。捕虜になった日本兵の多くが自発的に参加した。水谷も新四軍と共に、その宣伝活動をしていたのである。

日本軍の電話　中国でも電話の時代でない。日本軍は占領地の陣地と連絡し合えるよう、有線の電話を使っていた。有線で、新四軍や日本人反戦兵士が、その電話線につなげば話しかけることができたので、降伏するよう説得したりした。兵站病院は陸軍の病院だから電話が通じていた。

2

三方が森に囲まれ、建物の左前につつましく赤十字の旗が立っていた。学校の建物を病院にした日本陸軍の兵站病院である。院内はベッドが足りず、通路まで患者が寝かされていた。

早朝の六時前、宮下香代子は、やっと自分の部屋で腰をおろす。患者五人の死をみとり、若い看護婦と遺体を木棺に入れ、彼女たちに安置所に移させたばかり。そこに看護婦が呼びにきた。

「婦長さん、来てください。子どもの患者を連れてきた人がいるんです……」

――なにかしら？　子どもだって？

香代子が入り口に行くと、懐中電灯の光に浮かんだのは、クマのお化けのような日本兵だった。大傷でゆがんだ顔、軍服がはちきれそうな肥満体に、大汗をたらして少年を抱えていた。

「早朝にすみません。婦長さん、この子、銃弾にやられました。助けてやってください。自分は、三年前にこちらでご厄介になった水上です。婦長さんには、ほんとうにお世話になりました」

香代子はついてきた看護婦に、担架を指示してから言った。

「ご苦労様です。ですが日本の兵隊さんじゃないので、軍医さんに話さないと入院は決められません。でも、まず容態を診せてもらいましょう」

「婦長さん、赤十字は、敵味方関係なく、治療してくださるであります。それで連れて来たであります。どうかお願いします。いのち救ってやってください」

大汗の日本兵は、深ぶかと頭を下げた。

「この子のようす、あとで電話で聞かせてください。そしたら、この子の村に連絡します。起きられるようになりましたら、家の者に迎えにきてもらいます。婦長さんに電話しますので、よろしくお願いします。自分は朝までに帰隊せねばなりませんので」

ていねいに頭を下げると、ふとい体ながら、身をひるがえして、大急ぎで出ていった。

「ちょっと、待ってください」その兵の所属する隊や、名まえも正確に聞いておかなくてはと、香代子が声をかけたが、すばやく未明の闇に消えていた。

少年は、仮の応急手当はしてあったが、脂汗を流して、痛さにうめいていた。

空きベッドはない。看護婦を指図して、婦長室に近い通路に毛布をかさね、休ませた。

一三～一四歳ぐらい。とにかく傷を調べると、左肩のつけねに銃弾が入っている。弾の摘出《てきしゅつ》手術をしなくてはならない。消毒していると、軍医が不機嫌な顔でやってきた。

「だれだ、こんなもん拾ってきやがって。皇軍の将兵だけでもあふれとるのに」

年下でも、この病院の管理に責任もっている田村軍医中尉だ。傷口の手当てをしていた香代子は、その態度にむかっとして、立ち上がると軍医に向き合った。

「ゴミではありません。人間のいのちをもつ少年です。日本の戦争で負った傷ですよ。わたしたちの役目ですから、救護をやらせてもらいます。銃弾の摘出手術をお願いします」

「バカ言ってはいかん。皇軍の傷病兵だって手不足だ。催促《さいそく》しても薬や器材が届かないときに、チャンコロの世話まで診てやれるか」

はきすてるような言い方に、香代子はもうゆずれない気になってしまった。

「わたしは、分けへだてなく救護せよと、赤十字から派遣された人間です。わたしどもは……」

「そんなこと、言われないでもわかっとる。理想論じゃない。現実の問題だ」

「この子を棄てるなんてできません。こういうときこそ赤十字精神を活かす場ではありませんか」

「もう、お説教はたくさんだ。いいようにしろ」

ちょっと傷口をたしかめただけで、さっさと行ってしまう軍医の背中に、香代子は声をかけた。

「では、この子の摘出手術、予定に入れますから、よろしくお願いします」

前にいた病院では水が飲めなかった。ここでは、きれいな水がいくらでもあるが、生水《なまみず》はぜったいに飲めない。香代子は湯冷ましの水を、少年に飲ませた。

中国語のわかる職員に、氏名や年齢、住所、撃たれた場所や、状況など調べてもらった。

撃たれたときは、失神していたらしい。名はミンシュイ、一五歳、気づいたときは舟の中にいて、知らない人が包帯してくれたという。

気がとがめたのか、軍医がもどってきた。

「急所でないから、輸血できれば、いのちに関わるほどでない。別に大変な手術ではないが、ここで輸血なんて贅沢《ぜいたく》はできん。止血の処置しておいて、明朝一番に、銃弾の摘出手術をしよう」

と香代子にいうと、やってきた薬剤師に声かけた。

「おい、血液型わかったか」

「はい、O型です」

薬剤師は記録紙をわたした。ここでは検査技師を薬剤師が兼ねていた。

「わたしはO型です。わたしの血を提供します」

香代子の申し出に、軍医はせせら笑った。

「おいおい、宮下さん、ここで患者に生き血をさしあげていたら、たちまちあんたの血はからからだ。職員の血は使わないが原則ですね」

「でも、軍医どの、この子が死ねば、皇軍は戦闘員でない少年を殺した国際的な違法になりますよ。この病院で、この子のいのちが守れたら一八〇度のちがいです。わたしどもの国際精神が活きてきます。なんとしても救いましょう。わたしたちの仕事に国境はありません」

「あんたにかかっちゃかなわないな。どうぞ、おすきなように」

「わたしにも、ちょうどこの子ぐらいの息子がおりますもの」

軍医に背をむけたとたん、急に声がふるえて、香代子はハンカチで鼻をおさえた。

――日本を出たときは九歳になったばかりのあの子も一五歳、母のつとめをすて、もうすぐ七年だわ。育ちざかりの子どもを、捨ててきたような自責の念がこみあげてきた。

この病院には軍医が四人、軍医見習いが五人いたが、ミンシュイの手術は、ああは言ったものの田村軍医が、ていねいに執刀してくれた。婦長との口論で、婦長と気が合わなくなったら、看護婦たちとの間がぎこちなくなって、自分たちが困るからでもあった。

水上といった日本兵は、水谷の仮名を使う反戦兵士、たしかに、あのトンニャンダルマだった。

兵站病院　香代子が勤務した病院は、三〇〇人ほど受け入れる中規模で、兵站病院の分院である。本院の南京兵站病院は、南京中央大学の三階建て、大規模のりっぱな施設で、二〇〇〇人から多いときは五〇〇〇人もの戦傷病者を収容した。月に五〇〇人ほども患者の死亡者があったらしい。

患者は、戦闘による重傷者ももちろんいるが、ひどい下痢で苦しむ病兵のほうが多かった。戦場では衛生的な食環境でないうえ、極度の緊張と、ストレスによって、消化、吸収するための消化器系の内臓が働かなくなる、そういう重病人だった。負傷兵の入院患者が少ないのは、敵前では負傷兵を運ぶことができず、救護されない場合のほうが多かったからである。

二〇、あたらしい青い空

みごと道路破壊をやってのけたあと、村は空気の色まで変わった。あれから間もなく、新四軍と少年隊の河関所が再開した。

1　ツァオシンたちの青い空

川面にはねるような陽光がきらめく。

「止まってください。お忙しいところ、すみません」

「新四軍と抗日少年隊です。皆さんの生活を守ってトンヤンクイと戦っています。カンパをお願いします」

すっかり元気になったミンシュイは、武装した勇士で、やはり記録と受取証を書いていた。

忙しくなったツァオシンの代わりは、ブタノシッポが引きうけた。

以前のホワンホワの仕事は、ヒマワリのような明るい少女が武装して代わりをつとめていた。

ホワンホワは、あちらこちらとびまわって、ゆかいな事件を起こしてきたらしい。

ミンホワは、トンニャンピーに勝つためだと、友だちをさそって、ナマズを捕りにいく。

新四軍も少年隊も、数がふえただけでない。食料も、衣類も、薬なども、もう困ることのないよう、大生産運動にもとりくんでいた。

ナマズ叔父さんにも、間もなく戦争が勝利で終わることがみえてきたのだろう。紙と絵の具、糸や竹を買い集めている。爆竹までつくってためている。

「なんで?」と聞く人にはツァオシンがそっと説明する。

「ほら、戦争に勝ったとなると、うれしくて、うれしくて、みんなハデに祝うだろ。だれだって、パーン、パーンと爆竹鳴らしたいよな。爆竹を作っておけばもうかるさ。そして祝いの凧をあげるに決まってる。凧をつくる材料を用意しといて売ればもうかるからさ」

抜け目のないナマズ叔父さんは、兄貴の形見の金時計が売れて、資金ができたらしい。こんどは、たぶん失敗しないだろう。自信まんまんだ。叔父さんは、爆竹と凧の材料でかせいだら、いまに常熟《チャンシュウ》に工場をつくって、木綿や絹織物の生産をやりたいらしい。

そして、一九四五年の八月一五日を迎えた。

「やーい! トンニャンピーが敗けたぞう! おれたち、勝ったんだあ!」

勝利の知らせに、どこの村も沸きかえった。ミンホワはドラを鳴らし、村じゅうをまわった。

農民の道路ぶっこわし行動から、日本の降伏が知らされるまで、一〇か月にもみたない。

村びとたちは、みな外に出て、抱きあい、泣きあい、笑いあい、うたいあい、踊りくるった。

あちらの部落でも、こちらの部落でも、爆竹が鳴り、数えきれない凧が、空たかくあがって勝利を祝っている。長期戦を戦い抜き、農民たちが平和をとりもどした祝いの日、かがやかしい勝利の日であった。そして、ナマズ叔父さんは、まちがいなく、ちゃっかりかせいだ。

中国戦線の日本軍は、武器をさしだして投降した。

2 武二の青い空

1

日本では八月一五日朝、どこの職場でも指示がまわってきた。

「ラジオで重大な放送があるので、正午、全員集合せよ」

「何だろう。重大な放送とは?」

玉音放送らしい。玉音とは天皇の声をいう。普通でない。開戦のときと二回めになる。

「いよいよ、本土決戦だ。決死の覚悟で立ち上がれ、というに決まってるさ」

「日本は負けた。天皇が腹を切る。だからみんな玉砕しろ、というかもしれんぞ」

気持ちはみな同じだ。ぜったい敗けたくない。しかし、心のうちでは、

「もう限界だ。早く戦争は終わってくれ」「もう動けねえよ」

と言いたい気持ちもかかえていた。正午になった。

髪を焦がしそうな炎天下に、会社の職員、工員、学徒ら全員が、いちようにみな緊張して、汗をたらしながら、事務所前の広場に整列した。

ラジオの音声が、があがあ、がさついている。

玉音放送が始まった。武二は、懸命に聞きとろうとしたが、天皇のことばは特別な用語を使うし、声のアクセントがふつうでないから、どうにもわからない。ところが、

「耐えがたきを耐え、忍びがたきを忍び、以て万世のために、太平を開かんと欲す……」

と聞こえたとき、「あっ」と、心で叫んだ。

——日本は降伏したのか。いのちをかけてきた今までの苦労は、ただの泡となったのだ。

母さん何のために……、じいちゃん、お姉ちゃん、何のために死んだんだよ……。

悔しくて、悲しくて、あふれる涙を止めることができなかった。鼻水がながれる。

それを、ふしぎそうに見つめている友だちの視線があった。そっとまわりを見ると、多くが首をかしげている。わかっていない。少数の涙にくれている者だけが、負けたと分かったのだ。

戦争の終結　正式に戦争が終結したのは、降伏文書に調印した九月二日になる。日本人だけで三一〇万を超える犠牲者を出し、民衆のだれもが、勝利のためにと、骨の髄がカラになるほど力を出しつくしながら敗けて終わった。中国をはじめ、日本の侵略によるアジア各地での戦争犠牲者は、二〇〇〇万人を超えるという。

2

空が青かった。何年ぶりだろう。こんなに澄みきった明るい空を見たのは……。となりの林からセミしぐれが聞こえる。いままで、セミの声すら耳にはいらなかった。すべての工場のモーターが止まった。何としずかだ。サイレンも鳴らず、爆音もしない。身体から、いままでの緊張がくずれていく。

「神州不滅、神の国、日本」

「世界一、優秀なヤマト民族」ではなかったのか。

こんなにたくさんの犠牲をだしながら、負けたなんて。悔しくて身体がとけそうだ。

しかし、心の底に、ほんわか芽生えたものがある。

――おれ、まだ生きていた。死なないですんだのだ。そして母さんが帰ってくるかも……。

幸一兄さんも帰ってきたら、そうしたら、ひとりぼっちでない。もしかすると、平和の時代がくるかもしれない。

これからのことは、まったく見当がつかない。先生から、こう言われただけだ。

「動員は解除された。ほんとうにご苦労だった。もう工場に来ないでよい。とりあえず夏休みだが、校舎は焼かれてないし、授業を始めるには準備があるので、学校にくる日は追って知らせます」

荷物整理にいくと学徒の部屋はしんとして、ぼそっとささやく声だけだ。

「ほんとに敗けたのかよ。あと、どうなるんだ、おれたち。まさか捕虜にならねえだろうな」

「うん、軍隊は降伏して、みんな捕虜かな。天皇だって捕虜かな。戦争を命令した親玉だものな」

「そんなことねえよ。武士道のお殿様だ。国民を救ってくださいと、自分から切腹するさ」

少しはにぎやかになってきた。

「とにかく夏休みだ。宮下、おめえ、どこへ行くんだ。もう工場の寮は出るんだから」

そう言われた瞬間に決めた。武二が育ったなつかしい家だ。

「大浜に、ばあちゃんがいる。そこに行く」

——母さんと幸一兄さん、誠叔父さんも帰ってきて、早く家族で暮らしたい。汽車の切符が買えるまでは、中山の叔父さんのところに泊めてもらうか。

叔父さんの家も工場も焼けてしまったが、仮小屋は建ててあった。

外に出ると、あたらしい青空だった。空に向かって大きく伸びをした。

日本が、アメリカ、イギリス、フランス、オランダ、中国、ソ連などの連合国に降伏、世界史のうえの第二次世界大戦は事実上終わった。一九四五（昭和二〇）年八月一五日のことである。

工場の寮でのさいごの一夜である。武二に、眠れる夜がもどってきた。

もう空襲がない。宿舎で久しぶりに電灯の黒いおおいをはらって、電灯の下にすわった。平和がもどった明るさだった。

——大浜に行く前に、もう一度、黄桜町の焼けあとに行こう。安徳寺にも。きっと小屋ぐらいできて、だれかいるだろう。じいちゃんや、昭子姉ちゃんの消息も、もう少し探してみたい。

焼け跡に、連絡先がわかるよう板の札を立ててあるが、下村さんからも何の連絡もない。あの夜、じいちゃんを載せたリヤカーをひいて、逃げ切れなかったにまちがいない。

下村さんのやさしい目、たくましい入れ墨の腕がたびたび浮かんでくる。ふしぎな縁だった。

幸一がプールで救った光代は一一歳、母親と炎のなかで運命を共にしたのだろうか。

アカネとは、文通で連絡がとれていた。お母さんも弟も空襲のときは無事に逃げられたらしい。神楽坂にいったが、そこも焼け、いまは水戸の親戚の家にいるという。ともに戦火をくぐり、焼け野原での別れ。そして、黒くすすけた顔を笑いあった。

――母さん、幸一兄さん、誠叔父さん、一日も早く無事で帰ってきてくれよう。

出征した三人のその後

幸一は、日本の降伏で、隊ぐるみ中国軍の捕虜となったが、翌年の三月、母さんより先に無事に復員、それほどのやつれも見せず、大浜に現れた。しかし、家が焼かれ、空襲でじいちゃんと昭子が犠牲になった悲しい事実に、大きな衝撃を受けた。

母さんが帰国できたのは五月で、八年半ぶりであった。わが家の焼失で大浜の家に帰った。この日を待ちこがれた大浜の幸一やばあちゃんたち、とくに武二は、母の胸に顔をうずめると、もう何も言えない。母さんは、昭子とじいちゃんの無残な死を知ると、とめようもない悲しみと怒りにこらえきれず、泣き伏してしまった。兵站《へいたん》病院でかかったマラリアは治っていたが、長い年月、傷病兵の担架をはこぶはげしい重労働で、肩や腕の筋肉が太くなり、まったく別人の体つきとなっていた。

誠叔父さんは、ニューギニアの島で、飢えによる痛ましい最期をとげた。亡くなって四年め、生き残って生還した戦友が遺書を届けてくれて、詳しいことが分かった。遺骨は帰らない。

満州国の役人だった光太郎伯父さんの妻と息子、娘の六人家族は、みな戦争の犠牲になったと思われる。

あとがき

わたしが日中友好協会から中日友好協会を通して、戦時中の農村での「コメ問題」を取材したいと申し入れておきましたところ、出発間際に大文字で「取材不許可」のＦＡＸが入りました。驚きました。それでも現地では中日友好協会の陳炎培氏が、常熟《チャンシユウ》と無錫《ウーシー》郊外の二か所で、談話によって取材できるよう、会場を設営してくださいました。

ところがまたも驚きです。わたしは妻を伴っていましたが、わたしたちは怖ろしい燃えるような眼に囲まれました。両会場ともそうでした、部屋は怒りの炎に包まれているのです。それから聞かされた日本軍のかつての暴虐、非人道的行為の数々に、元新四軍隊長だった朱英氏をはじめ出席の面々が、全身をふるわせて四時間も憤りをほとばしらせたのです。それらの事件すべてには、とても触れられませんが、この本から感じとっていただければと思います。

わたしはやっとわかりました。中国の民衆にとっては、まだ戦争が終わっていなかったのだ。農村に直接入って行ったら事件が起こったかもしれない。国家間で平和条約がむすばれることは重要だが、この人たちの心から、恨み、怒りが消えなくては、本当の平和、友好の関係がやってこないのだ。

ふたつの会の最後にわたしは、申しました。

「きょうは、わたしどものために、大変に貴重なお話をたくさん伺いました。日本軍がどんなにひどいことをしたか、多少は知っているつもりでしたが、これほどの暴虐ぶりであったとは、ほんとうに申しわけなく、日本国民のひとりとして皆さんに心からお詫び申し上げます。

日本では、あの戦争の反省からつくられた憲法の九条で『もう戦争はしない』と誓いました。この九条を支持して、中国との友好を願う人が日本には多くいます。その立場を守り、強めるのが、せめてのお詫びと思います。

わたしは子どもの本を書く仕事をしております。きょうのお話をぜひ活かして、日本の子どもたちに中国の人たちの戦中の体験やお気持ちを伝えたいと存じます」

そしてお礼の挨拶がすむとどうでしょう。すっかり部屋はおだやかな平和の色に変わりました。それから名刺を交換したり、握手攻めです。相手の気持ちを理解し合うこと、それが真実の平和への道だった。わたしは、そのたいせつなことに気づかされたのです。彼らもほんとうは平和と友好を願っていたのではないかと思いました。

「コメ問題」とは、日本軍が戦時中、農村から強制的に軍用米を集め、それによって、広範な中国民衆に飢餓による犠牲をもたらしたことです。

常熟の席に、常熟歴史博物館の建設にとりくまれていた曽康氏が、「コメの問題」に関して広い視野から歴史的に整然とお話しして下さいました。それがとてもいい勉強になりました。わたしの質問に曽氏は、帰りのロビーで待っておられ、写真などをくださって説明されましたし、別れ際涙を流して握手されました。その温もりはいまも消えておりません。

常熟では廬山飯店に地域の各界代表の方々、無錫郊外では東亭に許港春雷村の村民たちが中心に集まりました。かつて彼らが少年隊を組織してたたかった話にわたしはすいつきました。それがツァオシンたちです。

そこには、初老ながら身体の小さなミンホワもいました。日本軍にやられた目と口の端の傷はそのままでした。

ここに中国取材にご協力くださった方々に心から感謝の気持ちを捧げたいと思います。

常熟で朱英氏、任天保氏、曽康氏、常熟氏人民対外担当徐恵保氏、陳炎培氏、ほか四氏

春雷村で主任殷氏、同村邑妊女主任王氏、銭其生氏、許玄祖氏、許泉初氏、許仁菓氏、ほか六氏

この物語の「コメ」についての問題意識は、妻の父、針ヶ谷眞三郎が伝えたもので、義父は戦時、まさに幸一の役でした。チビッコ隊にしろ、コメ収集隊、風神の話なども体験談ですが、死ぬ間際まで、「命令とはいえ全く申しわけないことをした」と申しておりました。

中国での物語の進展と対比して、ひとつの日本の家庭を描きました。父のいない発育盛りの子どもたちから、母親を従軍看護婦としてとりあげてしまった戦争のむごさは、これまであまりとりあげられなかった悲劇です。

また「届かなかったかあさんの手紙」と、ニューギニアでの誠叔父さんの最後のようすは平凡社の『ドキュメント昭和世相史　戦中篇』（監修・中島健蔵）の「遺された手紙」「ビアク日記」を参考にさせていただきましたことを、お断りしつつお礼申し上げます。

ひと言加えるなら、軍事同盟は、戦争のための同盟です。平和どころか戦争の危険が増すことは、歴史の教訓で明らかです。

この作品ができあがるまでには、多くの人のご協力をいただいております。杭州《ハンチヨウ》の大学で日本語を教授

されている劉瑞芝氏には、訪中に当たって、さまざまな手続きやら旅行の諸計画まで相談にのっていただきました。また、古田足日先生はじめ日本児童文学者協会「新しい戦争児童文学委員会」主催の勉強会で合評してくださったみなさまにも深く御礼申し上げます。

末尾になりましたが、新日本出版社の丹治京子さんには、ひとかたならないお世話になりました。そして社内でご協力をいただいている皆様にも厚く御礼申し上げます。

二〇一五年一二月

著者

岡崎ひでたか（おかざき　ひでたか）
1929年東京都生まれ。作品に「鬼が瀬物語」（全4巻）『天と地を測った男——伊能忠敬』（以上くもん出版）、『万次郎——地球を初めてめぐった日本人』『荷抜け』「ゆかいな神さま」シリーズ（以上新日本出版社）他がある。日本児童文学者協会・日本子どもの本研究会会員。

JASRAC出1513495-501

トンヤンクイがやってきた

2015年12月20日　初　版

著　者　岡崎ひでたか
発行者　田　所　　稔

郵便番号　151-0051　東京都渋谷区千駄ヶ谷4-25-6
発行所　株式会社　新日本出版社
電話　03（3423）8402（営業）
03（3423）9323（編集）
info@shinnihon-net.co.jp
www.shinnihon-net.co.jp
振替番号　00130-0-13681
印刷　光陽メディア　　製本　小泉製本

ISBN978-4-406-05953-4　C0093　Printed in Japan

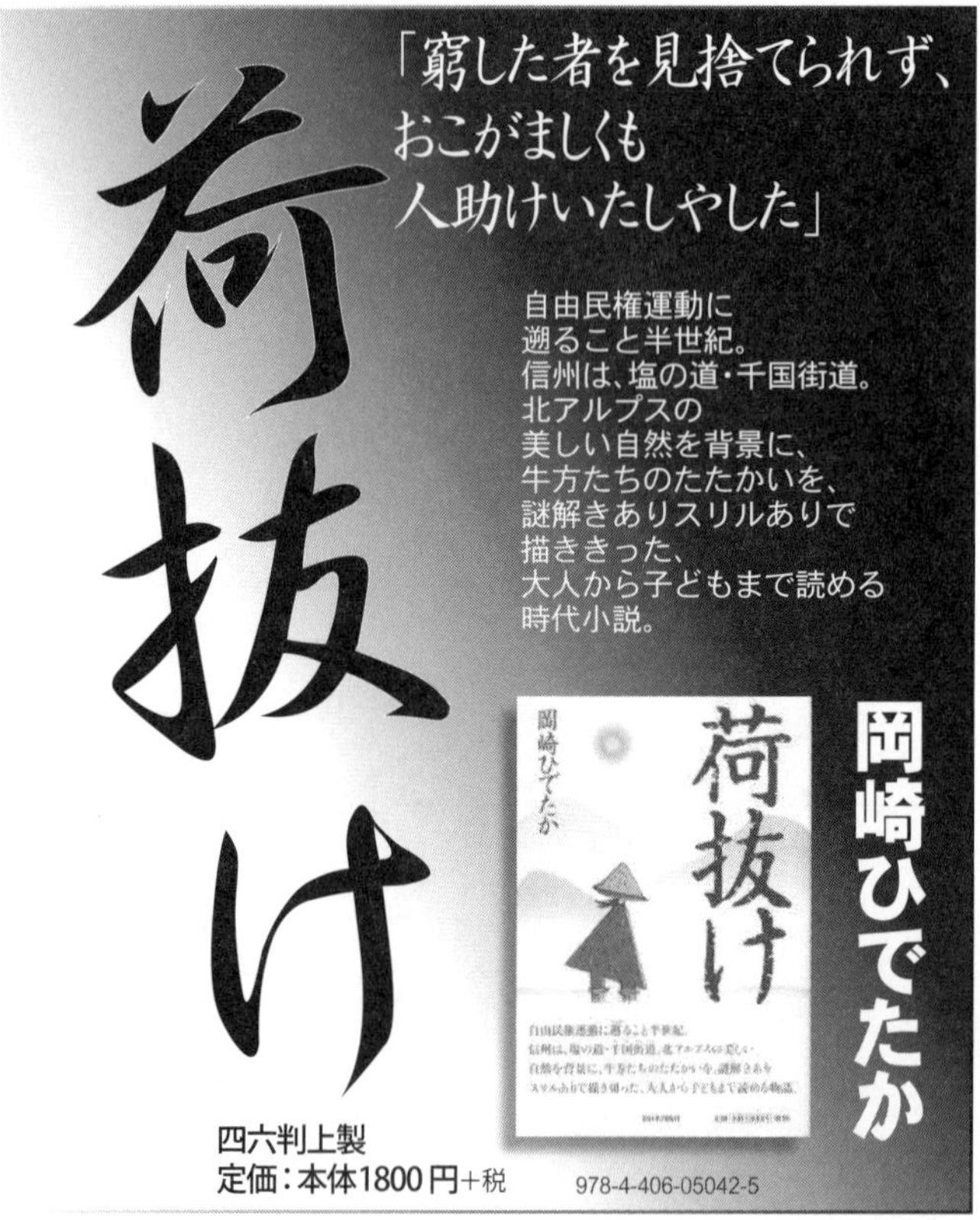
荷抜け
「窮した者を見捨てられず、
おこがましくも
人助けいたしやした」
自由民権運動に
遡ること半世紀。
信州は、塩の道・千国街道。
北アルプスの
美しい自然を背景に、
牛方たちのたたかいを、
謎解きありスリルありで
描ききった、
大人から子どもまで読める
時代小説。
岡崎ひでたか
荷抜け
岡崎ひでたか
四六判上製
定価：本体1800円+税
978-4-406-05042-5